COLL

Paula Fox

Les enfants de la veuve

Préface d'Andrea Barrett
*Traduit de l'américain
par Marie-Hélène Dumas*

Gallimard

Cet ouvrage a précédemment paru
aux Éditions Joëlle Losfeld.

Titre original :

THE WIDOW'S CHILDREN

Paula Fox, née en 1923, est américaine. Elle a vécu à Cuba, en Californie et au Québec, et demeure maintenant à New York. Elle a été redécouverte à la fin des années 1980 grâce, entre autres, à Jonathan Franzen, Frederick Busch et Andrea Barrett qui la considèrent comme l'un des plus importants écrivains du XXe siècle.

Les vieilles bêtes

Imaginez les personnages d'une tragédie grecque qui obéirait strictement aux règles de l'unité aristotélicienne de temps et de lieu mais serait transposée en un court roman se déroulant à New York au début des années 70. Imaginez qu'ils jettent sur cette ville et cette époque une lumière éblouissante, alors qu'ils semblent avant tout préoccupés de leurs griefs personnels, des revanches qu'ils ont à prendre, de leurs aspirations contradictoires au chaos et à l'ordre, des luttes qu'ils mènent afin de définir et préserver leur propre identité.

Imaginez, ensuite, que leur créatrice sait absolument tout sur chacun d'eux, homme ou femme, vieux ou jeune, qu'elle a du métier, et une intelligence redoutable, qu'elle est douée d'une oreille musicale exceptionnelle et que sa prose est aussi affilée et précise que la mèche d'un foret. Imaginez-vous cela, si vous le pouvez – et vous n'aurez toujours pas saisi tout ce qu'il y a d'à la fois émouvant et décapant dans *Les enfants de la veuve*. Je ne prétends pas l'avoir compris. Mais je trouve de l'inspiration dans la pensée rigoureuse que ce roman exprime, l'élégance de sa structure, son économie et la passion qui l'anime.

Les enfants de la veuve ont été publiés pour la première fois en 1976. Paula Fox, qui est née en 1923, avait alors déjà écrit une douzaine de livres pour la jeunesse tous bien accueillis (dont le plus connu, *The Slave Dancer*, a reçu en 1974 la Newbery Medal) et trois excellents romans pour adultes. Nous devrions aussi bien les connaître que ceux des merveilleuses contemporaines de Fox que sont Iris Murdoch, Muriel Spark et Flannery O'Connor. Pourtant, ils n'ont pas trouvé la place qui leur était due dans l'histoire littéraire.

Personnages désespérés, le meilleur roman de Paula Fox avant celui-ci, parut en 1970. Adapté au cinéma, il fut réédité en édition de poche et connut alors un bref succès populaire, mais se trouva vite épuisé. Réimprimé en 1980, il fut bientôt introuvable. Et le voici enfin, dix ans plus tard, de nouveau en librairie. Dans sa postface à la réédition de 1980, Irving Howe plaçait clairement *Personnages désespérés* dans « une tradition américaine majeure des romans courts représentés par *Billy Budd, matelot*, *Gatsby le magnifique*, *Mademoiselle Cœur Solitaire* ou *Au jour le jour* ». Une tradition dans laquelle « tout – action, forme, langage – est violemment compressé, et, assez souvent aussi, noirci ».

Formule efficace qui s'applique également aux *Enfants de la veuve*. Long d'un peu plus de deux cents pages, c'est un texte magnifiquement et impitoyablement dense, dicté par une précision absolue, non seulement en ce qui concerne la personnalité et les émotions des personnages mais aussi ces douloureux liens familiaux que Willa Cather, dans son éloge de Katherine Mansfield, décrit ainsi : « secrets, passionnés et intenses

– traduisant la vraie vie qui marque les visages et donne leur registre aux voix de nos amis. Chaque membre de ces cellules sociales s'enfuit mentalement, s'échappe, tente de briser le filet que les circonstances et ses sentiments ont tissé autour de lui. On comprend alors que les relations affectives sont la nécessité tragique de la vie humaine, qu'elles ne peuvent jamais être complètement satisfaisantes, que chacun passe la moitié de son temps à les rechercher avidement, et l'autre moitié à s'en arracher ».

Je n'invoque pas ces écrivaines par hasard – Fox partage avec Cather une élégante lucidité et avec Mansfield une inquiétante connaissance des courants souterrains des relations humaines, tout en ayant sa propre férocité.

Malgré ses nombreuses qualités, et malgré la réputation déjà établie de Paula Fox, *Les enfants de la veuve* suscitèrent à leur publication autant d'incompréhension que de louanges. Certains critiques firent la fine bouche – l'un d'eux le qualifia de « roman étrange, bilieux, traitant d'une tumultueuse réunion de famille » – tandis que d'autres, admiratifs, n'en restaient pas moins déconcertés par « l'extraordinaire difficulté que l'on rencontre à essayer de le décrire… Qualificatifs, analyse des personnages et résumé de l'intrigue laissent de côté presque tout ce qui fait la particularité des *Enfants de la veuve* ». Les Parques ne lui ont pas été favorables. Déjà republié en 1986, il est épuisé depuis 1990 et demeure obstinément rebelle à toute dissection.

J'y vois un signe certain de sa pérennité – comme un poème, ce roman ne peut être anatomisé en d'autres termes que les siens. Chaque phrase, chaque mot a sa raison d'être – et il continue cependant de vivre et de respirer sans succomber à ce qu'il y a d'étouffant dans la perfection. Puissant, dérangeant, il se révèle aussi spécialement vivifiant par sa beauté formelle et ses vues pénétrantes – et n'est jamais, jamais triste. Dans une interview, Fox déclara un jour :

> Les gens disent que mes livres sont « déprimants ». Mais qu'est-ce que cela signifie ?... J'ai tellement l'habitude d'entendre mon travail qualifié de « déprimant » que je me sens comme un chien qui ne remarque même plus la boîte de conserve attachée à sa queue. Cette accusation me met encore parfois en colère, non pas à cause de ce qu'elle renvoie de mon œuvre, mais de ce qu'elle dit de la façon dont on lit dans ce pays. Est-ce que *Anna Karénine* est un roman déprimant ? Est-ce que *Madame Bovary* est un roman déprimant ? Appliqué à la littérature, l'adjectif « déprimant » enserre, confine, appauvrit. Ce que l'on cherche dans l'éternel *happy end* n'est guère plus que l'oubli.

Ce n'est pas l'oubli que vous trouverez ici. Ni ce que la narratrice du beau roman de Paula Fox publié en 1990, *Le dieu des cauchemars*, appelle avec mépris un optimisme inopportun et tyrannique, et le cœur dur qui en résulte. Non, vous y trouverez plutôt une clarté tonifiante.

Les enfants de la veuve est construit, curieusement, en sept chapitres de longueur inégale, laconiquement intitulés « Apéritif », « Couloir », « Restaurant », « Le messager », « Les frères », « Clara » et « L'enterrement ». Cinq personnages se partagent les rôles principaux : Laura Maldonada Clapper, beauté fanée de cinquante-cinq ans, deux fois mariée, fille d'Alma, veuve désargentée ; son mari, Desmond, homme veule et gros buveur ; sa fille Clara, jeune femme timide qui ne s'aime pas ; son frère Carlos, homosexuel avéré et critique musical raté ; et son vieil ami Peter Rice, éditeur falot.

L'action est simple, presque banale. Abandonnée dans une maison de retraite, Alma meurt la veille du départ en Afrique de Laura et Desmond. Avertie par téléphone, Laura n'en dit rien à personne. Ce soir-là, Clara, Carlos et Peter viennent rejoindre Laura et Desmond pour un dîner d'adieux qui ne peut être que tendu. Le roman s'ouvre dans la chambre d'hôtel où ils se retrouvent tous et explore avec une intensité proustienne, sur quelque quatre-vingts pages, les interactions des personnages en ce lieu confiné. Ils longent ensuite lentement le couloir, marchent dans les rues sombres sous la pluie, s'installent dans un restaurant au luxe clinquant, où leur conversation ne reflète que la surface déformée de leurs passions secrètes. Puis la crise éclate et la colère submerge Laura.

Une fois les convives séparés, le « Messager » (important personnage de nombreuses pièces grecques) entre en jeu. Il est ici incarné par Peter, chargé d'annoncer la nouvelle de la mort d'Alma à Carlos (à qui Laura l'a cachée) ainsi qu'à leur frère Eugenio (qui n'a pas passé la soirée avec eux). Laura a également interdit à Peter d'en parler à Clara. Dans un tourbillon d'accusations et de récriminations, de gestes irréfléchis et de conversations entretenues à des heures trop tardives, le mouvement final se déroule au cours d'une nuit longue et sombre de l'âme, puis pendant l'enterrement d'Alma, le jour suivant.

C'est tout, à la surface. Mais n'en dire que cela serait comme dire que *Ce que Maisie savait* – roman avec l'esprit duquel celui-ci a quelques points communs – parle d'un enfant pris dans un vilain divorce. C'est ce qui se passe *sous la surface* qui est important : ce que les personnages ne se disent pas les uns aux autres ni à eux-mêmes ; ce qu'ils pensent, ce qu'ils ressentent ; la longue histoire secrète de leur famille déracinée, originaire d'Espagne. L'intensité de ces mouvements souterrains fait partie de ce qui a empêché le livre de vieillir. Même aujourd'hui, il semble étonnamment contemporain dans son acceptation de sexualités diverses, son analyse pénétrante de l'identité et du coût de l'exil, sa profonde compréhension de ce que nous appelons maintenant « familles déficientes ».

La subtilité avec laquelle Fox décrit les variations des relations familiales crée un suspense aussi réel qu'inattendu. Et la façon dont elle réussit à faire résonner l'itinéraire d'Alma, d'Espagne jusqu'à Cuba puis New York, sur trois générations, est tout aussi impressionnante. Tout en luttant contre la paralysie qu'entraînent le ressentiment et les anciennes rancunes, le souvenir de la pauvreté et la douleur de l'expatriation, les personnages sont pris, et nous avec eux, dans un orage éclairé, quand on s'y attend le moins, par des traits d'humour et les violentes et étonnantes explosions de conscience de soi dont ils se révèlent capables.

Ceci est particulièrement vrai en ce qui concerne le premier chapitre, où l'expérience du temps de la lecture est similaire à celle du récit. Une heure où nous partageons avec les personnages la sensation d'être pris au piège, nerveux, mal à l'aise, où nous ressentons véritablement la lenteur des minutes qui s'égrainent tandis qu'ils ne cessent de se disputer. Nous vivons – comme cela peut nous arriver, quoique à un niveau plus silencieux – ce que Clara considère comme un énorme « écart entre la conversation et les préoccupations intérieures » de chacun. Cependant, alors même que nous sommes mêlés aux continuels échanges grinçants de ces personnages (qui sont à l'image de la vie), nous plongeons aussi dans la solitude limpide de leurs pensées (c'est ce qui en fait de l'art). Nous apprenons à les connaître, les uns après les autres.

D'abord Laura. Quand on lui annonce la mort de sa mère, elle commence par le cacher à son mari, et songe à le dissimuler aussi aux autres :

> Dans son esprit, le vide régnait, aucune pensée ne se formait ; elle savait seulement qu'une force implacable s'était emparée d'elle. Elle ressentait aussi une espèce de plaisir fou, avait envie de crier qu'elle savait quelque chose que personne d'autre ne savait, que cet événement lui appartenait, lourd de conséquences, figé dans le réel face à l'accumulation fuyante de faits insignifiants comme ce voyage en Afrique, qui n'existait qu'à travers son organisation, un itinéraire, des valises à boucler, des achats de médicaments destinés à apaiser leurs intestins malmenés, des livres à lire, un réveil, des savons, des passeports, toute cette agitation de façade déployée autour du cœur inerte de leur existence commune.

Ensuite Carlos, courtois et apparemment imperturbable, qui ne sait pas encore que sa mère est morte :

> Quand il se réveillait le dimanche matin à une heure tardive, sachant qu'il aurait dû aller voir sa mère et qu'il ne le ferait pas, conscient de l'ignoble puanteur de son appartement, de la nourriture qui pourrissait, de la poussière et de la saleté des draps, Carlos se mettait les mains derrière la tête et restait allongé, les joues inondées de larmes, pensant à sa vie foutue, à ses amants morts, partis, à ses investissements déraisonnables, à la violence de sa sœur, qui pouvait l'appeler à tout instant et, de son ton étudié de tueuse, de sa belle voix profonde, exiger l'impossible en lui laissant comprendre qu'elle connaissait non seulement ceux de ses secrets que tout le monde connaissait mais aussi ceux qu'il cachait, sa totale inefficacité, son ennui devant la drague, ses besoins sexuels inassouvis, sa terreur de vieillir. « Je suis en train de devenir une vieille truie », se murmurait-il en essayant d'écarter la pensée de sa mère attendant, dans le silence à l'odeur de linoléum et de désinfectant de la maison de retraite, qu'il vienne la voir.

Desmond dérive entre eux, déjà très soûl, il pense, de façon inappropriée mais crédible, à une vendeuse qui avait « l'arrière-train complètement plat, les fesses tombantes, en goutte d'huile ». Et autour de ce trio, liés par la crainte et la timidité, il y a Clara (abandonnée à la naissance par Laura, élevée par Alma) et Peter, ironique et réservé.

Dans ce premier chapitre brillamment orchestré, les pensées de Peter sont moins révélatrices – peut-être parce que les trois derniers chapitres de ce surprenant roman lui sont presque entièrement consacrés. Au chapitre quatre, très court, charnière entre les deux autres groupes de trois, Laura annonce la mort d'Alma à Desmond, qui l'annonce à Peter, qui est chargé de l'annoncer au reste de la famille. Seul, ce changement de perspective nous donne un aperçu complet de ce que sont les Maldonada, vus de l'extérieur : l'effet qu'ils ont sur les autres, tout ce qu'ils provoquent, toutes leurs souffrances. Nous n'apprenons qu'alors l'histoire déchirante d'Alma, les secrets de Carlos et Eugenio, et l'influence désastreuse de cette famille sur la vie de Peter. Même si, dans la première partie, rien ne permet de le deviner, Peter n'est pas un personnage secondaire. Il n'est pas non plus le héros de ce roman, il n'y en a pas, mais la conscience qui nous éclaire.

Avant ce crucial quatrième chapitre, tous fonctionnent par rapport à Laura, la craignent, se cachent d'elle, tentent de lui plaire. Une fois passé les premières pages, nous n'avons plus accès à ses pensées ; nous ne la découvrons que par ce qu'elle dit et la façon dont réagissent ceux qui l'entourent, jusqu'à la scène qu'elle fait au restaurant, après une plaisanterie anodine de Clara, à la fin du dîner. Elle se lève d'un bond, se précipite dans la rue, hors d'elle. Nous ne captons qu'à ce moment-là quelques éléments fondamentaux de la vie intérieure de cette femme qui a représenté pour Peter tout ce qu'il y a dans l'existence de chaos, de liberté et de sauvagerie, tout ce qu'il s'est refusé :

Sa fille ! Cette bouche ouverte, ces craintes imbéciles ! Et Peter Rice ! Une véritable coque d'insecte, ce fichu vampire qui lui suçait le sang, une machine

17

à coudre chrétienne désincarnée au raffinement insupportable – qu'avait-elle en commun avec ces gens-là, qu'avait-elle en commun avec Desmond, ce lourdaud aux chevilles épaisses qui croyait boire sans que personne s'en rende compte, ou avec ce débauché de Carlos ? – mais à la pensée de Carlos, elle se mit à pleurer. Elle ne comprenait rien, absolument rien ! Le mystère impénétrable de ses pulsions était en lui-même un châtiment – elle avait cru les avoir endormies depuis longtemps, pensait qu'elles s'étiolaient comme elle-même le faisait, mais elles étaient restées éveillées, vieilles bêtes qui la suivaient depuis toujours, cruelles, impitoyables. [...] Un immense chagrin s'empara d'elle. La pensée de la mort de sa mère pénétra dans ses veines, se glissa dans ses viscères, dans sa moelle épinière.

C'est à cette femme, qui voit en lui une « machine à coudre chrétienne désincarnée », que Peter a voué sa vie. Depuis trente ans, il s'est accroché, quoi qu'il advienne, à la première image qu'il a eue d'elle.

Il ne connaissait pas encore très bien Carlos, et il n'avait jamais rencontré d'Espagnols. Ce qu'il vit alors était totalement espagnol. Laura, comme une racine sombre dans l'air frais et pur, mince, à l'époque, assise en silence dans un fauteuil de chintz, sa tête de pivoine qui se balançait, un rayon de soleil qui tombait devant elle et sur les pieds de la table en rotin, une cigarette qui se consumait, posée au bord du plateau.

Il n'y a rien à ajouter à un tel passage. À la vérité, nul ne peut décrire ce roman. Je peux seulement vous en offrir quelques magnifiques extraits, et avancer que sa structure et le ton de sa narration, si déroutants à première vue, ont été sciemment choisis afin de nous laisser pénétrer par instants dans la tête des personnages. Comme s'ils avaient été trépanés, ou s'étaient trépanés eux-mêmes. Comme si, par les trous percés à travers leurs disputailleries continuelles, Paula Fox illuminait le chemin caillouteux qui mène de leur (de notre) personne adulte à ce matin d'enfance sous la neige dont Peter se souvient, à cet instant où, venant de se réveiller, il avait « senti que ce jour-là il n'avait qu'une envie, bien se conduire ».

Je n'ai pas parlé de l'art subtil avec lequel l'histoire d'Alma et l'enfance de Clara nous sont révélées, par fragments, à travers conversations et souvenirs. Et je n'ai pas non plus rendu justice au mystérieux Eugenio, personnage aussi complexe et touchant que les autres, même s'il n'apparaît que tardivement dans le roman. Je devrais évoquer la prose somptueuse de Fox, son extraordinaire sens du rythme et sa maîtrise absolue (personne, parmi ses contemporains, ne l'égale en la matière) du point de vue. J'ai négligé l'extraordinaire justesse des images foxiennes, qui reviennent et rebondissent, forment d'étranges motifs, comme dans un rêve, ou un cauchemar : la façon, par exemple, qu'ont les Maldonada de parler des gens en termes d'animaux – chats, tigres, opossums, porcs-épics – alors que Peter, et nul autre, les compare toujours à des plantes : en particulier Laura, avec « sa tête de pivoine ».

Il y a aussi le talent avec lequel Paula Fox révèle la tristesse corrosive du début de la vieillesse, les tromperies et autotromperies de l'amour, les longs sentiers secrets sur lesquels, comme le dit Laura : « Nous changeons tous, nous devenons hideux, aussi difformes que les chaussures noires de ma pauvre mère. » Et il y a tellement plus, tellement plus – mais pour le dire il faudrait finalement citer chaque phrase du livre. J'ai sorti de leur contexte les fragments que je trouvais les plus saisissants, mais tout ce qui les entoure l'est également. Ce roman est ce qu'il est, le lire est la seule chose à faire pour qui veut en saisir toute la portée.

ANDREA BARRETT
Juin 1999

Pour Brewster Board,
Marjorie Kellogg,
et Gillian Jagger

Les enfants la laissent vacante, dépouillés
    du premier feuillage,
et semblent descendre d'une épouvante
à qui elle aurait plu […].

Rainer Maria Rilke, *Veuve*
(traduction de Rémy Lambrecht)

1

Apéritif

Assise en sous-vêtements, très droite au bord d'une chaise, Clara Hansen se tenait immobile. Bientôt, il lui faudrait allumer la lumière. Finir de s'habiller. Elle s'autorisait à rester encore trois minutes dans la pénombre de son appartement, plongée dans cette torpeur proche du sommeil. Elle se tourna vers une table où était posé un petit réveil. Immédiatement, une agitation douloureuse s'empara d'elle et la fit se lever. Elle allait être en retard : il suffisait qu'on soit pressé pour que le bus se fasse attendre. Elle n'avait pas les moyens de prendre un taxi jusqu'à l'hôtel où sa mère, Laura, et son beau-père, Desmond Clapper, l'attendaient pour boire un verre avant d'aller dîner. Les Clapper embarquaient le lendemain matin – cette fois vers l'Afrique. Ils resteraient absents plusieurs mois. Clara s'était débrouillée pour quitter son bureau une demi-heure plus tôt afin d'avoir du temps devant elle. Mais elle n'avait eu que celui de rêvasser.

Clara se précipita dans la petite chambre où sa robe l'attendait, posée en travers du lit. C'était la plus belle chose qu'elle possédât. Habituellement, lorsqu'elle choisissait un vêtement, elle était plutôt sur la défensive, elle en avait conscience. Comme

elle avait conscience, en l'occurrence, de l'agressivité de son choix. Laura verrait tout de suite que
cette robe valait cher. Oh et puis qu'est-ce que ça
peut bien faire ? se dit-elle, mais tandis que la soie
glissait le long de son corps, elle se sentit envahie
par le doute.

Quand elle traversa le salon, quelques gouttes
de pluie s'écrasaient contre les vitres. Elle alluma
une lampe, en prévision de son retour, et pendant
un instant, eut l'impression que la soirée était finie,
qu'elle venait de rentrer, apaisée à l'idée qu'une fois
Laura partie elle n'aurait pratiquement plus besoin
de penser à elle. Elles n'avaient, après tout, que
rarement l'occasion de se voir.

Il faisait encore froid en ce début d'avril, pourtant
Clara ne mit pour sortir qu'un léger imperméable.
Élimé et sale, il s'accordait à la vague intention
qu'elle avait, sans vraiment le savoir, de renier sa
robe.

Son oncle Carlos serait là. Et, au téléphone,
Laura avait dit avoir aussi invité à ce dîner d'adieux
un ami éditeur. Clara l'avait rencontré longtemps
auparavant. Elle ne pensait rien de lui. Tandis
qu'elle descendait la rue, elle vit venir son bus et
pressa le pas. Elle ressentit alors, comme si c'était
l'accélération de sa marche qui l'avait provoquée,
l'excitation angoissée qui la prenait chaque fois
qu'elle pénétrait le territoire de sa mère.

Douze rues plus bas, dans une vieille maison de
grès près de Lexington Avenue, le frère de Laura,
Carlos Maldonada, se tenait debout devant son
évier, un citron desséché à la main. Il n'avait pas
vraiment envie de la vodka qu'il venait de se servir.

Il lâcha le citron, qui tomba au milieu de la vaisselle sale, puis se dirigea vers la penderie. Sans prendre la peine de regarder ce qu'il faisait, indifférent à l'obscurité puant le moisi du placard, il en sortit une veste et l'enfila.

Il s'avança vers le téléphone. Il pourrait encore dire à Laura qu'il avait trébuché sur un trottoir et qu'il s'était foulé la cheville. Il lui faudrait inventer des détails, décrire ce sur quoi il avait glissé, le passant qui l'avait aidé, à quel point sa cheville était enflée, expliquer comment il avait réussi à rentrer jusque chez lui, prétendre qu'il avait laissé tremper son pied dans une cuvette pendant des heures – alors qu'il n'avait pas de cuvette – et donner le nom des calmants qu'il avait avalés.

«Espèce de sale menteur!» dit-il en imitant à la perfection la voix de Laura, et il rit d'entendre ses mots résonner au milieu du désordre et de la saleté de son appartement. Il trouva son béret et un manteau, attrapa son verre de vodka en passant devant le comptoir de la cuisine et le vida d'un trait, descendit à toute vitesse l'escalier, et dans la rue un taxi s'arrêta à l'instant même où il levait le bras. Mais dès qu'il fut assis sur la banquette recouverte de vinyle craquelé, les pieds au milieu de mégots, Carlos sentit disparaître toute son énergie. Il donna l'adresse de l'hôtel des Clapper d'une voix découragée et ne répondit pas à ce que lui disait le chauffeur, pourtant jeune et très beau.

Peter Rice, le troisième invité des Clapper, était encore au bureau. Il cocha son nom au crayon rouge sur une liste d'éditeurs agrafée à un magazine anglais. Il ne l'avait même pas feuilleté; il ne lisait plus aucun magazine. Sa secrétaire, le manteau jeté sur les épaules, lui apporta le paquet de livres qu'il lui avait demandé. Il signa un formulaire, sourit, la remercia, lui souhaita un bon week-end, aperçut par la fenêtre un remorqueur au loin sur l'East River et regretta, en voyant qu'il commençait à pleuvoir, de ne pas avoir pris de parapluie ce matin-là. Ce n'était qu'un regret de pure forme. Il n'accordait aucune importance au temps qu'il faisait en ville.

Il n'avait pas vu Laura depuis un an. Ils se parlaient de temps en temps le soir. Elle l'appelait de la ferme que les Clapper avaient en Pennsylvanie. Quand le téléphone sonnait, toujours si tard que ce ne pouvait être qu'elle, il ressentait en décrochant un avant-goût du plaisir qu'il aurait à l'entendre. Cette année-là, toutes leurs conversations avaient commencé sur le ton du drame, du désespoir – par le récit sinistre des beuveries de Desmond. Mais au bout d'un moment, Laura se calmait et ils bavardaient ensemble comme ils l'avaient toujours fait.

Il attrapa son chapeau. Dans le couloir, une femme riait. Il entendit des pas qui s'éloignaient vers l'ascenseur. Le remorqueur avait disparu. Il éteignit sa lampe de bureau. La lueur aqueuse du crépuscule envahit la pièce mais, sur les étagères, les couvertures des livres gardèrent leur éclat. L'impression troublante que le jour avait passé sans laisser de traces le retint là, inerte. Puis il pensa à Laura. Prit le paquet et sortit.

Dans la salle de bains de l'hôtel, Desmond Clapper regardait ses doigts devenir rouges sous l'eau du robinet. Le bruit du jet ne couvrait pas tout à fait la voix de Laura. Il allait bientôt être obligé d'aller la retrouver. Il ferma le robinet, puis le rouvrit.

« Les léopards, eux, ont de la dignité ! Ou les cafards ! Mais qu'on ne me parle plus jamais de la dignité d'un homme ! Comment peut-on oser empêcher qui que ce soit d'aller là où il veut dans ce fichu monde ? En arrivant au restaurant, quand je t'ai vu de l'autre côté du piquet de grève, l'air idiot au milieu des serveurs qui allaient et venaient en maugréant leurs doléances… »

Desmond grinça des dents. Laura ne s'était toujours pas remise de ce déjeuner raté. Mais il n'y était pour rien. Chaque fois qu'il avait essayé de s'avancer vers elle, les grévistes l'avaient injurié. Il écouta. Elle reprit. Sa voix semblait plus proche. Était-elle juste de l'autre côté de la porte ?

« Desmond ? Desmond ! Comment as-tu pu céder devant des grévistes ? Est-ce que tu ne sais pas combien un serveur gagne dans ce genre de restaurant ? Et – oh mon Dieu ! Qui a encore un peu de dignité de nos jours ? Il n'y a que l'argent qui les intéresse… je suis un être humain… allongez la monnaie. Tu te souviens, à Madrid, de ces mendiants que leurs enfants poussaient devant les églises sur des planches à roulettes ? Et qui agitaient vers nous leurs moignons en riant ? Qu'on ne me parle plus jamais de dignité ! Desmond ? Nous nous faisions une telle fête de ce déjeuner, et voilà que tu m'as forcée à repartir. Un des grévistes tenait une pancarte où le mot *soutien* était écrit avec deux *t*. Tu as vu ? Seigneur ! J'aurais voulu aller me chercher une assiette et manger devant eux! Quelle insolence! Quelle bêtise! Et à la librairie, cette horrible vendeuse aux ongles sales dont l'armature du soutien-gorge passait à travers la chemise... et qui m'a reprise. Ne me dis pas que tu ne savais pas, depuis le temps, que je prononçais mal le mot "coupole". Pourquoi ne me l'as-tu jamais dit? Tu sais combien je déteste les fautes de prononciation. Et elle n'a pas fait le moindre effort pour nous aider, comme s'ils n'avaient pas eu de romans policiers récemment publiés! Tu devrais appeler le directeur... il n'y a aucune raison de laisser ces gens-là maltraiter les clients... et se défouler de leurs frustrations sur eux. Je lui ai demandé si elle avait besoin d'aller aux toilettes. Tu as entendu? Je lui parlais calmement, ça les exaspère toujours. Quand je pense que j'ai dit *coupola* au lieu de coupole pendant des années et que personne avant elle ne m'en avait avertie. Je suis trop énervée! Je crois qu'un verre me ferait du bien. Desmond, je sais que je monte facilement sur mes grands chevaux. Tu m'entends? Je le sais. Je ne cherche pas d'excuse. Ce n'est pas dans la culture espagnole. C'est votre spécialité, à vous Anglo-Saxons. Je ne me justifie jamais. N'est-ce pas, Desmond? Finalement je ne suis pas juive. Je déteste qu'on s'apitoie sur soi-même. Comme mon frère Carlos, toujours à pleurer sur son sort – et qui nous a tous abandonnés, même ma pauvre mère qui le préfère à Eugenio et moi. Desmond? Si seulement nous pouvions partir sans rien dire à personne. Quand j'ai appelé Clara, elle m'a annoncé d'une voix mourante qu'elle était enrhumée, mais ce n'était que pour mieux nous prouver son courage en ajoutant immédiatement que, bien sûr, elle voulait quand même nous voir avant notre départ. Si seulement nous pouvions partir ! Là, tout de suite ! Nous glisser sur la passerelle dans le noir, puis dans notre cabine. Le steward nous apporterait du thé et des biscuits, le navire larguerait les amarres à minuit, pas d'orchestre, pas d'au revoir. Dieu ! Ces horribles serveurs… Quelles vies sinistres ils doivent avoir ! Je les imagine rentrant chez eux en métro au petit matin, trop épuisés pour compter leurs pourboires, continuant ensuite dans leurs rêves à porter des plateaux… et cette malheureuse vendeuse, sans personne pour lui dire que son soutien-gorge était déchiré, sans personne qui fasse attention à ses seins, finalement. Tu as vu l'heure ? Ils vont bientôt arriver. Heureusement qu'il y a Peter. Lui, au moins, sait s'amuser ! Ce pauvre chéri ! Depuis trente ans nous faisons la fête ensemble. Mon plus vieil ami… mon seul ami. Grâce à Dieu, je n'ai pas pu joindre Eugenio. Je le vois d'ici, blotti dans le giron d'une vieille, comptant en douce le nombre de perles qui lui pendent au cou, ulcéré à la pensée de la façon dont notre famille est tombée, tombée de plus en plus bas… »

La pluie arriva brusquement, dense comme le contenu d'un seau lancé contre les vitres et dans la rue plongée dans l'ombre huit étages plus bas. Laura baissa les yeux et aperçut les essuie-glaces qui allaient et venaient sur les pare-brise des voitures en file indienne sur la chaussée, les taches de lumière colorée des feux qui avançaient sous l'eau et la surface luisante de l'asphalte violemment inondé. Elle alluma une cigarette puis but un peu, elle avait la bouche sèche. Un frisson la parcourut, un spasme si puissant que ses jambes vacillèrent. Presque immédiatement, elle fit semblant de se demander s'il y avait eu un tremblement de terre – est-ce que New York s'effondrait ? L'hôtel s'écroulait-il sous elle ? – comme si cette convulsion résultait d'une force extérieure et non d'un fait monstrueux qu'elle cachait sous son flot de paroles tandis que Desmond, elle le savait, ouvrait et fermait le robinet pour couvrir sa voix.

Elle avait appris la nouvelle quand ils étaient remontés dans la chambre, après avoir fait leurs dernières courses pour le voyage. Il s'agissait de la mort de sa mère, Alma, qui avait eu lieu en milieu d'après-midi dans la maison de retraite où la vieille dame vivait depuis deux ans. Quand il avait voulu savoir qui les appelait, Laura s'était tournée vers Desmond, et elle lui avait même souri en disant que c'était Clara, qui avait oublié l'adresse de l'hôtel, puis elle lui avait demandé s'il pouvait sortir les bouteilles de leur emballage. Ensuite, elle avait de nouveau écouté la voix empreinte d'une gravité de circonstance qui lui parlait de certificat de décès délivré par le médecin chef – le cœur s'était arrêté... elle n'avait pas souffert –, de dispositions à prendre pour l'enterrement, et elle s'était encore une fois tournée vers Desmond, « Chéri, trouve-moi de l'aspirine », puis avait dit très vite dans le combiné, « Demain ? Est-ce que ça peut être demain ? L'entreprise avec laquelle vous avez l'habitude de travailler fera l'affaire... Oui... nous avons un emplacement au cimetière, mon mari a réglé ça avec vous il y a deux ans... à Long Island », Desmond était revenu, lui avait tendu deux cachets, elle avait mis fin à sa conversation téléphonique en murmurant, « À demain, j'appellerai dans la matinée », et Desmond avait dit, « Pourquoi veux-tu rappeler Clara demain, elle vient tout à l'heure, non ? ».

Elle n'avait pas pu lui répondre, mais il n'avait pas insisté ; elle pouvait toujours compter sur la faculté qu'il avait de ne jamais s'intéresser longtemps au même problème. Dans son esprit, le vide régnait, aucune pensée ne se formait ; elle savait seulement qu'une force implacable s'était emparée d'elle. Elle ressentait aussi une espèce de plaisir fou, avait envie de crier qu'elle savait quelque chose que personne d'autre ne savait, que cet événement lui appartenait, lourd de conséquences, figé dans le réel face à l'accumulation fuyante de faits insignifiants comme ce voyage en Afrique, qui n'existait qu'à travers son organisation, un itinéraire, des valises à boucler, des achats de médicaments destinés à apaiser leurs intestins malmenés, des livres à lire, un réveil, des savons, des passeports, toute cette agitation de façade déployée autour du cœur inerte de leur existence commune.

Desmond était-il en train de boire dans la salle de bains ? D'avaler en douce quelques gorgées tandis que bobonne avait le dos tourné ? Prise de fureur à l'idée de se faire ainsi berner, et d'être réduite à la position d'épouse censée le remettre dans le droit chemin, elle lâcha son verre au-dessus du radiateur, le regarda se briser en quelques morceaux, puis retomber sur la moquette. Desmond apparut immédiatement à la porte de la salle de bains en s'essuyant les mains avec une fausse application. Quand elle lui sourit, elle sentit une légère moiteur au-dessus de sa lèvre supérieure. « As-tu donné un pourboire au garçon qui a apporté la glace ? Oh, j'ai fait tomber mon verre.

— Oui, ma chérie. Tu as fait tomber ton verre ? Je vais m'en occuper. » Il vit qu'elle s'était sali le front et y passa le bord de sa serviette en regardant la fenêtre derrière elle, où il pensa qu'elle s'était appuyée. « Il pleut », dit-il. Elle rit. « Avec le vacarme que tu faisais là-dedans, je comprends que tu n'aies rien entendu », répondit-elle.

Il lui sourit à son tour, soulagé de la voix posée qu'elle avait maintenant. D'autant qu'il l'avait entendue parler de monter à bord le soir même. Il aurait, lui aussi, vraiment préféré cela à la soirée qui les attendait, non seulement ennuyeuse mais susceptible de mal tourner à chaque instant. Elle avait déjà cassé un verre – même si ce n'était que par accident. Les léopards, les serveurs, les Juifs, elle ne se serait jamais énervée comme ça sans ce fichu dîner de famille. Il la regarda plier la serviette qu'elle lui avait prise des mains puis s'examiner dans le miroir au-dessus de la commode. Elle était allée chez le coiffeur, ce matin-là, et en était ressortie les cheveux empilés sur le sommet du crâne. Comme ils étaient gris ! Il s'étonnait encore de cette couleur qu'ils prenaient avec l'âge. « Quelle horreur, ce chignon à boucles ! » dit-elle, tandis que dans la glace ses yeux étaient fixés aux siens. Ce regard lui importait peu, il allait se servir à boire. Mais alors qu'il se dirigeait vers la table où étaient posés les bouteilles et les verres, on frappa à la porte doucement, et il alla ouvrir.

« Je suis la première ? » demanda Clara Hansen en regardant sa mère derrière Desmond. Le sourire inutile qu'il arborait se perdit sur ses lèvres.

« Bonjour », dit Laura d'une voix profonde, intense, donnant à ce salut une force, une émotion qu'aucune réponse ne pourrait atteindre, Clara le savait, et, le cœur lourd, elle sentit que, dans ce registre dramatique, son propre « bonjour » pèserait moins qu'un atome de poussière. Aussi se contenta-t-elle de tendre une main que sa mère agrippa énergiquement puis lâcha pour prendre une cigarette.

« Tu as vu comme elle est belle, Desmond ? s'exclama Laura. Attention aux hommes, dans la rue, ils pourraient t'attaquer !

— Qu'est-ce que tu bois, Clara ? demanda Desmond.

— Un whisky, répondit-elle. Avec de l'eau gazeuse, s'il y en a. » Elle garda les yeux fixés sur lui. Quand la conversation serait lancée entre elle et Laura, tout irait bien. Enfin, ça pourrait aller. Ces premiers instants de retrouvailles étaient toujours une véritable épreuve, et elle ne pouvait s'expliquer la peur qu'elle ressentait, la certitude du danger.

Elle n'avait jamais habité avec Laura, ni son père, Ed Hansen, jamais vécu sous le même toit que sa mère depuis leur première séparation, vingt-neuf ans auparavant, dans la salle d'accouchement d'un hôpital. C'est pour ça, se disait-elle, c'est parce que nous n'avons jamais commencé et que nous devons toujours tout reprendre au milieu, avec ce vide qui se forme derrière nous. Pourtant, cette interprétation de la relation qu'elle avait avec sa mère, si stimulante l'espace d'une journée ou d'une heure, ne tenait pas. Ce qu'il y avait entre elle et Laura n'était pas un vide, mais une présence, de chair et de sang. Laura avait avorté quatre fois et Clara était le fruit d'une cinquième grossesse passée inaperçue un mois de trop pour qu'on puisse l'interrompre. Je suis entrée dans la vie par effraction, se disait la jeune femme.

« Comment vas-tu, Miss ? demanda Laura, maintenant perchée sur le rebord de la fenêtre. J'aurais tellement aimé que tu viennes avec nous. N'est-ce pas, Desmond ? On aurait passé de bons moments. Elle voulait de l'eau plate, Desmond, pas gazeuse.

— Tu as dit plate ou gazeuse ? demanda Desmond.

— Oh… ça m'est égal, dit Clara, ce sera très bien comme ça.

— Mais je croyais que tu avais dit plate, insista Laura.

— En fait non, je ne crois pas, mais ça n'a aucune importance. Vraiment aucune.

— Ah bon, tu es sûre ? Oh Seigneur ! Ce doit être Peter. J'espérais que nous aurions un peu de temps ensemble, seuls tous les trois… » Et elle alla ouvrir la porte.

Ce n'était pas Peter Rice mais Carlos Maldonada.

« Carlos !

— Bonjour, chérie, dit Carlos.

— Regarde qui est là ! Clara ! Mais ne commencez pas tous les deux, hein ! » cria joyeusement Laura.

Carlos se dirigea droit vers sa nièce, posa la main sur sa tête et referma les doigts. Clara éclata d'un rire exagéré.

« Tu as de nouvelles blagues ? lui demanda Carlos.

— Oh, Carlos. J'oublie celles qu'on me raconte, je perds la mémoire…

— Elle perd la mémoire ! s'exclama Laura en riant. À son âge !

— Ce fichu garçon d'étage a oublié le vermouth… grommela Desmond.

— Mon pauvre Desmond, murmura Laura, mais aucun de ces va-nu-pieds ne boit de vermouth.

— Tu es pardonnée, dit Carlos à Clara. La dernière était tellement drôle ! Je te pardonnerais n'importe quoi pour ça ! » Il s'agissait d'une histoire cochonne qu'elle lui avait racontée il y avait plus d'un an, la dernière fois qu'elle l'avait vu, alors qu'ils remontaient ensemble Lexington Avenue. Il avait ri à en pleurer. Elle ne trouvait pas cette blague particulièrement drôle. Pourtant, réussir à le faire rire comme ça – et ce n'était pas la première fois – la ravissait. Sa réaction lui donnait chaud au cœur. Mais le vide que ces plaisanteries, avec leur image abjecte de la vie charnelle et leur vocabulaire élémentaire, tentaient de remplir restait un mystère pour elle. Elle essaya alors de se rappeler une histoire où il était question d'une femme et d'un bouton de porte et qui était assez crue pour provoquer ces rugissements de rire qui détourneraient momentanément leur attention et la libéreraient. Heureusement, sa mère se mit à parler. Clara soupira, soulagée, et avala une trop grande gorgée d'alcool.

Laura disait : « Nous ne passerons qu'une journée à Gibraltar… puis une semaine à Malaga, puis le Maroc. Nous sommes prêts à partir. Enfin, nous l'étions… » Elle s'interrompit soudain et regarda autour d'elle, comme totalement interloquée, comme si elle cherchait ce qu'elle avait failli dire sur un mur, un abat-jour ou une boîte posée sur une table. Les trois autres s'interrompirent eux aussi, s'arrêtèrent de boire et de fumer et entendirent le bruit de la pluie. Elle résonnait contre les vitres de la chambre. Clara retint son souffle. Puis Desmond déclara, « Je ne vais certainement pas payer ce vermouth… » et Laura, qui leur avait paru à tous comme quelqu'un qui se débat dans un rêve, reprit :

« Nous étions prêts. Mais Desmond a reçu une lettre de sa fille, la petite Ellen, Ellie Bellie – si tu voyais cette lettre, Clara ! Quelle petite comédienne ! Elle veut voir son papa, elle a besoin de lui parler de sa carrière d'éditrice – dans laquelle elle ne s'est pas encore lancée. Mais, mon chéri, est-ce qu'elle a encore l'âge de commencer quoi que ce soit ? Tu as dû lui dire que Peter Rice pourrait l'aider à trouver du travail, hein, Desmond ? Tu ne devrais pas l'encourager, tu sais. Elle écrit comme une gamine de douze ans, alors qu'elle doit en avoir trente. Non ? Elle est sûrement plus âgée que Clara.

— Excusez-moi, dit Desmond en se dirigeant vers la salle de bains.

— Desmond est le plus grand pisseur des sept continents, lança Laura.

— Je crois qu'il n'y en a que six, intervint Carlos.

— Remercions Dieu de ton savoir, Carlos. » Laura se mit à rire. Elle était assise sur un des lits jumeaux. Carlos se tenait debout derrière elle. Les deux Espagnols fixaient Clara. La douleur qu'elle avait ressentie en entendant parler de cette autre fille, qu'elle ne connaissait pas, et qui, comme elle, n'était plus une enfant, s'estompa sous leur regard comme sous l'effet d'une lumière aveuglante. Ils lui faisaient l'impression de deux aigles qui fondaient sur elle. Oh! qu'ils se détournent! Pourtant, ils n'avaient ni bec ni aucune ressemblance avec des oiseaux, non, pas avec ces têtes massives d'Espagnols du Nord. Mais elle était hypnotisée par les regards rendus deux fois plus intenses du fait de leur similarité physique, leurs yeux pareillement enfoncés sous le pli épais de la paupière, leurs grands nez identiques. Bien que Laura eût les cheveux gris et que Carlos fût presque chauve, il y avait en eux quelque chose de noir, d'«espagnol», quelque chose dans leurs yeux au-dessus de leurs bouches souriantes qui n'était pas vraiment humain.

«Vous ne partez plus? demanda Clara d'une voix hésitante. À cause d'Ellen?»

Laura se mit à rire et secoua la tête, comme étonnée d'une telle déduction.

«Jolies guiboles, murmura Carlos avec un sourire charmeur, les yeux baissés vers les jambes de sa nièce.

— Et tu as vu ses mains? demanda Laura. On dirait celles d'un page de la Renaissance. Oh! Oh! Mais elle rougit!» Elle se leva, alla vers Clara et lui tapota le menton. Clara sourit à Carlos, impuissante, et maudit intérieurement le sang qui lui montait au visage. Pourtant, ce n'était pas la modestie qui la faisait rougir, mais la colère qu'elle ressentait devant l'injustice d'un compliment qui ne pouvait que la blesser.

Tout au long de son adolescence, sa grand-mère, Alma, l'avait emmenée sur des embarcadères, des quais de gare, dans des chambres d'hôtel ou des restaurants où elle passait une heure ou deux avec cette étrangère à l'allure farouche, sa mère. Elle trébuchait alors sans raison, renversait son verre de limonade et babillait désespérément, attendant que Laura dise qu'elle avait grandi, pris des formes, et serait peut-être un jour jolie. Au lieu de ça, Laura lui expliquait qu'elle avait les jambes de Joséphine Baker, le visage rond du jeune garçon peint par Reynolds dans un tableau qu'elle avait vu à Londres, qu'elle ressemblait à une bacchante, et tout en ramassant les morceaux de verre brisé – mais un serveur arrivait toujours immédiatement, et toujours souriant –, tout en cachant ses ongles rongés sous une serviette ou un menu, tout en essayant de s'empêcher de parler aussi bêtement, elle ramassait ces descriptions d'elle-même, ces éloges qui la laissaient avec la sensation qu'on l'avait insultée, attaquée.

Et voilà maintenant qu'elle avait des mains Renaissance. Elle les regarda discrètement. L'une d'elles était serrée autour de son verre, rigide comme de la pierre. L'espace d'un instant, son cœur bondit, elle s'imagina lançant le verre de toutes ses forces contre la fenêtre. Mais cette impulsion s'éteignit si vite qu'elle en eut à peine conscience – et sut seulement que ses pensées s'étaient écartées de la conversation.

Laura parlait d'Ed Hansen, le père de Clara, mais avec un peu moins de mépris qu'elle n'en affectait en présence de Desmond. Ce dernier était toujours dans la salle de bains. « Clara m'a dit – n'est-ce pas, Clara ? – qu'il était très malade, et que cette fois ce n'était pas du chiqué, il a une angine de poitrine – c'est cela, non, Clara ? Et qu'Adélaïde voulait une fois de plus le mettre dehors. Elle en a peut-être assez de jouer les épouses parfaites. À moins qu'elle ne supporte pas son "art". Seigneur Dieu, est-ce que je t'ai raconté la fois où il m'a appelée, il y a quelques années – soûl comme un Polonais –, pour me dire qu'il jetait ses appareils photo et se remettait à la peinture ? Il n'a évidemment plus besoin de gagner sa vie, puisqu'il a épousé une héritière. Et… il me parlait de la peinture quand soudain, à l'autre bout du fil, et à l'autre bout du pays, il s'est mis à pleurer, m'a dit qu'il avait le cœur tellement lourd, tu comprends, à l'idée d'être si vieux et de retrouver si tard la peinture, après toutes ces années pendant lesquelles il lui avait fallu nous nourrir et mettre un toit sur nos têtes en faisant des photos, et il sanglotait vraiment. Mais bon, c'était exactement comme ces vieux à qui il suffit de donner un biscuit ou de parler d'une éruption volcanique, même si elle a eu lieu dans un pays où ils n'ont jamais mis les pieds, pour qu'ils se mettent à pleurer. Rien de sérieux, voilà la vérité. Ed n'a jamais été sérieux. C'est pour ça qu'il réussissait si bien en tant que photographe.

— Mais Ed n'est pas un "vieux", dit Clara.

— Non, probablement pas, répondit Laura en regardant Carlos. Quand l'as-tu vu pour la dernière fois ? lui demanda-t-elle.

— Il… il y a quelques mois, et il buvait. J'ai essayé de lui faire manger quelque chose… »

Laura éclata de rire. « Oh, Carlos, toi, en train de faire manger quelqu'un – dans cette porcherie qui te sert de cuisine… Mon chéri ! Qu'est-ce que tu lui as donné ? Des grains de café et des crottes de souris ?

— Je t'ai juste dit que les médecins pensent qu'il

va très mal, et que s'il ne s'arrête pas de boire, il n'en a plus pour longtemps, intervint Clara d'une voix forte. En ce qui concerne Adélaïde, je ne suis au courant de rien, ajouta-t-elle.

— Ah bon, tu n'en sais rien ? répondit sa mère en la regardant les yeux écarquillés. Et en dehors du fait qu'il est en train de mourir, comment se sent-il ? Quand l'as-tu vu pour la dernière fois, Clara ?

— Oh, il y a des mois. Mais je lui ai téléphoné, dit Clara, ajoutant très vite : Je voulais savoir comment il allait. Quand nous nous sommes vus, il avait bu. Il ne semblait pas savoir ce qu'il faisait… Il m'a offert une vieille montre de gousset qui lui appartenait, puis, le lendemain matin, il m'a demandé de la lui rendre.

— Il était chez moi, dit Carlos, d'une voix où perçait un léger défi. Il a eu honte, pour cette montre, Clarita.

— Seigneur ! C'est tout à fait lui ! s'exclama Laura. Et Clara, bien sûr, la lui a rendue. Mais dites-moi maintenant, comment va Adélaïde, reine du pathos ? Tu la connais à peine, hein, Carlos ? Seigneur ! Je n'ai jamais vu une femme qui se donne tant de mal pour trouver celui ou celle qui la torturera le plus. Et quand cela arrive, elle supporte tout ! Avec alors une larme courageuse, un simple aveu à l'attention de ses admirateurs – "Tout est ma faute" –, qu'en penses-tu, Clara, toi qui la connais bien ? »

Clara fut sauvée par le retour de Desmond. Il ne fallait jamais évoquer Ed devant Desmond. Laura avait confié à son frère et à sa fille que son mari était sujet à de terribles accès de jalousie ; que l'existence d'Ed Hansen le rendait fou, au point, prétendait-elle, qu'il refusait de parler à quiconque se prénommait Edwin, Edmund ou bien Edward.

«Mais qu'est-ce que fait Peter, bon sang!» s'exclama Laura.

Clara partit à son tour dans la salle de bains en se demandant pourquoi Carlos et Laura utilisaient tant d'expressions empruntées aux bandes dessinées du genre «zut alors!», «et vlan!» ou bien «bon sang!». Envers qui voulaient-ils se montrer condescendants? Les États-Unis? Mais qui étaient les Maldonada? Des immigrants qui dépendaient des autres et en étaient furieux, déplacés permanents du fait de leur incessante volonté de maintenir la fiction de leur différence, et de leur supériorité sur ceux qui étaient nés ici.

La salle de bains était surchauffée. L'odeur puissante de l'urine de Desmond flottait au-dessus des serviettes roulées en boule, traînait encore sur le papier froissé d'une savonnette. Mon Dieu! Une seule goutte de cette urine pouvait changer le monde. Elle visualisa la moustache noire de son beau-père et, sous elle, les lèvres, comme deux élastiques. Derrière cette porte, à l'abri du regard inquisiteur de Laura, elle sentit se relâcher la tension de son entrain factice; elle s'autorisa à souhaiter que les heures passent et disparaissent. En ces rares occasions où elle voyait Laura ou même ses oncles, Carlos et Eugenio, elle perdait toujours ses repères, sentait son moi se décomposer; arrachée pendant quelques heures seulement à sa vie personnelle, elle avait l'impression que cette dernière n'existait pas vraiment, n'était qu'un rêve qu'elle se rappelait à peine.

Comment Desmond s'était-il fourvoyé parmi eux ? Clara pensa soudain à sa grand-mère, Alma, qui avait donné le jour à cette incroyable progéniture. Et elle sentit la honte monter en elle : rien ne pouvait justifier qu'elle délaisse la vieille dame. Mais la vague de culpabilité ne l'effleura qu'un instant, puis reflua. Déjà son inertie habituelle reprenait le dessus. Peut-être qu'un jour quelque chose la pousserait à agir. Peut-être se retrouverait-elle un soir après le bureau en train de marcher vers la maison de retraite. L'espace d'un instant, à l'idée du plaisir qu'Alma ressentirait à son arrivée, Clara sourit. Et presque immédiatement, son sourire s'évanouit. Rien, comprit-elle, aucune ressource mystérieuse encore cachée en elle, ne la ferait y aller.

« Je sais beaucoup de choses », affirmait souvent sa grand-mère avec un accent si fort qu'il déformait chaque mot. Un accent phénoménal. Elle, qui s'était adaptée sans révolte aux transformations brutales de sa vie, refusait depuis quarante-cinq ans d'apprendre l'anglais et défendait sa langue maternelle, probablement parce qu'elle était son dernier lien avec cette côte espagnole quittée pour Cuba quand elle avait seize ans. Elle savait peut-être beaucoup de choses, mais lesquelles, seul Dieu aurait pu le dire. Ses enfants ne lui demandaient jamais de quoi il s'agissait, mais ils se répétaient cette déclaration d'un ton moqueur. Ed Hansen le lui avait demandé, mais en vain. « Oh, Ed... beaucoup de choses... », avait-elle soupiré. Ed la faisait rire, il provoquait en elle une coquetterie joyeuse. Peut-être s'était-il toujours étonné que cette femme rêveuse et solitaire eût pour enfants Laura, Carlos et Eugenio.

Ed avait séduit Alma dès la première fois où Carlos l'avait amené chez eux en permission du camp d'entraînement où ils étaient en garnison pendant la Première Guerre mondiale. Ils avaient alors dix-neuf ans, et quand elle voulut se les représenter – comme cela lui arrivait souvent –, Clara pensa à la photo floue qu'elle avait trouvée au fond d'une boîte à chaussures dans l'appartement de Brooklyn où Alma vivait alors. On y voyait Carlos, debout près d'un bureau, dans une pose nonchalante. Ed souriait, la main sur l'épaule de Carlos. Qu'ils étaient beaux ! Il semblait impensable qu'avec le temps une telle grâce disparaisse. Et qu'Alma se retrouve un jour à ne plus rien attendre dans une maison de retraite.

Clara passa ses mains sous l'eau, les essuya rapidement. Laura devait évidemment savoir qu'elle n'avait pas été voir Alma depuis cinq mois. Et si elle n'y allait pas pendant un an ? Alors quoi ? Elle sentit un frisson de terreur la parcourir, mais de quoi avait-elle peur ? Que pouvait faire Laura ?

Elle tira la chasse plusieurs fois, histoire d'expliquer son absence, au cas où quelqu'un l'aurait remarquée. Elle avait voulu passer un moment loin d'eux, loin de la tension douloureuse que Laura paraissait provoquer mais dont elle semblait également se repaître.

Clara ouvrit la porte. La pièce était enfumée ; elle avait l'air plus petite. Laura était couchée sur un lit, la tête appuyée sur une main, la hanche formant une courbe. Son corps n'était plus celui d'une jeune femme, mais pas encore non plus celui d'une femme mûre. Laura avait cinquante-cinq ans.

Elle venait de glisser sa main sous le couvercle d'une boîte pour l'ouvrir. « Oh, Clara. Je disais à Carlos qu'hier Desmond est allé m'acheter six robes, comme ça, tout seul. Quel homme merveilleux, tu ne trouves pas ? Tu es si gentil, Desmond ! Mais en même temps tellement vilain ! Tellement imprévisible ! »

Carlos s'approcha de Clara et l'entoura de son bras. « Et moi, il ne m'en a même pas offert une seule », lui chuchota-t-il à l'oreille. Elle le serra contre elle. Il enfonça son menton dans sa chevelure. Ils tendirent leurs mains devant eux. « Non mais regarde-moi ces deux-là, Desmond ! »

Les mains de Carlos et de Clara étaient incroyablement semblables – ils en plaisantaient ensemble. Au moins avaient-ils ça entre eux. Ils se séparèrent, Carlos riant doucement. Clara se sentit mal à l'aise. Elle l'aimait beaucoup, pourtant ces plaisanteries, ces caresses, ces signaux éloquents bien que muets enlevaient toute chaleur à cet amour. Il avait presque toujours été gentil avec elle. Elle adorait le regarder marcher, il avait une démarche magnifique – « La démarche d'un tigre, avait dit Ed, on ne croirait jamais qu'il est homosexuel ». Ed n'avait rien su de l'homosexualité de Carlos pendant longtemps, en tout cas, c'est ce qu'il prétendait, et il en avait confié le secret à Clara lorsqu'elle avait treize ans. Elle avait hoché la tête avec calme, lui avait caché qu'elle ne comprenait rien à ce qu'il disait mais devinait que c'était une chose horrible et se sentait terrifiée à l'idée que Carlos apprenne qu'elle était au courant. Elle était, à l'époque, convaincue que les Maldonada pouvaient lire dans les pensées des autres, surtout les siennes. Or si Carlos avait lu dans ses pensées, cela n'avait rien changé à son attitude envers elle. Avec le temps, elle eut une révélation. C'était son propre embarras qu'elle craignait, et non celui de son oncle. Il n'y avait pas longtemps qu'Alma ne disait plus : « Oh, ce Carlos… J'espère qu'il finira par se marier. » Elle n'en avait que pour Carlos. D'Eugenio, elle ne disait jamais rien. Et pendant toutes ces années où Clara avait grandi, tandis que Laura et Ed allaient de la Provence au Devon, d'Ibiza au Mexique, Alma ne parlait que rarement du couple fantôme dont l'existence était révélée par les timbres étrangers (le temps qu'une lettre arrive, ils étaient souvent partis ailleurs ; Laura n'écrivait jamais, elle faisait passer ses messages par Ed), disant seulement : « *Laurita es una viajera, eh ?* » avec une espèce de douceur inquiète, ou quelque chose d'encore plus anodin, de sorte que la fille de Laura gardait pour elle ses questions, qui, dans l'ombre intérieure solitaire et féconde de l'adolescence, devenaient monstrueuses.

Mais en découvrant le reste du monde, Clara apprit ce que nous apprenons tous – que les familles ne sont pas toujours ce qu'elles ont l'air d'être – et elle devint habile à détecter les fissures des façades domestiques. Ne sommes-nous pas tous blessés ? se disait-elle, et pendant l'unique année où elle alla l'université, elle lut les Grecs anciens et en conclut que la maison d'Atrée était, et avait toujours été, habitée par des gens qui lui ressemblaient. Puis, un an plus tôt, elle s'était éveillée un matin en nage, terrifiée. Sa vie était une longue marche entre deux barrières électrifiées. Et le sentier rétrécissait.

« Tu as besoin d'un verre, ma beauté, lui dit Desmond d'une voix pâteuse. Tiens, prends ça.

— Vous savez que j'ai toujours eu des idées morbides, commença Laura. Eh bien, figurez-vous que j'en suis arrivée à me demander ce qui se passerait si le cancer était la norme, et que ce soit la vie l'anomalie. Sinistre, non ?

— Pour l'amour de Dieu, Laura », dit Desmond, fâché. Carlos se leva et s'étira. « Tu es vraiment trop perverse, ma chère », dit-il. « C'est *moi* qui suis perverse ? dit Laura en riant. Tu entends ce vieux fou, Clara ! Cette idée m'est venue au cinéma, hier. Dans le noir, avec tous ces corps autour de moi… il y avait quelqu'un qui puait des pieds…

— C'était probablement moi », dit Carlos, et, éclatant d'un rire gras, Desmond cria : « Carlos ! Oh Carlos ! », puis, comme il portait son verre à sa bouche et le vidait, tout le monde l'imita et la chambre s'emplit du bruit qu'ils faisaient en buvant. Les revers de Desmond étaient éclaboussés de bourbon. Son costume, pensa Clara, devait valoir cher. Desmond avait fini par hériter de l'affaire familiale grâce à Laura. C'était pourtant à cause de leur mariage que la vieille Mrs Clapper avait d'abord eu l'intention de laisser sa fortune à l'ex-femme de Desmond et à leur fille.

« Mais je l'ai mise dans ma poche, avait confié Laura à Clara. Je me suis occupée jusqu'au bout de cette sale antiquité, lui avait-elle raconté. Oh, Clara, je sais ce que tu penses. Tu crois que je suis incapable de prendre soin de qui que ce soit. » Et Clara avait hoché la tête vigoureusement : « Non, non, pas du tout », car Laura était très soûle et Dieu seul savait ce qu'elle aurait pu dire si Clara avait abondé dans son sens. «Je portais ce richissime sac d'os à la salle de bains, je soulevais sa jupe et je l'asseyais sur les toilettes, avait continué Laura. Et tu ne sais pas ce qu'elle m'a dit un jour? Que j'avais fait de son fils un homme! Et elle a récrit son testament. Je n'aurais pas supporté de ne plus avoir d'argent jusqu'à la fin de mes jours, de revivre ce que j'avais vécu avec Ed, toujours à attendre qu'on lui paye son travail. Nous étions tellement fauchés, partout où nous allions, éternels bohémiens...»

Les histoires de Laura. Elle les racontait sur un ton étrangement superficiel, comme si elle-même n'y croyait qu'à moitié. «Mais tu as été bonne avec elle, avait déclaré Clara, honteuse de ce qu'elle disait. Tu t'es occupée d'elle.» Et Laura avait répondu d'un air malin : «Non, je savais ce que je faisais», sans chercher à participer à l'effort accompli par Clara pour excuser son opportunisme. Pourquoi avoir essayé? s'était demandé Clara. Pourquoi avoir tenté d'offrir l'absolution à une femme aussi intransigeante que sa mère? Laura lui contait ces horreurs de la même manière qu'elle aurait décrit un ouragan, et parce qu'elle ne pouvait pas s'empêcher de lui offrir les portes de sortie grâce auxquelles les gens échappent à la responsabilité morale de leurs actes, Clara se sentait idiote.

«Zut alors! s'exclama Laura. J'ai oublié de diminuer le dosage des somnifères que j'ai apportés à Peter.

— Comment fais-tu ça? demanda Clara.

— Les moins forts le sont encore trop pour lui, expliqua sa mère. J'ouvre les gélules, j'enlève la moitié de leur contenu et je les referme. Desmond dit que je ressemble à une sorcière penchée sur son chaudron. Pauvre vieux Peter.»

À cet instant, on frappa à la porte, Laura bondit. «J'y vais», dit Desmond. Alors résonna dans le couloir un cri soutenu, de plus en plus fort à chaque seconde et qui se brisa comme un chant d'oiseau, en une cascade de notes aiguës. Laura retomba sur le lit en éclatant de rire et, de ses deux mains, frotta violemment la chair de son visage, comme Carlos et elle le faisaient souvent. «Il a perfectionné son cri de mouette!» souffla-t-elle entre deux hoquets. «Bon sang!» s'exclama Carlos. Desmond ouvrit la porte et Peter Rice entra.

Il était plus jeune que Laura de quelques années, mais cela ne se voyait pas. Il avait le cheveu gris et rare, des traits fins et, derrière ses lunettes, des yeux bleu pâle pleins de gentillesse. Il donnait l'impression d'être propre et sec, comme passé dans une grande essoreuse qui aurait absorbé ses flux vitaux.

Il se dirigea droit vers Laura, qui se leva et mit ses bras autour de lui, et pendant un instant il posa la tête sur son épaule. Carlos leva son verre et le fixa pensivement. Les regards de Clara et de Desmond se croisèrent, puis ils se détournèrent ensemble, comme gênés. Peter Rice et Laura se séparèrent d'un geste gracieux.

«Merveilleux, non? demanda Peter d'une voix douce et cultivée. Cela m'a pris trois ans. Mon chef-d'œuvre. Je crois maintenant y arriver exactement. Ma mouette vole de tas d'ordures en tas d'ordures. Elle annonce le crépuscule… sur les yachts du port les gens se préparent à dîner, bâtonnets de carottes aigres, cacahuètes, hamburgers. Ils portent encore leurs tenues de marins. Certains boivent des cocktails vendus tout préparés. D'autres marchent le long du quai vers une joyeuse petite fête à laquelle ils vont se joindre. Ça sent le fond de cale, la viande rôtie, l'eau salée… » Et de nouveau, les yeux fermés, il fit la mouette.

Laura riait à en pleurer. « Charmant », murmura plusieurs fois Carlos. Peter a vraiment capté cette nuance sauvagement plaintive du cri de la mouette, pensa Clara, et soudain elle fut malheureuse. Elle décida de ne pas faire de commentaire, de rester calme. Le plus important était d'arriver au bout de cette soirée. Les Clapper s'absentaient plusieurs mois. Elle ne serait plus obligée de penser à Laura, surtout si elle allait voir sa grand-mère de temps en temps. Elle avait une vie à elle, loin de cette chambre d'hôtel. Elle devait, comme elle le faisait enfant, prendre ce qui lui était donné comme cela venait. Cette famille était la sienne. Tout le monde avait des problèmes. Elle se retourna vers les autres, l'air résolu.

« Cher Peter ! dit Laura en essuyant ses larmes avec le mouchoir que Desmond lui tendait. Qu'est-ce que tu bois ?

— Ce qu'il y a, répondit Peter. Mais c'est Clara ! Il y a des années que je ne t'avais pas vue. Quelle robe ravissante !

— N'est-ce pas ? dit Laura. Et tu ne sais pas ce que Desmond a fait, Peter ? Regarde, il m'a acheté tous ces vêtements… tout seul.

— Merveilleux, répondit Peter.

— Dis-moi, Clara, c'est un modèle français, non ? demanda soudain Laura.

— Non », répondit très vite Clara. Mais Laura

avait deviné juste. Et Clara avait dû demander à payer en plusieurs fois. « Je l'ai achetée en solde, ajouta-t-elle pourtant.

— Qu'importe la robe, tu es toujours jolie, dit son beau-père.

— Tu as pensé à nous réserver une table au *Canard privé*, Desmond ? » demanda Laura.

Peter avala une gorgée d'alcool. « J'en avais très envie », dit-il. Puis il tendit son cadeau à Laura. « Voici de quoi t'empêcher d'avoir le mal de mer – ou de quoi te le donner. »

Laura ouvrit le paquet en jouant l'enfant émerveillée, poussa des petits cris avides, déchira impatiemment le papier qui enrobait les livres.

« Oh, Peter, tu es vraiment un amour, dit-elle. Scandale et mystère ! Tout ce que j'aime !

— Et j'en ai même mis deux qui ne sont pas encore en librairie, lui dit Peter.

— Tu sais très bien que j'ai réservé notre table ce matin, Laura, annonça Desmond. Tu étais à côté de moi. »

Clara entendit Carlos soupirer. Il la regardait. « Allons boire un verre, seuls tous les deux », murmura-t-il en se penchant vers elle. Elle lui tendit la main, ils s'approchèrent de la table devant les fenêtres, où les bouteilles étaient posées.

« Parce que tu crois que j'écoute tes conversations téléphoniques ! s'exclama Laura. Je t'en prie, mon petit chéri, ne cherche pas la bagarre. Je voulais seulement m'assurer que nous aurions une table. »

J'aurais dû apporter quelque chose, pensa Clara. Mais Carlos était lui aussi arrivé les mains vides, comme toujours. Elle aurait quand même pu acheter des fleurs dans le hall de l'hôtel.

« Cesse de tourmenter ton pauvre mari, fais plutôt attention à moi », dit Peter à Laura d'un ton impérieux. Clara se retourna pour les regarder. Laura roulait des yeux avec une exagération comique. Desmond, debout à côté d'elle, vacillait légèrement. Laura passa un doigt léger sur la joue de Peter et Clara vit Desmond pâlir. Mais Laura sembla ne rien remarquer.

« Alors ? Quoi de neuf ? » demanda-t-elle d'une voix nasillarde. Et elle sourit.

Carlos serra le bras de Clara avec un signe de tête en direction de la fenêtre. Tout contre la vitre, sentant à chaque respiration l'odeur rouillée de l'air chaud qui s'élevait du radiateur voisin, ils restèrent silencieux à regarder la pluie, le ciel noir et son ventre pâle de lumière réfléchie, jusqu'à ce que, peut-être persuadé par le bavardage incessant des trois autres qu'ils ne l'entendraient pas, Carlos se mît à parler d'Ed Hansen. Ed était leur seul sujet de conversation sérieux, celui qui leur évitait toute démonstration supplémentaire d'affection et permettait que leurs muscles faciaux, épuisés par les sourires de commande, puissent enfin se détendre.

« Ed était en ville, samedi. Mon Dieu, mon Dieu. Je ne sais plus quoi faire. Il veut que je l'accompagne en Norvège. Il était tellement soûl, après deux ou trois bières, que je ne comprenais rien à ce qu'il disait. Il prétend qu'Adélaïde le déteste. En Norvège ! L'année dernière, c'étaient les Canaries. Il est malade. Il dit aussi qu'Adélaïde le trouve repoussant… il ne parle que du passé… s'adresse toujours à moi…

— C'est si grave que ça ? Il est vraiment malade ? demanda Clara. Il m'a parlé d'une angine de poitrine et je ne sais pas si je dois le croire – mais au fait, tu ne viens pas de dire à Laura que tu n'avais pas vu Ed depuis des mois ?

— Ma chère Clarita, si je lui avouais avoir vu Ed il y a quelques jours, ta mère, c'est certain, exigerait avec son avidité habituelle que je lui raconte tout. Elle a quelque chose de primitif, en ce qui concerne le temps. Comme si ce qui s'est passé il y a plusieurs mois pouvait ne pas être arrivé. »

Le léger sourire qui avait accompagné ces mots disparut. Le visage de Carlos retrouva l'expression tristement pensive qui lui était habituelle. Clara se dit que son père était perdu. Que Carlos ne lui serait d'aucun secours, qu'il ne lui apporterait même pas un soulagement passager. « J'ai essayé de le faire manger… » dit Carlos, avec dans la voix une note mélancolique.

Mais il n'essaierait pas de l'aider à arrêter de boire, pensa Clara. Elle avait passé quelques après-midi avec les deux hommes dans l'ignoble appartement de Carlos, à boire plus qu'elle ne le pouvait tandis que l'air se saturait de fumée, que son père passait lentement de l'hilarité au désespoir, et que l'irritation impuissante de Carlos surchargeait l'atmosphère. Elle l'avait fait parce qu'elle ne pouvait pas résister à l'envie de voir Ed, même en sachant que ces heures passées ensemble seraient amputées, détournées. Il s'était un jour avachi sur le divan taché, comme insensible à ce qui l'entourait, gémissant, toussant, secoué de haut-le-cœur.

« J'attraperai un gros poisson, un saumon rose, je couvrirai de glace sa chair agonisante, avait-il crié d'une voix pâteuse. Je l'emporterai dans ma tanière dans les collines, je mettrai autour de mon cou la chaîne qu'elle m'a laissée et je mangerai mon poisson…

— Pour l'amour du ciel ! avait explosé Carlos.

— Ah… vous êtes tous les deux contre moi, avait grommelé Ed. Je n'y peux rien, mes chéris, mes amours, mes tout petits. Je vous connais, vous ne m'aurez pas… » et il s'était mis à pousser des aboiements de chien.

Titubant sous le poids de son corps ivre, Carlos et Clara l'avaient traîné jusqu'à la chambre. « Ouah ! Ouah ! Ouah ! » glapissait-il, les yeux fermés, les mains agrippées à la taie d'oreiller sale.

Mais il lui était arrivé de se laisser entraîner dans le sillage de la longue amitié qui unissait les deux hommes, portée par le charme du langage qu'ils employaient entre eux, leurs allusions mystérieuses, l'impression déroutante de la valeur exceptionnelle que chacun d'eux avait encore pour l'autre. Ed ne buvait pas toujours à en perdre conscience. Elle les avait trouvés un autre jour dans l'éternel crépuscule du salon de Carlos, se parlant à voix basse. « Sois patient, Ed, répétait doucement Carlos. Ménage tes forces… peins tranquillement. Il n'y a que ça à faire, non ? » tandis que son père, dans un monologue pour une fois sans emphase et désespéré, disait son incapacité à prendre sa vie en main, le courant impalpable qui l'entraînait vers un vide sans recours. Il était trop tard. Pour tout. Pourquoi les femmes lui en voulaient-elles tant ? Pourquoi n'arrivait-il plus à travailler, même dans le domaine de la photo ? Il avait pourtant été assez bon, à son époque. Et il avait pourvu à leurs besoins, à Laura et à lui, pas richement, mais avec élégance. Pourquoi le passé hantait-il ses nuits, le laissait éveillé, grinçant des dents, gémissant de regret et de honte. Pourquoi ?

Ils s'étaient à peine aperçus de sa présence, comme si elle avait été l'un de ces jeunes amis de Carlos qui les accompagnaient parfois, fumant paresseusement en parcourant dans de vieux magazines musicaux les articles qui parlaient de Carlos, ou, s'il s'agissait d'un musicien, effleurant des doigts les touches du piano. Elle avait eu l'impression de les voir tous les deux disparaître, morceau par morceau de chair et d'os, laissant place à l'ombre de plus en plus profonde du soir qui tombait. Quelques jours plus tard, en se souvenant de cet après-midi-là, elle avait compris qu'ils avaient peur, deux hommes vieillissants incapables d'allumer la lumière.

« Je ne sais pas quoi te dire, répondit Clara à son oncle. La dernière fois que je l'ai vu – il m'a invitée à déjeuner, ce qui ne lui était encore jamais arrivé – j'ai cru qu'il était sobre, enfin presque. Mais il ne l'était pas. »

Ed l'avait accompagnée jusqu'à l'arrêt d'autobus. Il avait été volubile, alerte, même, mais dans le bus qui s'éloignait, elle s'était retournée pour le regarder. Il s'était effondré contre le mur noir de suie d'une vieille école, le chapeau tombant sur le front, les bras pendant, inertes, de chaque côté du corps.

Un hurlement de rire résonna derrière eux. Clara se retourna et vit Peter Rice plié en deux, tandis que sa mère rayonnait de gaieté triomphante et que Desmond grimaçait un sourire. Laura avait dû dire quelque chose de drôle.

Clara alla vers eux. Elle n'avait rien à ajouter. Carlos et elle avaient déjà eu ce genre de conversation à propos d'Ed. Elle aperçut sur la table de nuit un dessin humoristique qui avait été découpé dans un magazine. Elle le prit et le tendit à Laura. « Ça vient de grand-mère ? » demanda-t-elle. Alma avait l'habitude d'envoyer des dessins humoristiques à ses enfants, elle l'avait toujours fait, depuis aussi longtemps que Clara s'en souvenait. Lorsque Laura était encore mariée à Ed et vivait à l'étranger, pendant les mois que Carlos passait au loin ou quand l'agence de tourisme d'Eugenio lui demandait d'aller en Californie ou au Nouveau-Mexique, Alma leur envoyait par avion ces dessins publiés dans la presse, et elle riait toute seule quand elle les découpait, les lançait au-dessus des terres et des océans à ses enfants éparpillés, souriant peut-être à la pensée de leur rire qui allait anéantir la distance, leur rappeler son existence et apaiser l'irritation qu'ils ressentaient quand elle la leur rappelait.

« Pose ça ! »

Il y avait une telle férocité dans la voix de Laura que Clara lâcha le morceau de papier. Il voleta sous le lit et Carlos, surpris par le cri de Laura, laissa son allumette lui brûler les doigts. Dans le silence – tout le monde se taisait – Clara remarqua qu'il manquait une branche aux lunettes de Carlos.

« Excuse-moi », dit Clara sans comprendre. Peter Rice ramassa le dessin et le reposa soigneusement sur la table. Alors Laura secoua la tête, comme ne sachant plus où elle en était. « Oh… je ne sais pas ce qui m'a pris... Je t'en prie, Clara, regarde-le. Tiens, prends-le !» Puis elle attrapa son frère par le bras. «Et toi, Carlos, dit-elle d'une voix pleine de fausse sévérité, fais donc arranger ces fichues lunettes ! Tu n'as pas honte ?

— Elles sont très bien comme ça, répondit-il doucement.

— Mais dis-moi, ce ne sont pas les tiennes ! Regarde, Laura, elles ne lui vont même pas, intervint Desmond.

— Quelqu'un les a oubliées chez moi», avoua Carlos tristement, reconnaissant une fois de plus devant tous qu'il était bien le plus paresseux des hommes. Il eut un sourire charmeur.

Ed racontait que lors d'un bref voyage qu'ils avaient fait ensemble au Mexique, Carlos avait dit le soir de leur arrivée qu'il n'avait pas envie de s'occuper des chambres. Si ça ne l'ennuyait pas, Ed pouvait chercher un interprète qui lui permettrait de discuter avec le patron de l'hôtel. «Et pendant que je m'exécutais, disait Ed, et qu'un jeune Mexicain trouvé dans la rue traduisait les marchandages, Carlos, assis dans un fauteuil, hochait la tête avec une lassitude voluptueuse, comme devant un jeune élève qui récite à un vieux maître une leçon rabâchée.»

Quand il se réveillait le dimanche matin à une heure tardive, sachant qu'il aurait dû aller voir sa mère et qu'il ne le ferait pas, conscient de l'ignoble puanteur de son appartement, de la nourriture qui pourrissait, de la poussière et de la saleté des draps, Carlos se mettait les mains derrière la tête et restait allongé, les joues inondées de larmes, pensant à sa vie foutue, à ses amants morts, partis, à ses investissements déraisonnables, à la violence de sa sœur, qui pouvait l'appeler à tout instant et, de son ton étudié de tueuse, de sa belle voix profonde, exiger l'impossible en lui laissant comprendre qu'elle connaissait non seulement ceux de ses secrets que tout le monde connaissait mais aussi ceux qu'il cachait, sa totale inefficacité, son ennui devant la drague, ses besoins sexuels inassouvis, sa terreur de vieillir. « Je suis en train de devenir une vieille truie », se murmurait-il en essayant d'écarter la pensée de sa mère attendant, dans le silence à l'odeur de linoléum et de désinfectant de la maison de retraite, qu'il vienne la voir.

« Je vais me faire faire une ordonnance, dit-il à Laura.

— Oh, Carlos… » Laura secoua la tête d'un air faussement désespéré.

« Tu pourrais peut-être trouver un chien d'aveugle, suggéra Peter.

— Mais il faudrait qu'il le *nourrisse*, et qu'il le sorte…

— Pas forcément », dit Carlos en se mettant à rire, et tout le monde en fit autant et les verres furent à nouveau remplis. Laura leva le sien. « Bon sang ! C'est vraiment chouette de vous avoir tous ici ce soir ! Carlos ! Clarita ! Vous êtes là, c'est formidable. N'est-ce pas, Desmond ? C'est délicieux, non ?

— Merveilleux… » répondit Desmond. Il avait le visage écarlate, le regard terne.

« Le restaurant que Desmond a choisi fait les meilleurs œufs *à la russe* du monde, dit Laura d'un ton surexcité. C'est toujours ton plat préféré, Clara ? Tu aimes toujours autant les œufs durs mayonnaise ?

— Bon Dieu ! Je suis en train de fumer une cigarette et j'en allume une autre, s'exclama Peter.

— Une mouette ne ferait jamais une chose aussi horrible. »

Laura sourit. Peter eut l'air d'un jeune garçon pudique surpris par une caresse.

« Je connais des mouettes de très bas étage, dit-il. Et maintenant, ma chère, montre-moi tes nouvelles robes, ou, comme disait ma mère, tes nouveaux atours. »

Après avoir jeté un coup d'œil furtif vers sa femme, Desmond effleura le bras de Clara.

« Comment va la vie ? Dis-moi tout, Clara, demanda-t-il.

— Je voudrais un autre glaçon », répondit-elle en pensant : voilà, maintenant c'est à son tour de venir me parler. Desmond prit un glaçon dans sa grande main, que Clara trouva étonnamment poilue, comme couverte d'une mitaine.

« Laura m'a dit que tu avais un boulot assez sympa, commença-t-il.

— Je dirais plutôt un boulot assez rasoir... mais il y a des gens sympas, dans cette boîte, ajouta-t-elle pour ne pas avoir l'air de se plaindre. Quand j'ai rendu ma première note de frais, les autres cadres sont venus me voir. Mon bureau est minuscule et ils s'y sont entassés tous les six. C'était assez drôle. Je n'avais compté que six dollars soixante-quinze et ils m'ont demandé si j'avais l'intention de les faire passer pour des escrocs. »

Desmond renifla, vacilla sur ses talons. Croyait-il que faire la moue en fronçant les sourcils, plein d'importance, lui donnait l'air intelligent ?

« Ce qui voulait dire ? demanda-t-il.

— Eh bien, je n'avais noté que mes dépenses de bus et de métro, et… » mais Desmond n'était plus là ; en trois enjambées incertaines, il avait rejoint le lit où Laura s'était à demi étendue. « Tu veux de la glace, chérie ? »

Clara avait l'habitude de laisser ses phrases en suspens. Elle se remit immédiatement à se demander pourquoi sa mère lui avait tout d'abord interdit de toucher le dessin humoristique, spéculation aussi futile que désagréable. Dans aucune autre compagnie que celle de ces Espagnols Clara n'avait senti un tel écart entre la conversation et les préoccupations intérieures de ceux qui y participaient. Ils changeaient continuellement d'attitude, soulignaient avec des cris amusés les particularités de chacun, faisaient semblant de découvrir pour la première fois les idées bizarres des autres, s'amusaient comme des fous ! Jusqu'à ce que Laura pose une de ses terribles questions, tranchant d'un coup d'épée leurs béquilles de papier, et que règne, l'espace d'une seconde, ou d'une minute, le silence étonné et mortifié de ceux qui ont été surpris à jouer la comédie sans même savoir pourquoi. Mais avec quelle indulgence, quelle tendresse Laura venait-elle alors – parfois – à leur secours.

Je vais tout simplement prendre ce dessin, se dit Clara en regardant la petite flaque d'eau qui coulait de la fenêtre. Elle se tourna vers la table de nuit. Un tas de valises assorties l'en séparait. Elles étaient neuves et luxueuses. Il lui faudrait passer de l'autre côté du lit, où se tenaient Peter Rice et Carlos, le verre à la main. Mais que lui importait ce dessin ?

«Viens ici... ne sois pas si distante, ma chérie, lui dit sa mère.

— Quelles magnifiques valises, répondit Clara.

— Notre nouvelle ligne», lança fièrement Desmond.

Ces bagages ne lui avaient rien coûté. Grâce aux efforts déployés par Laura auprès de sa belle-mère, ils avaient hérité d'une entreprise de maroquinerie de luxe. Ils avaient des représentants dans les villes les plus importantes du pays. «Des gens très distingués», disait Laura en grasseyant avec un grand sourire. Une année où les affaires avaient particulièrement bien marché, ils avaient acheté en Pennsylvanie une ferme où ils vivaient depuis, et qu'ils quittaient de temps en temps pour se rendre à New York et, plus rarement, à l'étranger.

Tandis qu'elle contournait soigneusement les valises entre la fenêtre et la chaise, où elle s'assit, Clara remarqua que le sourire de Laura était empreint de mélancolie. Sa mère lui parut un instant en repos, satisfaite. La pièce était terriblement confinée; peut-être allaient-ils lentement étouffer – l'air lui semblait fait de la même substance que la moquette beige. Soudain le radiateur émit un bruyant sifflement de vapeur. Le nouveau Vésuve, pensa Clara – on nous retrouvera plus tard tels que nous sommes en ce moment, raidis entre nos chaînes comme le chien de Pompéi.

«Cet hôtel n'est plus ce qu'il était, dit Desmond d'un ton chagrin.

— Ne le prends pas de façon personnelle, Desmond, répondit Laura.

— Je ne veux pas dire que...

— Attention, Clara! Il va renverser son bourbon!»

Clara se redressa sur sa chaise. Mais Desmond était à plus d'un mètre d'elle. Il tenait son verre à hauteur des yeux, l'air ébahi : «Seigneur! Il est presque vide.» Peter Rice prit la parole.

«Écoute, Laura, il faut absolument que tu ailles voir les Hommes bleus.

— Mais enfin, Peter! s'exclama Laura, les yeux écarquillés, brillants. À quoi penses-tu? Sais-tu combien de fois tu nous as parlé de tes fameux Hommes bleus? Doux Jésus! Je me demande ce qui t'est arrivé sous ces tentes berbères...

— Je ne t'ai jamais parlé des Hommes bleus.

— Mais si, voyons!

— C'est la première fois que j'entends ce nom, prétendit Desmond, d'une voix de fausset, irréellement claire, comme relayé par un ventriloque sobre.

— Moi aussi», dit Carlos.

Légère impasse, trou banal dans la mémoire de quelqu'un – cela arrivait assez souvent dans le courant de la conversation. Mais sans être suivi de ce silence de pierre. Ils s'étaient tous figés. Clara aperçut un reflet de son propre malaise sur le visage de Peter. Carlos était livide. Desmond vacilla, on aurait pu croire qu'il perdait l'équilibre.

Il était pourtant permis de contredire Laura. Clara l'avait vue ravie de croiser le fer, combattant avec la joyeuse intensité qu'elle mettait toujours à résoudre énigmes et devinettes. Pourquoi fixait-elle maintenant le mur d'un air tragique? Les membres tendus comme dans une convulsion? Qu'était-il arrivé?

Les invités étaient venus souhaiter bonne route aux voyageurs. La soirée s'était déroulée sans heurts, ils avaient parlé du voyage, évoqué la paresse de Carlos, imité un oiseau, commenté le physique de Clara – extirpant d'eux-mêmes les mots, les poussant devant eux comme pour forcer une bête léthargique à entrer dans sa cage, et voilà maintenant que la bête ressortait et les menaçait, soudainement affamée. Quelle chair allait la satisfaire ? Clara s'imagina pousser un grognement, s'exclamer bruyamment. Mais il n'était pas question, pas plus lors d'une réunion de famille qu'habituellement en société, que quiconque se laisse aller au discours follement haché qui pouvait donner une vague idée de ce que chacun pensait et ressentait vraiment.

D'un pas lent, trébuchant, Desmond s'avança vers la salle de bains. Alors Peter, avec un sourire gêné, dit :

« Voyons, ma chère, tu as peut-être déjà entendu parler des Hommes bleus, mais de quoi n'as-tu pas déjà entendu parler ? Nous racontons tous les mêmes histoires à propos de ce que nous avons aimé ou détesté… »

Laura se tourna soudain vers eux. Elle souriait. Carlos sortit lentement un cigare de son emballage de cellophane. Clara s'entendit soupirer et espéra que personne ne l'avait remarqué.

« J'allais parler, continua Peter, de la danse la plus perverse dont quiconque puisse rêver – une fille de quatorze ans, petite, mince, à genoux, bougeant ses bras et ses épaules…

— Une pauvre enfant qu'on prostitue ! l'interrompit Clara d'une voix criarde. Que force à rester à genoux quelque immonde et primitif… »

Puis, étonnée elle-même de son éclat, elle s'interrompit.

« Allons, Clara, lui dit sa mère d'un ton patient, ne parle pas comme ça. Personne n'oblige les autres à se mettre à genoux, ils le veulent bien… »

Peter regardait Clara, étonné. Il l'avait imaginée comme une jeune femme soumise et silencieuse. Comment la fille de Laura aurait-elle pu être autrement ? Pourtant, c'était bien de l'indignation, une légère note d'hystérie qu'il venait d'entendre dans sa voix – mais ceux qui restent sur la réserve en ressassant intérieurement ont tendance à bondir inconsidérément à la moindre occasion. Comme ces reclus qui, au moindre bruit de pas, croient entendre une armée qui vient les attaquer.

« Tu as vu ça à Rabat ? demanda Carlos, courtoisement.

— Tu devais être au biberon, Peter ! s'exclama Laura. Ça se passait avant la guerre ?

— Oui. C'était à Rabat. Et j'avais vingt ans, Laura, j'étais adulte. Mais primitif, Clara… Je suis allé en vacances à Quito, l'année dernière. Une jeune Indienne venait laver mon linge. Elle avait un magnifique profil de Jivaro… Je la regardais repasser mes chemises. J'adorais son visage. Par moments, elle se tournait et me lançait un sourire éclatant. Les hommes de son peuple avaient probablement souri de la même façon aux missionnaires avant de les tailler en pièces à coups de machette. Et à Haïti, et au Maroc, j'ai vu ce même sourire ineffable et sacré, que nous avons tous dû avoir un jour…

— Bon Dieu ! Quel ramassis de conneries ! », explosa Desmond exaspéré.

Debout contre la porte de la salle de bains, il contemplait la bouteille de bourbon. En avait-il déjà bu la moitié? Mais personne ne fit attention à lui. Ils regardaient Clara, qui s'était levée. Elle essayait de contrôler l'agitation profonde qui l'avait envahie; ses lèvres tremblaient, ses paupières battaient, ses mains s'agrippaient l'une à l'autre. Carlos se cacha derrière la fumée de son cigare.

«Ineffable et sacré, et patati et patata, ironisa Laura d'une voix forte. Et mon sourire, tu l'aimes, Peter? Je suis une primitive.»

Clara reprit la parole, d'un ton mal assuré : «Et ceux qui rôdent dans la ville et qui tuent sans pitié? Ils sourient aussi, n'est-ce pas?

— Mais qu'est-ce que tu sais de tout ça, petite fille?» demanda Desmond.

Peter prit la main de Clara. Elle était moite. Les doigts de la jeune femme serrèrent lentement les siens.

«Je ne voulais pas parler d'un manque d'humanité, dit-il. C'était à autre chose que je pensais, je t'assure. À l'innocence... à ce qu'il y avait avant la chute, oui, à tout cela...»

Il était très légèrement dégoûté par ce contact, leurs doigts emmêlés, leurs paumes doucement moites l'une contre l'autre. Et en même temps, il se sentait ému par le geste inconscient de cette main refermée sur la sienne. Mais cela suffisait. Il la lâcha et s'écarta. Qu'avait-il éveillé en elle, avec sa vieille histoire de «sourire primitif»? Il était tellement habitué à ses propres tirades qu'il ne s'écoutait plus. Pourtant cette fois, il avait mis les pieds dans le plat. La jeune femme semblait au bord des larmes. Il avait seulement voulu entretenir la conversation.

Il lança un coup d'œil à Laura. Et il eut tout à coup l'intime conviction que Clara était bien la fille de sa mère, qu'il y avait en elle quelque chose qu'il n'avait pas décelé, à quoi il n'avait jamais réfléchi, quelque chose de singulier.

« Comme tu es passionnée ! » dit Laura à Clara dans un murmure. Elle balança les jambes hors du lit et les boîtes où étaient rangées les robes tombèrent sur la moquette. Clara alla les ramasser et, comme elle les reposait au bout du lit, sa mère lui fit un clin d'œil appuyé, complice. Clara éclata de rire et, pleine de reconnaissance, lui dit impulsivement : « Ces robes sont ravissantes ! »

Sa mère, qui tripotait le saphir de sa bague avec un sourire narquois, tendit soudain la main, attrapa par son ourlet la robe de Clara et la souleva. La petite étiquette en soie blanche de *Christian Dior* apparut, prise dans la couture. Clara s'immobilisa, paralysée, tandis que les doigts de Laura laissaient peu à peu retomber le tissu de sa robe. Aucune explication ne pourrait jamais prévaloir sur le jugement implacable que la jeune femme vit se dessiner sur le visage de sa mère qui lentement, très lentement, se tournait vers Peter Rice.

« Un autre verre ? Non, vraiment ? » demanda Desmond à la ronde en tendant une bouteille. « Il n'y a plus de glace, chérie. Veux-tu que j'en demande d'autre ? » Mais personne ne lui répondit, ce qui ne l'étonna pas. Il sourit tout seul. Il se contrefichait de la glace, comme de ce triste vieux Carlos qui boudait près de la fenêtre tel un ours dévoré par les parasites, le cigare entre les dents – ce sac de tripes espagnoles… ce vieux pédé sale et feignant. Seigneur ! Il n'avait même pas remarqué le chewing-gum collé à sa semelle ! D'ailleurs ces chaussures ne lui appartenaient probablement pas. On lui aurait donné trois sous. Desmond se contrefichait aussi des jacasseries hystériques de Laura et de Peter. Il rit tout haut à l'idée de ce que Laura dirait lorsqu'ils seraient partis, qu'ils se retrouveraient seuls tous les deux, et qu'il n'aurait plus à s'inquiéter de ce qu'elle pensait, de la façon dont on lui rappelait le passé. Comme s'il ne savait pas qu'ils parlaient d'Ed Hansen dès qu'il avait le dos tourné ! Quel autre sujet de conversation auraient-ils pu avoir ?

Desmond avait rencontré Laura et Ed à Paris il y avait des années, et il avait d'abord été ébloui par Ed, comme n'importe quel autre imbécile. Ed venait de donner un coup de poing à un Français qui, avait dit Laura, la regardait d'un air coquin tandis qu'ils s'élevaient lentement tous les trois dans la cage d'ascenseur d'un hôtel, et Desmond avait failli s'étrangler de rire au récit qu'Ed avait fait de l'incident. « Frappe-le ! » avait exigé Laura, et Ed s'était exécuté ! Puis ils avaient relevé ce pauvre enfant de salaud encore étourdi, l'avaient traîné dans un couloir et l'avaient couvert des draps sales qu'une femme de chambre avait laissés sur un chariot – afin qu'il ne meure pas de froid, avait raconté Ed. Laura avait la trentaine bien tassée, Desmond trouvait qu'elle ressemblait à un dahlia légèrement abîmé. Et Marjorie, sa femme, ne pouvait pas imaginer l'effet que Laura lui faisait, avec quelle sauvagerie il la désirait, pour lui seul, comment il voulait l'observer, la poursuivre et découvrir ce qu'il y avait en elle qui l'entraînait à de tels éclats, à ces scènes qui dégoûtaient tellement

Marjorie, et qui le ravissaient. Ed avait toujours su que Desmond était fou de Laura, et il trouvait ça drôle, Laura l'avait raconté à Desmond. Il avait alors compris qu'Ed et Laura avaient tous les deux ri de lui. Il ne pourrait jamais le leur pardonner.

Il savait aussi qu'ils avaient une enfant, qui vivait quelque part à Cuba avec sa grand-mère, et que cette enfant ne serait pas un problème. Laura n'était la mère de personne. Contrairement à Marjorie, qui, les dents serrées, disait en boutonnant la veste d'Ellen : « Je ne veux pas que cette salope d'Espagnole s'approche de mon enfant ! » Et cela non plus n'avait pas été un problème. Il tâta soudain le fond de sa poche. Où diable avait-il mis la lettre d'Ellen ? Il lui répondait toujours. Laura n'en savait rien. Il se débrouillait généralement pour intercepter avant elle les missives de sa fille, mais cette fois, il avait échoué. Il lui enverrait une carte postale de Rabat. Peut-être réussirait-il à prendre Peter à part pour lui demander de l'aider à lui trouver une place dans l'édition. Il supposait qu'elle avait des ambitions – et de stupides illusions sur la littérature –, qu'un simple bureau d'avocat ne pouvait combler les attentes que Marjorie entretenait pour « son enfant ».

« Exactement ! s'exclama-t-il.

— Pardon ? Qu'est-ce que tu as dit ? » demanda Clara qui s'était approchée de lui et regardait d'un air distrait le seau à glace et les bouteilles.

« Oh, rien... répondit Desmond d'une voix toujours pâteuse. C'était à propos de la glace... ils ne vous en donnent jamais assez... Ah, ces hôtels ! »

Clara se versa un whisky.

« Ce n'est pas grave.

— Tu as raison.

— La pluie continue de tomber, les ponts de votre navire doivent être trempés, les hublots embués ; j'ai toujours l'impression, quand il fait ce temps-là, que tout voyage est illusion. Tu comprends ce que je veux dire ?

— Eh bien…

— Il est alors difficile d'imaginer qu'il puisse exister un endroit où il ne pleut pas, tu vois ? »

Je suis la seule personne sensée dans cette pièce, se dit-il en fronçant les sourcils comme pour la remettre sur le droit chemin. Puis, brutalement, Clara s'écarta. Lui avait-il dit de la boucler ? Il l'avait pensé, mais – Seigneur ! – le lui avait-il dit ?

Le dessin que Clara était allée chercher avait disparu de la table de nuit. Laura l'avait-elle mâché et avalé ? Dommage, elle aurait pu en profiter pour se lancer avec sa mère dans une nouvelle conversation, et oublier momentanément sa honte d'avoir menti au sujet de sa robe. Son mensonge lamentable ; comment interpréter l'étrange expression prophétique qu'elle avait lue sur le visage de sa mère ?

La robe était chaude contre sa peau. Peter Rice lui lança un regard ; un sourire impersonnel passa sur ses lèvres. Elle eut l'impression qu'elle allait s'évanouir, tomber, et ce n'était pas à cause de l'alcool ou de la chaleur qui régnait dans la pièce, mais d'un souvenir qui l'avait envahie si violemment qu'il lui semblait sentir la chair, les membres de son amant, Harry Dana, l'écraser, la maintenir sous lui, tandis que la robe honnie traînait abandonnée dans le coin où elle l'avait enlevée.

Elle perçut tout à coup une odeur curieuse. C'était, se rappela-t-elle, ce produit que sa mère utilisait, une sorte de goudron destiné à soigner un problème de cuir chevelu. Elle n'avait pas eu conscience jusqu'à cet instant de s'être rapprochée petit à petit de Laura. Quelle horrible coiffure elle avait ! Clara renifla discrètement. Oui, c'était là, un parfum noir, humide, un relent de pétrole, un suintement de vase, les véritables éléments de ce sang espagnol, *sangre pura* ! Un traitement capillaire, tu parles ! Sang pur, oui ! Les Espagnols avaient éliminé des populations entières d'Indiens, d'Arabes, de Maures, de Juifs. Dieu qu'elle aurait aimé être là lorsque son père avait dit à Laura : « Tu sais que tu es sépharade, ma reine ? » Tout au moins l'avait-il raconté à Clara, en lui jurant que c'était la vérité. Et il lui avait montré un petit ferrotype qu'il avait volé à Laura, une photo de son père, le grand-père de Clara qui était mort bien avant sa naissance, un homme basané, petit, beau, habillé en costume de Gitan pour poser, coq fanfaron portant avec désinvolture son chapeau de *caballero*. « C'était à Cadix, avait dit Ed. N'en parle jamais devant ton oncle Eugenio ! »

Comme si elle avait pu parler de quoi que ce soit avec oncle Eugenio, on ne pouvait rien lui dire, ni sur son père ni même sur ses lacets de chaussures ! Voilà en effet un homme que le « sang pur » avait rendu complètement fou, qui se promenait avec dans les poches des rouleaux de photocopies de pages entières d'armoiries qu'il avait trouvées dans les livres de généalogie de la bibliothèque. On racontait qu'Eugenio ne touchait jamais la main de qui que ce fût – peut-être par peur de la contagion. Une nuit, dans le vieil appartement d'Alma, alors qu'il dormait sur le divan du salon parmi les meubles délabrés, Clara l'avait entendu hurler comme un cheval qui se serait pris dans des fils barbelés. Et il s'était réveillé une autre fois le pied ensanglanté face à un trou qu'il avait fait dans le mur. Alma avait punaisé sur le plâtre abîmé une photo de singe découpée dans le magazine *Life*.

«Ces boîtes vont encore tomber, bon sang! Enlève-les de là, Laura, s'il te plaît», dit Desmond irrité. Laura fit une grimace de clown et sourit. Sa bonne humeur se maintient, se rassura Clara tandis que Laura suspendait ses robes dans le placard. Chaque instant écoulé les rapprochait de celui où ils s'installeraient enfin dans le restaurant, tout danger écarté. Laura le disait elle-même, elle ne se donnait plus jamais en spectacle devant tout le monde.

«Que fais-tu, Clara? J'ai cru comprendre que tu étais dans les relations publiques? s'enquit Peter.

— Ces conneries!» lâcha Desmond. Puis, les yeux sur sa femme, il reprit sur un ton d'excuse: «Tout le monde sait que…»

Laura plongea son visage dans ses mains.

«Ce que tout le monde sait, commença-t-elle d'un ton théâtral, c'est qu'après s'être plusieurs fois resservi en douce, mon mari se trouve maintenant légèrement bourré.» Ses mains s'écartèrent; ses yeux brillaient; sa volonté d'arranger les choses les délivrait de l'interjection pleine de rage et de laideur importune. Sauvés – mais de quoi? se demanda Clara –, ils la regardèrent avec espoir. «Raconte-nous, Clara», dit Laura.

Elle leur parla de ce qu'elle pensait pouvoir les amuser, mais sans s'impliquer dans son récit. Elle craignait, sans savoir pourquoi, que le poids de tout sentiment personnel les fasse sombrer. Et sa gorge se serra quand elle entendit Carlos soupirer légèrement, vit sa mère regarder fixement ses mains, Peter Rice poser ses yeux vides sur l'annuaire du téléphone. Elle leur expliqua le code utilisé par les responsables financiers de l'agence pendant les rendez-vous avec les clients. Si l'un d'entre eux se laissait aller à une de ses manies, les autres l'avertissaient en tapant discrètement sur la table. « Il y en a un qui se gratte, dit-elle. Mais quand il entend trois coups, il sursaute comme un lapin qui vient de se prendre une balle, et il serre ses mains l'une contre l'autre. »

Cette fois, ils se mirent à rire, tous sauf Desmond. Il se moquait de ce qui se passait. Avait-il vraiment réservé une table ? S'il était fier de quelque chose, c'était de son sens de l'organisation. Il regarda Laura ; elle était très belle, assise sur le lit. Belle, lourde, lascive, pensa-t-il rêveur – comme un gros animal enlisé dans la chaleur et le poids de son propre corps.

« Le temps s'en va, le temps s'enfuit, chantonna Peter Rice. Mais qu'est-ce qui me prend ? D'où est-ce que je sors ça ? Clara, tu as parfaitement décrit ton agence. Terrifiant. Est-ce que l'édition t'intéresse ? Cela ne vaut pas beaucoup mieux, mais l'ambiance est un peu plus... » Il haussa les épaules et alluma une cigarette.

Comme un gros animal, se répétait intérieurement Desmond, dans sa tanière, recouvert de boue, le poil collé, plein de merde, avec cette forte odeur de feuilles mortes...

« Desmond ? » Elle l'avait appelé doucement,

presque dans un souffle. Il sentit une douleur aiguë dans le ventre. Laura ne pouvait pas savoir ce qu'il était en train de penser, pourtant il eut l'impression qu'elle savait *quelque chose* de lui, à cet instant, et que, si elle décidait de le révéler, il serait mortifié. Il reconnaissait ce regard neutre, cette façon de murmurer ! Il se versa une bonne rasade de bourbon et tint son verre devant lui de manière à ce qu'elle puisse le voir, bon sang ! Il aurait mérité mieux, après Marjorie, après toutes ces années avec elle et leur enfant, Ellen, qui lui écrivait des lettres idiotes – et Laura savait combien elles étaient bêtes. Puis il comprit ! Tout ce que Laura savait c'est qu'il avait, peut-être, un peu trop bu.

« Pour quelle heure as-tu réservé la table, Desmond ?

— Sept heures et demie », dit-il. Comme les têtes de tous ces gens semblaient petites ! Il secoua la sienne afin d'y voir plus clair. Mais sans succès.

« Non, ce n'est pas possible !

— Si… Pour l'amour de Dieu, qu'est-ce que j'ai encore fait de mal…

— Mais mon chéri ! Dan doit nous téléphoner à ce moment-là pour nous donner des nouvelles de Lucy !

— Pourquoi ne l'appelles-tu pas ?

— Ce serait l'insulter. Il pourrait croire que je ne lui fais pas confiance.

— Qui est Lucy ? » demanda Carlos d'un air mécontent. Il ne fallait pas que Laura et Desmond commencent déjà à se disputer, la soirée allait être longue.

« Leur chien, murmura Clara. Tu sais, leur vieux terrier.

— Je croyais que c'était Dan, le chien, dit Carlos.

— Écoute, s'il appelle à l'heure, cela ne prendra qu'une seconde. Et nous ne sommes pas à cinq minutes près, pour le restaurant », protesta Desmond.

Laura le regarda tendrement. « Tout se mélange, dans ta tête, dit-elle en souriant.

— Le problème dans l'édition, c'est que tu dois avoir l'air de t'intéresser à la création mais d'être enfermé dans un système qui n'accorde d'importance qu'à l'argent. Le grand chic, bien sûr, étant de ne sembler intéressé que par l'argent.

— C'est révoltant, dit Carlos.

— Ce chien va parfaitement bien! cria soudain Desmond. Je ne vois pas le problème que peut poser cette réservation. » Il se tut, puis regarda Peter d'un air féroce. « Qu'est-ce que tu racontes? lui demanda-t-il durement. Comme ça, il y aurait du nouveau, dans l'édition américaine? Parmi ces *créateurs* et leurs vieilles nounous? »

Laura bondit et se dirigea vers son mari. « Quel chien, mon chéri? Il y a des heures que nous parlons d'autre chose… Aurais-tu un peu bu? » Elle lui pinça le menton et se retourna en lançant un clin d'œil aux autres, comme pour les inviter à rire avec elle. Tout le monde se rendait compte que Desmond avait traité Peter de vieille nounou. Clara, honteuse du soulagement qu'elle ressentait à l'idée que ce n'était pas elle qui avait provoqué le silence sombre et épineux qui suivit, regarda discrètement Peter. Les paupières baissées, il serrait les poings. Puis il leva les yeux vers elle.

« La culture rend amer », dit-il d'une voix si basse qu'elle n'était pas certaine d'avoir bien entendu.

Laura parlait maintenant d'un ton vif mais inaudible à Desmond, qui semblait en même temps irrité et bizarrement content. « Non, c'est promis. Je vais arrêter », dit-il soudain d'une voix claire. Laura se tourna vers les autres : « Vous devez mourir de faim ? »

Clara répondit que non. Carlos dit qu'en ce qui le concernait, ça n'allait pas tarder. Mais Peter garda le silence. Il prit sur la table une carte plastifiée. « Il y a même une bijouterie, dans cet hôtel, fit-il remarquer.

— Et pourquoi pas ? » demanda Laura avec ce qu'elle imaginait être l'accent juif. Clara sursauta, comme si tous les Juifs qu'elle connaissait venaient de la surprendre en compagnie d'antisémites.

« Je vais commander de nouveaux diamants, lança Laura, en grasseyant encore. Je viens de jeter les vieux !

— Cette plaisanterie date un peu, dit Peter. Tu me fais honte, Laura.

— Mais, mon cher, ma fille ne me raconte plus aucune nouvelle blague. »

Clara tressaillit. En lançant leurs plaisanteries et dessins humoristiques dans le cratère du volcan, Alma et elle montraient à quel point elles étaient toutes deux certaines que cette femme, qui les reliait l'une à l'autre, n'était pas un simple point sur la ligne continue de leur filiation, mais le sommet d'un triangle. Son cœur battit douloureusement – elle n'avait pourtant jamais vraiment pensé à avoir des enfants, mais elle eut soudain l'impression qu'on venait de lui apprendre que ce serait impossible, que cette figure géométrique qui s'était emparée de son esprit – elle voyait le triangle de fer aussi clairement que le téléphone de la chambre – était la forme de son destin.

Mais comment Laura s'était-elle comportée avec Alma ? Clara ne se rappelait pas grand-chose des rares occasions où elle les avait vues ensemble. Elles parlaient espagnol. Clara, qui avait toujours appelé sa mère Laura, avait été étrangement émue d'entendre cette dernière appeler Alma « Mamá ». Elle avait remarqué, lors de ces quelques rencontres qui avaient ponctué les longues années d'absence, l'attitude protectrice et presque autoritaire de Laura envers sa mère, et la façon dont, une fois calmés les soupirs et les exclamations de plaisir d'Alma, et après un bref interlude au cours duquel la vieille dame donnait à sa fille des nouvelles de sa vie, extrayant de son quotidien difficile des détails ironiques qui pouvaient, croyait-elle, amuser Laura ou susciter en elle de l'admiration pour le courage dont elle faisait preuve face à l'adversité, la façade s'écroulait. Le visage ruisselant de larmes, elle criait qu'elle était *abandonada*, et résistait à toute consolation jusqu'à ce que Laura lui prenne les mains et dise : « Allons, Mamá, ça suffit, maintenant ! » Alors Alma, vieille enfant de sa fille, souriait à nouveau, pitoyable… Laura lui glissait parfois au creux de la main quelques dollars « chipés à Ed », disait-elle. Lorsqu'elle partait – et personne ne savait jamais quand elle reviendrait – un silence glacé, affligé, s'installait entre la grand-mère et sa petite-fille, comme si quelqu'un venait de mourir.

Telles des étrangères qui s'efforcent de pratiquer la langue du pays et d'en apprendre les expressions les plus courantes, Alma et Clara avaient toutes deux adopté le terme qui caractérisait la situation financière des Hansen. Ed et Laura étaient « fauchés ». L'enfant sentait dans ce mot une promesse latente : être fauché signifiait que la situation pouvait s'inverser de façon spectaculaire. Que cela n'arrivât jamais, qu'année après année, en rangeant dans le placard son manteau élimé quand elle rentrait de l'école, elle y vît la seule paire de « bonnes » chaussures de sa grand-mère devenir immettables ne pouvait chasser de son esprit l'attente joyeuse du jour où l'argent serait là, en abondance. Mais au milieu de leur vie commune, Clara sut qu'elles étaient pauvres, parmi les plus pauvres du quartier de Brooklyn où elles habitaient. Pourtant, l'éventualité inverse, l'idée qu'elles n'étaient que « fauchées », que ça changerait bientôt – toujours bientôt – continuait de la hanter.

Alma avait une rente – une toute petite rente – que lui versaient des membres de sa famille installés à Cuba, et Carlos contribuait de temps en temps aux dépenses. Comment, autrement, auraient-elles survécu ?

« Plus personne ne me raconte d'histoires drôles », dit-elle à Laura, mais sa voix se brisa dans l'effort qu'elle faisait pour cacher sa colère. « Fauchés ! avait-elle envie de crier. Bande de salauds ! Que savez-vous de la pauvreté ? »

Elle eut peur. Elle se leva, alla à la fenêtre. Mais qu'est-ce qu'elle avait donc ? À quoi servirait de couper maintenant le fil ténu qui la reliait à Laura ? Elle n'avait rien à y gagner ; et même rien à y perdre. Elle n'était plus à la merci des adultes. Elle était une adulte, qui s'achetait ses vêtements et payait son loyer. Alma, elle, restait à la merci de Laura – quoi que cela veuille dire. Clara se demanda si sa grand-mère savait que Laura avait tenté d'obtenir de la mairie une aide sociale pour payer la maison de retraite. C'était Laura elle-même qui le lui avait dit, et elle lui avait raconté comment les enquêteurs avaient découvert que Desmond, Carlos et même Eugenio avaient des « ressources » qui anéantissaient leurs prétentions à bénéficier de l'argent public. La femme qui l'avait interrogée était scandalisée, outrée, avait continué Laura sans aucune gêne ni autre commentaire. Elle avait simplement ajouté que Carlos et Eugenio étaient des « parasites » et qu'elle ne voyait pas pourquoi Desmond devait assumer les responsabilités qui étaient les leurs. Mais elle avait fini par le lui demander et il avait accepté de payer la plus grosse partie de ce que coûtait la maison de retraite, et depuis, avait-elle raconté à Clara, ils dépensaient des fortunes en téléphone pour obtenir des deux frères qu'ils contribuent aux dépenses de leur mère, au moins un minimum.

Oh mon Dieu ! Pourquoi n'allait-elle jamais voir sa grand-mère ? Avait-elle hérité la profonde indolence des Maldonada ?

« Clara va prévenir le restaurant, Desmond. Tu veux bien, Clara ? »

Sa mère la regardait d'un air malicieux. Clara hocha la tête.

« Demande à la standardiste de te trouver leur numéro, lui ordonna Laura.

— Ce n'est pas la peine de les appeler », protesta Desmond.

Laura fit semblant de ne pas avoir entendu.

Elle étudiait ses chevilles, les tournant dans un sens, puis dans l'autre. Peter Rice tentait de se glisser dans une minuscule chaise de boudoir. Le souffle puissant de Desmond résonnait dans le silence – on aurait dit un cheval, à quelques stalles de là, respirant régulièrement au cœur de la nuit.

Quand Laura releva les yeux, elle ne sembla pas voir Peter se contorsionner dans son siège, ni Carlos épousseter la couverture de l'autre lit où il avait laissé tomber les cendres de son cigare. Elle fixait Desmond comme s'ils avaient été seuls. Clara eut l'impression terrifiante que les orbites de sa mère étaient vides, comme des bouches grandes ouvertes, prêtes à hurler. Les lourdes paupières retombèrent soudain. « Il ne manque qu'Eugenio, pour que nous soyons tous là », dit-elle sans s'adresser à personne en particulier.

La conversation reprit, bien que Desmond mît un temps fou à répondre à Clara qui lui demandait combien de temps ils resteraient en Afrique, au point qu'elle le soupçonna de ne pas avoir compris ce dont elle lui parlait.

« Pourquoi est-ce qu'ils font toujours ça ? interrogea Peter en passant le doigt sur le tissu de sa chaise.

— Pourquoi est-ce qu'ils font quoi ? demanda Laura.

— Quel tissu prétentieux. Imitation brocart ! Pourquoi ne pas être simple ? Pourquoi pas une bonne chaise toute simple ? Pourquoi de la musique dans les ascenseurs ? Et quelle musique ! Et ces horribles pompons dorés sur les menus d'avion, et ces dessins sur les couvre-lits ! Des armoiries, ben voyons ! Quand même...

— Tu t'énerves inutilement, dit Laura, rien de tout cela n'a d'importance. Le monde est foutu, mon cher. Mépriser le mauvais goût du cadavre en matière de linceul ne sert à rien.

— C'était juste pour dire quelque chose, contra Peter, immédiatement sur la défensive.

— Est-ce que tu as vu ma mère, ces derniers temps ? » demanda Carlos à Laura. Il était resté silencieux un moment, et sa voix avait maintenant un ton formel, glacé, comme s'il avait, pendant ce temps, mis fin à toute connexion avec les autres. Il se détournait déjà de sa sœur, sa réponse, finalement, ne l'intéressait pas.

« Ma mère. » C'était ainsi que chacun de ses enfants appelait Alma. En s'excluant les uns les autres, pensa Clara. Elle espéra que la conversation ne s'attarderait pas sur sa grand-mère. Son cœur battait faiblement contre sa cage thoracique. Elle sentait l'imminence d'une attaque dirigée contre elle. Mais elle n'avait rien à dire pour sa défense, elle ne pouvait qu'avouer son incapacité à aller voir la vieille dame. Elle lança à sa mère un regard furtif.

Ils fixaient tous Laura. Elle appuyait son verre contre son front avec force, comme pour chasser une douleur. Ses yeux étaient fermés. Avec ses bras crispés, ses boucles défaites qui retombaient, ses jambes relevées contre son ventre, une chaussure qui lui glissait du pied, elle paraissait incarner le malheur.

Desmond hurla des mots incohérents, Peter se leva, Carlos recula vers la fenêtre et Clara, au souvenir d'un verre que Laura lui avait lancé à la figure il y avait si longtemps qu'elle ne se rappelait pas où, se recroquevilla dans son fauteuil.

Les jambes redescendirent, le pied retrouva la chaussure et s'y enfila, le verre fut tendu devant les yeux maintenant grands ouverts, et Laura eut un sourire espiègle.

« Ta mère ? demanda-t-elle d'un ton ironique à Carlos. Espèce de vieille canaille ! J'ai fait tout ce chemin depuis la ferme la semaine dernière pour aller voir *ta mère* et toi, misérable, toi qui habites à un quart d'heure de la maison de retraite, tu n'y es pas allé depuis un mois ! Tu ne trouves pas qu'il exagère, Peter ? Et c'est son préféré ! Même… même Eugenio y est allé ! Bien que, d'après ce que je sais, il ne soit resté que le temps de lui raconter insidieusement les fastes d'un dîner où il s'était incrusté. Tu sais bien, Peter, comment est Eugenio avec ma mère. Quand il habitait chez elle, et il y est souvent resté des mois d'affilée par manque d'argent, il passait son temps à lui raconter ces réceptions. Il ne supporte pas le moindre contact physique – j'imagine que tu l'auras remarqué, Clara – et se tient toujours à au moins trois mètres des autres. Qu'il dirige une agence de voyages et envoie les gens au loin à longueur de journée est quand même assez drôle, non ? Mais revenons à nos moutons – à cette façon qu'il avait de torturer Mamá avec le récit détaillé des repas auxquels il assistait dans ces grandes maisons, comme si c'était sa faute si elle ne vivait pas dans une immense demeure avec des domestiques pour s'occuper de lui ! »

Son oncle Eugenio avait un jour dit à Clara : « Ma mère était très belle, à l'époque où elle prenait soin d'elle. » Et lorsque Clara eut grandi, sans pour cela se sentir plus à l'aise en présence d'Eugenio, il lui avait confié que c'était son caractère enfantin, « ce dramatique infantilisme », avait-il dit, qui avait fait tomber sa famille si bas. Considérait-il aussi sa mère comme responsable de la guerre hispano-américaine qui avait arraché aux siens les terres qu'ils s'étaient attribuées sur l'île de Cuba ? Mais il ne parlait jamais de ce genre de choses, ni de guerre, ni de crise économique, ni de l'état du monde, comme si, se disait Clara, il n'avait pas plus que Laura ou Carlos conscience de ce qui existait au-delà des fenêtres brouillées de pluie derrière lesquelles ils étaient enfermés. Comme leur frère, ils ne s'intéressaient tous deux qu'à ce qui était singulier, hors normes. Mais y avait-il un seul être au monde pour s'intéresser à ce qui se passait au-delà de ses propres murs ? se demandait Clara. Cependant l'attitude distante des Maldonada avait un caractère particulier : elle ressemblait à du mépris.

Ainsi Eugenio avait été privé de son droit à être servi, à jouir de privilèges et de fortune par une mère dépourvue de tout sens pratique et de vieilles batailles qui avaient réduit en cendres la plantation de son père ! Et il décrivait à Clara les maisons remplies de porcelaine fine et de linge délicat des vieilles dames chez qui il était reçu, éclatant d'un rire dément au beau milieu de ses phrases sans qu'elle comprenne pourquoi. Il lui avait paru fou, debout dans le salon miséreux d'Alma où des jets d'eau chaude et sale giclaient des radiateurs, où les fenêtres donnaient sur des murs aveugles, où tout était minable, usé, éraflé, déchiré ou cassé.

Eugenio connaissait un certain nombre de vieilles dames dont les conditions de vie lui rappelaient tout ce qu'il avait perdu, et sa diction soigneusement étudiée d'étranger, sa froide flagornerie, sa courtoisie calculée cachaient la cupidité, l'envie qu'il éprouvait devant chaque tasse à thé, chaque bibelot, chaque élément de preuve du réconfort délicieux que seul l'argent apporte. Sa petite agence de tourisme devint la coqueluche des vieilles dames riches. Il connaissait les endroits les plus *raffinés* où descendre. Il avait accroché au mur de son bureau une affiche, image romantique d'un château espagnol. Clara, un jour où elle était passée le voir, l'avait examinée de près. Il s'agissait d'une forteresse du XIIe siècle, et le brouillard qui l'entourait ne voilait rien de sa rudesse.

Il n'y avait aucune photographie de la ferme de Long Island qu'Alma avait achetée avec l'argent qui lui restait quand elle était arrivée de Cuba après la mort de son mari. Cette acquisition, disait Eugenio, avait été une erreur catastrophique, en grande partie due à Carlos, qui encourageait toujours les décisions les plus impulsives d'Alma. Mais les prairies étaient magnifiques, avait dit Alma à Clara. Puis champs et bâtiments avaient été enterrés sous une large autoroute. Quand Clara était née, Alma avait déjà commencé à déménager d'un appartement minable à un autre encore pire, pour finir dans un deux pièces près de Flatbush Avenue. Clara avait fait ses premiers pas sur les graviers du toit, couru sur le carrelage noir et blanc des couloirs où régnait une odeur d'ammoniaque et de serpillières sales, appris à se méfier des méchants ascenseurs qui grinçaient et dont sa grand-mère lui ouvrait non sans mal la porte de métal qu'elle passait à toute vitesse, s'attendant à ce qu'elle se referme sur elle et l'écrase comme un vulgaire cafard.

Quand elle allait la voir, ces dernières années, Clara se demandait comment la vieille dame pouvait encore retenir la terrible porte et entrer dans l'ascenseur avant qu'elle se referme sur elle avec un bruit assourdissant puis, une fois à l'intérieur, tirer la grille rouillée. Alma ne pouvait plus monter les escaliers. Ses pieds étaient déformés par des durillons et des cors énormes ; elle avait dû découper le cuir bon marché de ses chaussures aux ciseaux à ongles.

De toutes les vieilles dames qu'Eugenio fréquentait, seule sa mère s'en sortait aussi mal. Clara avait une bonne raison de se rappeler l'une de ces femmes. La señora Josepha avait possédé de vastes propriétés en Colombie. Sa fortune était gérée par quatre avoués qui la poussaient à partir pour de continuelles croisières autour du monde, et lui permettaient parfois de se reposer brièvement dans des hôtels de luxe. Clara ne l'avait jamais rencontrée, mais Eugenio avait dû lui parler d'elle. Elle était morte très âgée dans une suite du Ritz. La señora Josepha, évidemment, ne paraissait pas son âge, car elle savait prendre soin d'elle-même, disait Eugenio d'un ton amer. Elle portait de délicieux chapeaux de soie à voilette, racontait-il en souriant comme au souvenir du charme particulier de quelqu'un qu'on a aimé, et elle avait des petites mains dures, magnifiquement manucurées. Elle ne se servait bien entendu que de son argenterie personnelle, à l'hôtel comme à bord des paquebots. Elle avait laissé le plus gros de sa fortune à un parent colombien et fait quelques legs personnels, dont un coffre rempli de vêtements destinés à Clara.

Eugenio lui décrivit le coffre, l'odeur de richesse qui s'en échappait lorsqu'on relevait le couvercle. Il y avait dedans des articles de chez Worth, de la mousseline brodée d'argent, des sachets, une petite cape de fourrure, de la lingerie en dentelle neuve. Laura s'en était emparée. « Ma sœur, c'est-à-dire ta mère, pouvait en faire usage. Rien de tout cela ne convenait à une fille de ton âge. »

En fait, Clara n'avait entendu parler de ce coffre que quelques années plus tard. Elle s'était sentie exaltée à l'idée que son nom avait été noté sur un document authentique par une vieille dame riche qu'elle ne connaissait pas. Et elle était, immédiatement, tombée d'accord avec Eugenio : elle n'aurait probablement jamais pu mettre ces vieilleries démodées et dignes d'un musée ; elle avait rarement l'occasion de porter de la mousseline. Alors elle s'était dépêchée d'oublier l'héritage volé, mais il s'était logé quelque part dans ses pensées, grande boîte oblongue à la serrure coincée et au couvercle bloqué par la rouille. Jamais elle ne l'ouvrirait. La déception fit place, avec les années, au triomphe amer que l'on ressent quelquefois devant le mauvais sort, lorsqu'il s'acharne.

Laura lui fit un signe complice. Elle alla vers elle.

« Je t'en prie, appelle le restaurant, chuchota-t-elle. Et si Desmond s'approche, fais semblant de parler à un ami. Il s'entête parfois bêtement. » Laura sourit, son mari ne pouvait être accusé d'aucune faute grave. « Au moindre retard, ils donneront notre table à d'autres, j'en suis certaine. Je t'en prie, appelle-les, Clara. »

Clara trouva le numéro du restaurant. Après l'avoir composé, elle sentit la présence de la foule, entendit le murmure des conversations qui se mélangeaient à ses paroles comme les fils d'un écheveau. Une voix à l'accent français lui confirma qu'une réservation avait été faite au nom de Mr. Clapper, Clara expliqua qu'ils seraient probablement en retard, fut interrompue : c'était sans importance.

Si Desmond était venu à côté d'elle, elle aurait fait semblant de parler à Harry Dana, qui à cette heure-ci devait dîner en famille. Elle aurait joué les secrétaires – désolée de vous déranger, Mrs Dana, mais c'est urgent – elle n'avait jamais entendu la voix de cette femme ni de ses deux enfants.

Carlos disait qu'il aurait voulu partir, lui aussi, à Agadir, à Dakar, n'importe où.

« Et tu es trop occupé ? lui demanda sèchement Laura. Tu as trop de choses importantes à régler ?

— Exactement, répondit Carlos avec impertinence.

— Partir ? Et pour quoi faire ? demanda Peter Rice d'une voix irritée. Il ne reste de ces lieux antiques que leurs noms merveilleux. Je te vois d'ici, Carlos, tombant sur une famille américaine arrêtée devant les mosaïques d'un ancien bordel. Ils ont un bébé avec eux, un paquet de couches et peut-être leur chien et leur chat. Ils visitent une à une toutes les chambres du bordel, commentent l'ameublement, expliquent à leur enfant de cinq ans à quoi servaient les miroirs et les lanières de cuir…

— Oh, ferme-la, balbutia Desmond.

— Ce que tu peux être méchant, Peter ! s'exclama Laura. Et tellement snob. Qu'est-ce qui met la vieille mouette de si mauvaise humeur ? Les touristes allemands sont bien pires que les Américains. Ils font deux fois plus de bruit. Et, dès qu'ils sortent de leurs frontières, les Français se méfient de tout. Les Américains font preuve de respect, quand ils sont à l'étranger. Ils ont une certaine innocence, tu sais. »

Desmond eut une soudaine envie de cirer ses chaussures, de les faire briller, de s'agenouiller et de les frotter comme il aurait aiguisé un rasoir, puis de donner un coup de pied à sa femme.

Mais, bon sang, que savait-elle des Américains, cette métèque ? Cette métèque, se répéta-t-il encore et encore. Ces fichus métèques et ce raseur d'éditeur ! Puritains, libertins, tu parles, ils étaient tous pareils, sauf que certains faisaient semblant d'être différents. Laura devrait aller se passer de l'eau sur la figure, se dit-il. Il la sentait dangereusement tendue. Et il la connaissait mieux que personne. Seigneur ! Pourquoi les autres ne s'en allaient-ils pas, pourquoi ne les laissaient-ils pas seuls ? Quelque chose la contrariait, elle portait continuellement les mains à son visage – chaque fois qu'il la regardait, il la voyait se frotter les joues. Il jeta un coup d'œil à sa montre, puis rapprocha son poignet de ses yeux. Il avait de plus en plus de mal à lire sans lunettes. Pourtant il s'en servait rarement. Mais il n'avait pas dormi de la nuit, c'était probablement ce qui expliquait sa fatigue oculaire. Et il avait trop bu.

Allongé dans le noir, il avait pensé à la mort – mais était-il vraiment resté éveillé toute la nuit ?

Dans vingt ans, il en aurait soixante-dix – presque soixante-dix. Et Laura plus de soixante-dix. Il avait dépassé la moitié de sa vie, à moins qu'il n'atteigne quatre-vingt-dix-huit ans. Vivrait-il si longtemps ? Deviendrait-il ce très vieil homme qui se pisserait dessus et qui baverait, le cerveau en bouillie ?

Il avait été autrefois un petit écolier. À Boston, les pluies commençaient en mars et la baie ressemblait alors à un miroir mal étamé. Avait-il jamais pensé, quand il rentrait de l'école à la nuit tombante, alors qu'il était encore tôt dans l'après-midi, en pantalons courts de tweed rugueux, ses chaussettes mouillées tirebouchonnées sur les chevilles, que la vie s'arrêterait un jour ? De quoi rêvait-il tandis que la pluie de mars tombait contre les vitres de la vieille maison de Beacon Street ? C'était quand même étrange de se souvenir de ces horribles pantalons, de la pluie et de la baie, mais pas de ce qu'il pensait alors.

Il plongea la main dans sa poche pour y prendre une cigarette. Il devait être ivre, sinon il y aurait trouvé ce qu'il cherchait et non la lettre de sa fille, froissée en boule. Laura croyait être seule capable de voir à travers les autres – mais lui aussi, si on lui en donnait le temps. Il savait parfaitement bien qu'Ellen était trop vieille pour ce projet idiot qu'elle avait de vivre à Paris. Elle avait envie de faire de la poterie, disait-elle. Il l'imaginait devenir l'une de ces femmes au corps informe, habillées de grosses jupes, se tenant raides comme des hommes, préoccupées de métaphysique, folles d'émaillage. Mais quel ennui ! Qu'avaient donc tous ces jeunes gens à vouloir faire preuve de créativité ?

C'est fini, pour moi, se dit-il. Dans un an ou

deux, je serai vieux. Pourquoi donc vivre jusqu'à quatre-vingt-dix-huit ans? Les filles? Il revit la vendeuse qui l'avait aidé à choisir les robes de Laura. Elle avait l'arrière-train complètement plat, les fesses tombantes, en goutte d'huile. Mais des gouttes d'huile fraîches, et elle avait la peau blanche comme l'intérieur d'une pelure d'orange. Pas très attirante, non, mais jeune! Rien de ces beautés périssables comme un fruit délicat. Je pense souvent à la nourriture, ces derniers temps, remarqua-t-il. Il posa son verre sur la table et se frotta le ventre. Il grossissait.

Des éclats de rire résonnèrent du côté de Laura et Carlos. Leurs deux visages étaient tournés vers lui, impudents et semblables. Il attendit la blague. Puis il comprit qu'ils riaient de lui.

« Je m'enrobe », dit-il en regrettant immédiatement la note d'excuse qu'il y avait dans sa voix, et en se haïssant d'être si pesant, tellement à côté de la plaque, alourdi par l'alcool, et il était trop tard pour arrêter. Ils riaient. Il eut la sensation paralysante d'avoir déjà vécu cela – d'avoir déjà été debout devant quelqu'un, quelque part, et dans son tort.

« Aucune crise ne peut atteindre le commerce de la maroquinerie de luxe », dit-il soudain. Carlos parlait à Peter Rice, mais Laura continuait de regarder Desmond. Et son sourire s'estompa. L'avait-elle mal pris? La phrase idiote qu'il venait de lancer à propos de ses affaires semblait-elle mesquine? Comment pouvait-elle l'accuser de mesquinerie alors qu'il s'occupait à peine de leur affaire? Pour ça, il y avait des laquais. Et elle ne manquait pas d'apprécier l'argent qui rentrait, sans parler de celui qu'il dépensait en entretenant pratiquement seul la mère de tous ces... colons. Voilà ce qu'ils étaient, se dit-il en dévisageant Carlos. Des colons, qui jouaient aux seigneurs et se moquaient soi-disant de l'argent et de sa provenance... jusqu'à ce qu'il vienne à manquer ! Alors il fallait les voir ! Il ricana doucement et leur tourna le dos. Comme ils avaient tous bu ! *Son* alcool ! Et c'était lui, aussi, qui paierait le dîner. Ils allaient bavarder et rire au restaurant, mais sans jamais perdre sa main du regard, pour s'assurer qu'il sortirait son portefeuille quand le serveur présenterait l'addition. Il savait tout de l'avidité de Laura. Il se versa à boire, laissant un doigt de bourbon au fond de la bouteille. Mais l'avidité de Laura était différente de celle des autres ; tout en elle était différent. Il l'avait vue follement désirer quelque chose et l'oublier une minute plus tard, rire de sa propre extravagance, se moquer d'elle-même, lui prendre la main, constater d'un ton solennel la voracité des Latins. Elle évoquait souvent les spécificités nationales. Celles de Desmond, en particulier. Mais elle avait complètement tort, ces histoires d'Irlandais toujours soûls et menteurs étaient vraiment stupides.

Un soir, avant qu'ils se marient, Desmond s'était assis dans le salon de l'appartement qu'ils avaient loué pour l'hiver et il avait fait la liste des raisons qu'il avait de l'épouser. C'était alors pour lui un geste étrange et romantique. Une sorte de cadeau de mariage, pourtant il ne la lui avait jamais montrée, il l'avait brûlée dans la salle de bains une semaine plus tard. « La vie des bourgeois m'ennuie, avait-il écrit, ces gens-là savent à peine qu'ils sont vivants. Ma Laura a du style – elle ne compte pas... »

Non, elle ne comptait pas, jamais. Les larmes lui montèrent aux yeux. Malgré tous ses défauts... se dit-il, mais une sorte de brouillard envahit son cerveau. Il devait se reprendre. Il sentait l'humidité de l'urine dans son caleçon – il avait remonté son pantalon trop vite –, sa chemise avait perdu sa netteté (une qualité que Laura aimait en lui, exactement le contraire du laisser-aller maladif et effrayant dont Ed pouvait faire preuve, disait-elle souvent), et il avait perdu presque tout appétit. Il eut soudain envie de plonger dans l'alcool, de le lapper, d'y nager. Il voulait l'ivresse !

« Regardez-moi ce gredin ! » lança Laura. Il se retourna, vacillant. Parlait-elle de lui ? Non, elle regardait Carlos. Desmond détestait cette voix *charmante*, une voix de musique de chambre, flûte et violoncelle, qui jouait sur les effets et qu'elle ne se donnait la peine de prendre que lorsque l'angoisse s'emparait d'elle. Elle pouvait se mettre dans une rage folle d'une seconde à l'autre. Au moins, comme ça, ils partiraient ! Il rit encore intérieurement, et finit le bourbon.

Peter Rice parlait de sa maison d'édition, et de l'édition en général. Il aurait voulu s'interrompre, mais il avait l'impression que Laura et même Carlos s'intéressaient à ses propos. Il ne voulait pas alourdir l'atmosphère avec ses problèmes personnels. Toujours inquiet, il avait déjà regretté ce soir-là d'avoir dit certaines choses. Il y avait dans l'air une tension inhabituelle. Peut-être était-ce dû à la présence de la fille. Il valait toujours mieux voir Laura seule, longuement déjeuner avec elle dans le restaurant cubain qu'elle aimait tant, boire un verre ou deux en fin d'après-midi dans leur bar de la

Troisième Avenue. Il ne savait pratiquement plus ce qu'il disait, ce qui arrivait chaque fois qu'il parlait trop longtemps, et se rendait compte qu'il devenait ennuyeux. Il se moquait presque complètement des livres, désormais. Dieu savait pourtant que ça n'avait pas toujours été le cas. Clara ne le lâchait pas des yeux. Il lui vint à l'esprit qu'il lui était plus facile de le regarder que de regarder sa mère. Il lui sourit. Pauvre enfant. Même telle qu'elle était alors, sérieuse, et attentive aux idioties qu'il proférait, elle lui sembla désorientée, au point de s'accrocher à n'importe quelle conversation, de peur de rater quelque chose qui lui aurait permis d'en apprendre davantage sur elle-même. Il connaissait un peu son histoire. Enfin, il en connaissait le plus important. Il n'avait pas à excuser Laura – on ne pouvait pas la juger selon les critères habituels. Mais il avait de la peine pour la fille, l'invitée surprise devant qui l'on avait claqué la porte, avant même que ses yeux aient le temps d'accommoder. Un destin difficile. Il avait connu ses parents quand ils étaient plus jeunes qu'elle l'était maintenant. Dommage qu'on ne puisse pas connaître ses parents avant de naître – on leur pardonnerait peut-être plus facilement. Elle lui souriait, il s'aperçut alors qu'elle tendait une allumette vers la cigarette qu'il tenait. Il lui toucha la main pour la remercier et se dit qu'il l'aimait bien, puis, immédiatement, il frotta le revers de sa veste comme si des cendres y étaient tombées. Il n'y avait pas de cendres, il avait voulu écarter ses doigts de la peau de Clara. Il n'arrivait pas à comprendre pourquoi il l'avait touchée pour la deuxième fois, lui qui ne touchait désormais pratiquement plus personne, et il s'étonna d'avoir pensé qu'il « l'aimait bien ». Il ne la trouvait pas déplaisante, voilà tout. Et il avait été ému par la vivacité avec laquelle elle lui avait tendu son allumette et par la moiteur de sa main qui trahissait son désir de plaire.

Après lui avoir dit qu'il avait besoin de prendre de longues vacances, Laura lui demanda pourquoi il n'avait jamais été en Espagne. Il promit de le faire… un jour. Carlos pouffa. Peter jeta un coup d'œil discret à sa main, sa cigarette était à moitié consumée. Clara avait retrouvé son fauteuil et contemplait Laura avec un sourire vague. S'il y avait une chose qu'il savait reconnaître, c'était bien le quémandeur miteux caché derrière le sourire conciliant qui déclencherait la prodigalité. Mais il se trompait peut-être. La fille avait tendu l'allumette, l'esprit préoccupé par cette tâche mineure. Elle n'avait aucune raison de vouloir lui faire plaisir. Peut-être était-elle tout simplement gentille. Et s'il s'inquiétait de ce geste banal, c'était parce qu'il avait ensuite posé sa main sur elle. Laura parlait maintenant du costume de velours côtelé noir que les paysans espagnols portaient le dimanche et qui irait merveilleusement bien à Peter, dont il soulignerait la pâleur nordique. Laura, au moins, n'essayait jamais de faire plaisir à qui que ce soit, elle ferrait, ramenait le poisson et le posait par terre, et ça, c'était quelque chose. Sa joue, lorsqu'il l'avait embrassée, était sèche, poudreuse. C'était ce dont il avait maintenant besoin, de choses sèches, de cendres, de feuilles mortes, de pierres.

« Quand les cloches de Compostelle sonnent – l'éternité est là – tu devrais… » La voix de Laura traîna un instant, retentissant à toute volée dans l'oreille de Peter. « Tu devrais aller en Espagne, rien que pour ce carillon !

— Probablement mis en route en appuyant sur un bouton, dit Desmond d'un ton aigre. Et un bouton probablement inséré dans le tableau de bord de ces cars de touristes… tu vois de quels cars je veux parler. Avec ces horribles bonnes femmes en… qui portent de grandes robes, des pantalons larges, tu vois ce que je veux dire…

— Desmond, mon chéri. Vraiment, tu exagères. Vous ne trouvez pas ? Pauvre cerveau embrumé. Là, mon chéri, là. »

Desmond serra les poings. Les sourcils froncés, le regard courroucé, il semblait prêt à exploser. S'ils se font une scène, je m'en vais, se dit Peter. Je ne pourrais pas le supporter, même pour Laura. Mais lorsque Desmond parla, ce fut sur un ton simplement maussade, hésitant ; il était évident qu'il aurait voulu n'avoir rien dit. « Enfin, vous le savez bien, il n'y aurait rien d'étonnant à ce que les cloches soient reliées à des commandes électriques – tout est électronique, de nos jours. Nous en avons parlé ensemble. Ne disais-tu pas, Laura, que tu représentais la fin d'une époque ? Et cela ne change rien au son des cloches, bon sang ! » Puis, malheureusement, il se mit à crier : « Je me fous de ces fichues cloches, Laura !

— Mon Dieu ! s'exclama cette dernière. Nous avons endormi Carlos ! Carlos ? Réveille-toi. Regarde Clara. Ne rendrait-elle pas jalouses toutes les femmes que nous connaissons ? »

Mais nous ne connaissons pas de femmes, se dit Desmond, Laura y a veillé. Il se mit à hennir en tapant du pied, et quand les autres le regardèrent, il éclata d'un rire hargneux. «Pauvre vieille bête ! cria-t-il. Allez le coucher à l'écurie ! »

Et voilà qu'il avait fait peur à cette idiote de fille ! Il leva son verre devant elle. «Vide, la rassura-t-il. Plus une goutte. » Il avait besoin de s'asseoir pour s'éclaircir les idées.

Clara le regarda batailler avec une petite chaise de bureau dont un pied était pris dans le fil du lampadaire. Il tira d'un coup sec. Sans regarder Desmond, Carlos rattrapa le lampadaire qui basculait. Personne, à part Clara, ne regardait Desmond. Ils parlaient maintenant d'autre chose, et très fort, comme s'ils avaient eu besoin de se faire entendre dans une foule bruyante. Desmond baissa la tête. Clara se demanda s'il allait glisser de sa chaise et s'écrouler sur le tapis. Il semblait à peine vivant, avachi, le visage caché, ses mains aux doigts épais posées sur ses genoux. Dans aucun des restaurants et chambres d'hôtel où elle était allée les retrouver tout au long des années elle ne l'avait vu ivre à ce point-là, complètement soûl. Mais en dehors de quelques apartés chantants sur le « ramollissement cérébral » de son mari, Laura ne s'était pas beaucoup occupée de lui. Peut-être était-ce ainsi qu'elle concevait ce qu'elle appelait « avoir fait des progrès ». C'était ce qu'elle avait dit à Clara environ un an plus tôt au téléphone. «Oh oui, j'ai fait beaucoup de progrès, avait-elle dit, je suis devenue plus maligne que je ne l'étais avec Ed lorsqu'il buvait – je sais laisser les hommes tranquilles, maintenant… On ne peut pas aider un ivrogne à arrêter de boire, avait-elle ajouté. On ne peut jamais sauver les autres. »

Clara pensait qu'effectivement on ne pouvait pas sauver quelqu'un dans ces chambres d'hôtel, ces lieux qui n'appartiennent à personne, ces lieux d'interruption, d'immunité de la vie ordinaire, où l'esprit languit, s'assèche, se glace, mais où la chair s'enflamme, s'empourpre, excitée par le parfum licencieux qui émane d'un lit, d'une baignoire ou d'un oreiller qui est celui de n'importe qui, du faux abri qui s'offre à tous.

Mais elle était allée un jour à leur rescousse, du moins en avait-elle eu l'impression, dans une autre chambre d'hôtel, au décor gris et doux comme une aile de colombe, où l'attendaient sa mère et son père, tendus, furieux, très énervés. C'était il y avait dix-neuf ans. Alma avait déjà atrocement mal aux pieds. Pourtant, elle avait emmené Clara en métro de Brooklyn jusqu'à une banque au sud de Manhattan, où elles avaient retiré les cinquante dollars qu'un vieux parent cubain avait légués à Clara. À peine quinze jours plus tôt, elles étaient allées voir arriver le navire qui ramenait Ed et Laura d'Europe. Elle les avait reconnus tout de suite, sur le pont central, appuyés au bastingage tandis que le bateau se frottait de tout son long contre le quai comme un gros animal.

Pendant la demi-heure qu'elles avaient passée dans la chambre d'un hôtel de l'East Side, au-dessus de la 30e Rue, ils l'avaient remerciée une bonne dizaine de fois pour l'argent, et elle avait trouvé tout cela follement excitant ; ils étaient beaux comme des pirates, tous les deux, s'interrompant sans cesse pour expliquer à Alma qu'ils avaient commis une erreur en choisissant cet hôtel – mais ils étaient partis depuis si longtemps, ils n'avaient plus aucune idée de la valeur de l'argent américain – et Alma avait souri, encore et encore, et elle s'était reposé les pieds en plaisantant des petits trous qu'elle avait découpés dans ses chaussures pour que ses cors lui fassent moins mal.

Ed avait trouvé du travail peu de temps après, mais ils n'avaient jamais rendu son argent à Clara. Elle était contente. Le trajet jusqu'à Wall Street avec Alma qui gémissait et marchait très lentement avait été horrible. Et sans qu'elle sût pourquoi, Clara redoutait d'avoir à retourner dans cette banque où tout le monde s'était montré si gentil avec elle, lui souriant comme les adultes sourient parfois aux enfants, avec tant d'amour, même si ce n'est que pour quelques instants, qu'on en perdrait la tête. Elle ne se souvenait plus si elle avait dit à l'employé à quoi cet argent servirait.

« Un penny pour tes pensées », lui chuchota Desmond. Il agita les doigts devant ses yeux. « Tu réfléchissais, murmura-t-il. Oui, toi.

— D'accord pour cinquante dollars », dit-elle en regardant Laura à la dérobée.

Desmond pouffa.

« Bien joué, dit-il.

— Qu'est-ce qui est bien joué ? demanda Laura en se tournant vers eux.

— Dis-moi, intervint Carlos, tu es certaine de recevoir ce coup de fil à l'heure prévue ? J'ai peur qu'il se fasse tard, en tout cas pour moi. J'ai rendez-vous…

— Mais il fallait nous le dire avant, Carlos ! s'exclama Laura. Je ne savais pas que tu devais aller ailleurs. Oh zut ! Nous aurions pu nous organiser pour dîner plus tôt, n'est-ce pas, Desmond ? » Elle avait pris un ton cérémonieux, se leva lentement, se redressa, s'immobilisa. « Et te connaissant, vieux propre à rien désagréable, nous aurions dû faire monter un petit jeune bien dodu pour t'éviter de t'ennuyer...

— Quelle charmante idée, Laura ! Mais tu fais erreur, je ne m'ennuie pas. J'ai vraiment rendez-vous. Un rendez-vous d'affaires.

— Toi ! Un rendez-vous d'affaires ! répéta Laura incrédule.

— J'envisage d'ouvrir un café en terrasse. J'ai deux chaises, une table... »

Ils éclatèrent de rire, leurs grands mentons pointés l'un vers l'autre comme deux proues de navire.

« Et une vieille toge qui me servira de nappe...

— Et au menu, cria-t-elle, *sopa de ajo*...

— ... *para todos los vendejos*...

— ... *y los pajaritos*...

— ... *y las putas perdidas*... »

Laura regarda autour d'elle en faisant mine de découvrir soudain qu'ils n'étaient pas seuls.

« Bon allez, on arrête nos blagues de métèques, dit-elle d'une voix redevenue naturelle, les yeux plissés de rire. Écoute, Carlos, il faut absolument que j'aie Dan au téléphone. Tu sais qu'on peut compter sur lui... tous les trente-six du mois. S'il appelle, je serai soulagée. Sinon, eh bien je suppose que nous recevrons la semaine prochaine un télé-gramme nous annonçant que les circonstances l'ont obligé à manger cette pauvre Lucy. »

Clara se mit à rire, sans le vouloir, mais il y avait quelque chose d'insolite dans le ton de Laura. Qu'était-ce donc ? De l'irrévérence ? Elle avait remarqué l'adresse dont Carlos avait fait preuve pour éviter toute collision frontale avec Laura et essayait de s'imaginer ce que cela pourrait être de se conduire librement avec elle.

« Manger cette pauvre Lucy », répéta Laura, sans plus sourire.

Desmond poussa un grand soupir puis sortit de son silence.

« Pour l'amour de Dieu, Laura, tu sais très bien que Dan va s'occuper du chien. Il adore les animaux. Et nous pourrions peut-être parler d'autre chose. Dan n'intéresse personne. Ce n'est qu'un… »

Il semblait pitoyable, assis là, avachi, regardant Laura avec une expression féroce et timide à la fois. Laura le contempla un instant, puis alla verser dans un verre les dernières gouttes de bourbon et le lui apporta.

« Une pluie de printemps, dit Peter Rice en regardant par la fenêtre. Ou peut-être est-ce le commencement de la fin.

— Tu ne nous as pas parlé de tes sœurs », lança Laura. Desmond lui avait pris la main. Elle la retira doucement.

« Veux-tu que je commande un peu plus de glace ? demanda encore Desmond d'un air piteux.

— Non, non, répondit-elle d'un ton apaisant.

— Martha va bien, dit Peter. Un peu folle, pourtant. Elle a fait tout ce chemin jusqu'à Lake Placid pour passer la journée avec Kitty. C'était le Nouvel An et elles voulaient commencer l'année ensemble. Elles sont très proches l'une de l'autre. Moi, je les vois à peine, même Martha. Je crois qu'elles me considèrent comme un intrus. Quand Mère vivait encore, ces trois femmes – même petites, mes sœurs se comportaient en femmes — », il ricana légèrement, comme pour écarter toute impression de réalité douloureuse cachée derrière ses mots, « s'arrêtaient de parler lorsque mon père et moi entrions dans le salon, elles nous regardaient avec des yeux de chouette, et elles riaient.

— Très original, les sœurs gouines ! » lança Laura.

Desmond gloussa.

« Lamentable, Laura. Indigne de toi, dit Peter.

— Qu'est-ce qu'il y a de mal à ça ? répondit Laura. C'est toi, qui as l'esprit étriqué.

— Je n'ai jamais dit que c'était mal...

— Non, mon cher, mais tu as pris un ton respectueux, empreint d'une certaine complaisance – tes sœurs sont tellement vieux jeu, elles me font penser à ces jeunettes qui tombaient amoureuses de Keats ou de Shelley. C'est toi qui es lamentable. Qu'est-ce que tu crois que je vais répondre quand tu me dis que Martha est folle ? Ne fais pas semblant, Peter, je n'ai jamais entendu la moindre note d'intérêt dans ta voix quand tu parles de ces deux vieilles filles ! Je jouais le jeu, c'est tout.

— On n'est pas toujours obligé de jouer », intervint Carlos.

Le rire de Laura carillonna.

« Et à quoi crois-tu que servent les bonnes manières ? demanda-t-elle.

— Je ne jouais pas, dit Peter. Je me sens vraiment mis à l'écart par mes sœurs. Je n'ai pas le droit de le dire ?

— Bon, dis-le, alors, répondit Laura avec une étonnante froideur. Ce n'est pas ma faute si tu provoques des réponses blessantes. Nous faisions *semblant* de parler de tes sœurs. Tu n'avais pas besoin d'en dire beaucoup. Mais tu nous les as lancées en pâture, et quand j'ai plaisanté, tu as changé les règles du jeu. »

Clara avait du mal à respirer – l'air se raréfiait, les convives pâlissaient, visages, mains et meubles, tout dans la pièce avait pris la même couleur cendreuse, il ne restait rien de vivant que l'odeur de tabac et de sueur de la chaleur ambiante. Ils mouraient tous au rythme de la pluie qui frappait les carreaux. Clara toussa, comme étouffée par des sanglots. Peter tourna lentement la tête vers Laura. Il avait le visage étrangement tiré, comme s'il l'avait agrippé pour mieux le tendre de ses doigts crispés. Puis il sourit.

« Tu as raison, dit-il. Oui, tu as raison.

— Je me moque d'avoir raison ou non, répondit Laura.

— Je sais…

— Je suis si heureuse que vous soyez là. Nous sommes devenus de vrais ermites, Desmond et moi. C'est tellement merveilleux de vous voir tous ! »

Peter effleura légèrement le bras de Laura et dit :

« Je n'ai plus de cigarettes, je vais descendre en acheter.

— Mais nous allons bientôt dîner, Peter. Tu pourras le faire en chemin, dit Desmond.

— Non, j'y vais », répondit Peter.

Carlos voulut l'accompagner. Il dit qu'il avait besoin de cigares. Et en sortant soupira bruyamment.

La porte se referma derrière eux, le loquet claqua, alors la pièce se transforma, comme si, songea Clara, ils avaient été transportés ailleurs. Desmond se redressa en vacillant et Clara elle aussi se leva.

« Ouf ! s'exclama Laura avec un sourire. Quel soulagement ! La nervosité de Carlos m'exaspère, pas toi, Desmond ? Quand il n'est pas déprimé, il bouillonne d'ennui. Pauvre Carlos. Heureusement qu'ils sont partis, cela lui permettra de mater les garçons dans le hall... même si ce n'est pas dans un endroit comme celui-ci qu'il trouvera quoi que ce soit de reluisant...

— Je croyais que tu aimais cet hôtel, dit Desmond irrité. Tu ne veux jamais descendre ailleurs. » Il posa son verre vide sur une serviette mouillée que quelqu'un avait laissée en tapon sur la table, le verre tomba, il le fixa d'un regard vide quelques secondes, puis se dirigea vers la salle de bains.

Clara ramassa le verre et le reposa soigneusement sur la table. Sa mère avait l'air amusé. « Il fait parfois pipi sur les radiateurs, dit-elle avant d'ajouter : Quand ils sont chauds. Ah, les hommes... continuellement préoccupés de leurs organes. Sauf quand ils sont comme Peter. Tu aimes Peter ? »

Elle semblait détendue, prête à accorder un moment d'intimité, à dire quelque chose de profondément touchant, et de vital, et Clara avait beau savoir qu'il n'y avait rien derrière cette promesse, qu'elle n'était volontairement destinée qu'à poser un décor, elle s'y laissa prendre comme quelqu'un qui trébuche toujours sur la même marche malgré l'avertissement qui résonne dans sa mémoire.

« Oui, il a l'air charmant. Je ne me souvenais pas d'un homme si amical.

— Amical ! s'exclama Laura. Un véritable eunuque, oui.

— Eh bien, un eunuque amical, alors.

— Et Desmond est un ivrogne, dit Laura en allumant une cigarette, un ivrogne inamical. Je ne sais pas quoi faire. Quand le médecin lui a dit qu'il allait mourir d'une cirrhose, il a tremblé de peur pendant une semaine, puis il s'est mis au vin, et il se prend maintenant pour un connaisseur… Je n'ai rien, pas un sou à moi… » Elle s'assit, prit son sac sur la table de nuit, l'ouvrit. « Regarde ! » dit-elle d'un ton autoritaire, et elle en sortit une chaîne à laquelle pendait une grande croix maltaise qu'elle laissa se balancer devant elles. « C'est sa mère qui me l'a donnée. Je ne sais pas ce que ça vaut, mais s'il continue à boire, je serai peut-être obligée de la mettre au clou. Il est capable de me laisser sans un centime et de disparaître une ou deux semaines.

— Mais vous embarquez demain !

— Nous embarquons ? » répondit Laura d'une voix tellement incertaine que Clara, les idées confuses, se mit à arpenter la pièce. Elle chercha désespérément quelque chose à dire afin d'éviter la gêne horrible qui s'emparerait d'elle si le silence s'installait. Elle se retrouva devant le radiateur et se demanda si son beau-père l'aurait trouvé à son goût. À cette idée, sa bouche se tordit en ce qu'elle imagina ne pouvoir être qu'un affreux sourire plein de méchanceté. Mais elle réussit à se détendre et se retourna vers sa mère qui fixait la croix d'un air absent. Puis Laura remit l'objet dans son sac. Elle s'allongea de nouveau, la tête tournée vers sa fille. Que va-t-il se passer, si je ne romps pas le silence ? se demanda Clara. Et elle lança alors une invitation, sans arriver à croire qu'elle prononçait ces mots :

« Tu peux toujours venir chez moi, si jamais…

— Vraiment ? murmura sa mère avec une indifférence polie. Tu habites toujours près de la 70e Rue ?

— Non, c'était un appartement qu'on m'avait prêté pour quelques mois. Mais je croyais te l'avoir dit. J'habite dans l'East Side. Je pensais que tu le savais…

— Tu déménages souvent, non ? »

La voix dédaigneuse de Laura, la sourde accusation d'instabilité qu'elle y perçut semblèrent à Clara peu cher payer pour se sortir de la situation dans laquelle son offre aurait pu l'entraîner. Elle résista non sans mal à l'envie de se disculper : elle n'avait déménagé que deux fois cette année-là, et toujours pour de bonnes raisons. Elle sentit l'avant-goût aigre, et aussi épuisant qu'une maladie chronique, du mépris qu'elle ressentirait pour elle-même si elle s'expliquait – elle n'avait pas eu besoin de le faire pour la robe, alors qu'elle avait été prise en flagrant délit de mensonge. Laura considérait toute rationalisation comme une insulte à son égard, et s'en servait pour nourrir une rage qui ne s'éteignait que lorsqu'elle avait démoli les constructions pitoyables élevées par ses interlocuteurs pour cacher ce qu'elle croyait être leur véritable but. Ed disait que Laura était opposée à la raison elle-même.

« Oui, je déménage souvent », dit Clara d'un ton insouciant. Laura ne répondit pas. Battue, Clara fixa la porte de la salle de bains, espérant en silence le retour de Desmond.

« Inutile de s'inquiéter pour lui, dit Laura amèrement. Il est en train de se regarder dans la glace en se disant qu'il a l'air vieux. » Sa voix s'éleva.

« Je déteste la façon dont il se ment ! Il n'a qu'à boire, après tout ! Et pourrir dans l'alcool ! Mais mentir, non... Et moi qui ne bouge pas. Il faut que je fasse quelque chose... que je fasse quelque chose... » Et elle gémit. Clara, en entendant cette plainte humaine qui accélérait les battements de son cœur et qu'elle n'était pas certaine d'avoir le droit d'entendre, s'approcha du lit. Laura ne leva pas les yeux. Clara se laissa tomber à côté d'elle, puis se pencha en arrière, s'appuyant contre le corps de sa mère comme si, leurs chairs soudain réunies, elles pouvaient s'apaiser toutes les deux, revenir vers un simulacre de vie ordinaire. À cet instant, la porte de la salle de bains s'ouvrit brutalement et Desmond apparut, le visage ruisselant d'eau. Immédiatement, Laura s'écarta de Clara et s'assit tout en parlant sans interruption du coup de téléphone de Dan, s'étira et sourit, en faisant chanter ses mots comme une parfaite femme adultère. Adultère ! Clara se leva mais garda la tête baissée, ébahie du mot qui venait de lui traverser l'esprit, et en même temps consciente d'une faute indéfinissable. Puis, comme sa mère s'exclamait encore : « Mais bon sang, pourquoi est-ce que Danny n'appelle pas ? », le téléphone sonna et Desmond s'empara du combiné. « Dan ? »

« Je voudrais t'offrir quelque chose à boire, ma chérie – ou à manger, dit Laura à Clara. J'aurais vraiment dû prévoir quelques crackers et du fromage. J'ai peur que nous soyons venus à bout de toutes nos bouteilles. »

Et Clara sourit et dit : « Oh, tout va bien », en se demandant quelle heure il pouvait être, dans combien de temps ils s'en iraient au restaurant.

«Elle est tombée dans la piscine? cria Desmond.

— Quoi? demanda Laura, et Desmond lui fit signe puis couvrit le téléphone.

— Je crois que c'est lui qui est tombé dans la piscine», expliqua-t-il.

Laura releva la tête. «Dan n'est pas l'homme idéal pour s'occuper d'un chien, dit-elle. Pauvre vieille Lucy. Mais au moins la nourrira-t-il de temps en temps.» Puis elle arracha le téléphone des mains de Desmond.

«Danny chéri, tu t'es encore baigné hors saison...» Et Laura se mit à rire de son rire chère-vieille-canaille, tu-ne-peux-rien-me-cacher, promesse de réconfort et de protection à ceux qui voulaient fuir les autres, fuir ceux qui ne reconnaissent en nous que les misérables simulateurs que nous sommes tous.

De là où elle était assise, Clara entendit Dan pousser un cri puis éclater d'un rire aigu. Elle l'avait vu une fois, un vieil Irlandais qui rabattait ses cheveux en avant pour cacher sa calvitie. «Je vis comme un clodo, lui avait-il dit, mais j'ai toujours dans mes pensées la chambre parfaite que j'aurai un jour, toute jaune, couleur de bouton-d'or, chérie, avec des tentures et des fleurs, chérie, des asters et des marguerites, et une touche de vert eucalyptus.»

Les yeux de Desmond s'arrêtèrent sur Clara et il eut à son sujet une pensée soudaine qui illumina le brouillard d'alcool dans lequel il baignait. Il se sentit suffoquer. Seigneur! Il ne voulait pas mourir! Il dit distinctement: «Sois raisonnable! Personne ne parle de mort!

— Quoi ? s'exclama Laura en se retournant.

— Rien… » balbutia-t-il en regardant la bouteille de bourbon vide. Laura lança à sa fille un regard suppliant et se remit à parler dans le combiné : « Je ne te remercierai jamais assez, Danny, cher Danny… »

Mais Clara avait entendu Desmond. Ce qu'il avait dit était si étrange – non, personne ne parlait de mort –, une énigme, une phrase dont les mots clés manquaient, qu'elle en oublia momentanément l'incident du lit, l'horrible sensation de complicité qu'elle avait eue lorsque sa mère s'était dégagée avec tant de hâte au retour de Desmond.

En Pennsylvanie, la petite voix grêle continuait de glousser ; Desmond fixait une bouteille vide ; Laura posait un regard vide sur le téléphone. On frappa à la porte et Desmond alla ouvrir aux deux hommes.

Leur retour arracha la pièce à son isolement polaire. Rien de tangible, le simple rappel que dans d'autres lieux se déroulaient d'autres événements. Laura eut un geste joyeux en direction de Carlos et Peter, puis entonna au téléphone une gutturale mélopée. Un chant juif qu'elle imitait, pensa Clara, en l'absence de tout Juif, et elle se rappela que sa mère avait dit un jour à propos d'une cérémonie en mémoire des victimes de Dachau : « Je déteste cette sentimentalité complaisante !

— Mais on les a assassinés », avait protesté Clara.

Ed Hansen prétendait qu'ils étaient tous juifs. « Regarde à quoi ressemble ta mère. Regarde ! » disait-il à Clara.

Et le jour où elle avait protesté, elle avait regardé

le visage de sa mère, glacé, rude, vide. Puis Laura avait souri et dit, au grand étonnement de Clara : « Tes soupçons sont justifiés, Clarita. Les Maldonada… Juifs et Gitans, tous. »

Sa mère raccrocha le téléphone.

« Et voilà ! dit-elle en frappant dans ses mains.

— Que l'on s'amuse ! cria Peter. À table ! Attractions et cocktails ! »

Carlos pressa l'épaule de Clara. Elle lui tapota la main en se demandant de quoi ils se rassuraient l'un l'autre, mais aussi ce qui rendait toujours si fausses leurs petites démonstrations de tendresse. Quand la soirée prendrait fin, Carlos retournerait à ses amours. Clara savait qu'il cherchait rarement à voir sa sœur. Est-ce qu'il leur arrivait de s'écrire ? Non, elle ne pouvait imaginer Laura s'adressant à quelqu'un qui n'était pas devant elle.

Desmond se sentait un peu moins soûl, il respira profondément, soupira, soulagé. Le premier chapitre de la terrible corvée que représentait cette réunion de famille allait bientôt finir. Le pire était passé. Comme Clara était jolie, avec ses joues roses ! Elle serait encore jeune longtemps. La jupe de sa robe ressemblait à la trompette d'une fleur. Quelles belles jambes énergiques elle avait ! Puis son humeur, un instant si joyeuse, changea, sombra dans un vide lugubre. Oh Dieu ! N'allaient-ils donc jamais quitter cette pièce ?

« Nous nous dégradons tellement, dit Laura en regardant ses mains. Mes doigts ressemblent à des serres de faucon. » Elle les ouvrit au-dessus de la lampe de chevet. « Pourquoi ne pouvons-nous pas vieillir comme les autres animaux ?

— Et si on y allait ? proposa Desmond.

— Au point où on en est, je ne pourrai pas rester longtemps », annonça Carlos sans cacher son irritation.

Laura lui lança un regard savamment amusé, puis elle disparut dans la salle de bains.

« Tu es vraiment ravissante, dit Desmond à Clara. Qu'est-ce que tu as dit que tu faisais ?

— Pourquoi ne viendrais-tu pas déjeuner avec moi un de ces jours ? » suggéra Peter Rice.

Puis ce fut au tour de Carlos :

« Mamá demande toujours de tes nouvelles. Je crois que tu es sa préférée… »

Ébranlée pas ces mots, effrayée à l'idée qu'elle allait s'en souvenir bien après la fin cette soirée, elle regarda Carlos tristement. Pourrait-elle lui expliquer pourquoi elle n'allait pas voir Alma ? Serait-il capable de l'aider ? L'inertie dont elle s'accusait n'était-elle pas un paravent derrière lequel elle cachait ce qui n'était en fait que de la mauvaise volonté ?

Laura revint, remaquillée. Elle était époustouflante.

« Tu es magnifique », lui dit Clara avec ferveur, et les longues heures, les appréhensions qui avaient précédé cet instant furent oubliées, effacées. Bientôt la porte allait s'ouvrir.

« Oui, j'ai toujours su me maquiller », répondit Laura en souriant, et elle enfila ses gants en prenant soin de retourner sa bague pour qu'elle n'accroche pas le cuir.

2

Couloir

Desmond examina soigneusement la poignée, puis il s'appuya lourdement contre la porte. Il n'enfila son imperméable qu'une fois certain d'avoir écarté tout risque de cambriolage. Le silence qui régna pendant ces quelques instants, où il agit exactement comme il le voulait, lui donna l'impression de contrôler à nouveau la situation. Vérifier les fermetures, ajuster ses vêtements étaient des gestes banals, mais qui faisaient partie chez lui d'une préoccupation fondamentale, le réflexe animal consistant à effacer les traces de son passage sur terre, une circonspection qui ne l'abandonnait qu'au plus profond de ses longues beuveries. Laura le ramena à la réalité : « Attention aux voleurs ! » cria- t-elle d'un ton ironique. Certain d'avoir raison, il se sentit plus fort, même si ce n'était que momentanément, et donna un nouveau tour de clé. « Cambrioler dans les hôtels rapporte gros », dit-il. « Tu pourrais peut-être te lancer dans ce genre d'activités », rétorqua-t-elle.

Comme s'il se bénissait lui-même, la main à plat, Carlos couvrit sa calvitie de son béret. « On y va ? » demanda-t-il avec une impatience lasse.

Ils se mirent en route. Laura avançait si

lentement que les autres s'arrêtèrent plusieurs fois pour l'attendre. Au-dessus d'eux, une rangée d'ampoules nichées au plafond dans de petites rosaces de plâtre diffusait une lumière pâle et angoissante. Clara se sentait presque à bout de souffle, comme si l'éclairage insuffisant avait trahi un manque d'oxygène. Du plâtre tombait par les déchirures du papier peint imitation brocart couleur pêche. On aurait dit que des clients fous furieux l'avaient attaqué à coups de clé, tels des prisonniers gravant leurs messages sur les murs des cellules. Une moquette rouge et rugueuse recouvrait le sol. Elle seule semblait avoir dans ce couloir résisté à l'usure. Une assiette sale et des serviettes en papier où un rouge à lèvres avait laissé les marques d'une grande bouche traînaient dans un plateau posé par terre devant une porte. « Maquillage de pute », lâcha Laura. Elle émit un sifflement strident. « Je t'en prie, ma chérie… » protesta Desmond. Laura siffla encore. Puis demanda à Clara : « Tu as reconnu ?

— Beethoven ? » proposa Clara.

Laura éclata d'un rire rauque. « Beethoven ! Ma pauvre chérie, tu ne te souviens pas de l'indicatif des actualités de la Paramount ? Les yeux et les oreilles du monde ?

— Elle est trop jeune pour ça », intervint Peter Rice.

Laura lança un sourire radieux à sa fille, et elles étaient alors si près l'une de l'autre que, derrière les lèvres pleines de sa mère, Clara distingua non seulement ses grandes dents légèrement jaunes, mais la salive qui tremblotait sur sa langue. Cette vision intime du corps maternel la stupéfia à tel point qu'elle en oublia une seconde de qui Laura riait. Puis Carlos prit sa sœur par le bras et l'entraîna en parlant de la pluie, il espérait qu'elle s'arrêterait avant leur départ – sortir du port sous l'averse était trop triste – et ils tournèrent à l'angle du couloir. Là, comme provoqué par leur présence, un brouhaha de voix se déversa par deux portes ouvertes et emplit tout l'espace. Ils poursuivirent leur chemin, quand un rire aigu transperça comme une lame acérée la masse de bruits confus.

« Il doit y avoir dans cet hôtel une suite avec mur des lamentations, murmura Laura.

— Ce n'est qu'un cocktail, protesta Desmond. Allez viens, sortons d'ici ! »

Trois hommes surgirent soudain, et se regroupèrent immédiatement, formant une sorte de tipi humain d'où s'échappait une fine colonne de fumée.

« Nous sommes restés trop longtemps dans cette chambre, murmura Peter Rice, et il nous faut maintenant affronter le monde ordinaire. Seule Laura est assez riche pour pouvoir y échapper. »

Clara vit un éclair de colère luire sur le visage de sa mère. « Riche, ah bon ! dit Laura à voix haute. Je connais une mouette qui fait la bête, ce soir, et qui sera privée de ses bonbons dodo. »

Toujours agrippé au bras de Laura, Carlos accéléra le mouvement, et ils passèrent devant le trio et les portes ouvertes en détournant la tête avec raideur, comme s'ils fuyaient la peste. À l'approche de Clara, un des trois hommes s'écarta du groupe, un long et fin cigare entre des doigts roses si potelés qu'ils semblaient avoir été taillés à l'emporte-pièce dans une masse de graisse. « Attention, lui chuchota Peter. Ils vont t'inviter. »

Tout en frottant la manche de sa veste en daim abricot, l'homme au cigare fixait la jeune femme. « Vous êtes du magazine *Elle* ? demanda-t-il. Nous nous sommes déjà vus, non ? À la fête de Michèle Trottoir, le mois dernier ? Est-ce que je…

— Non, coupa Clara froidement. Vous avez de la cendre de cigare sur votre veste », ajouta-t-elle. L'homme lui sourit. « Oui, c'est bien vous », dit-il. Elle jeta un coup d'œil à l'intérieur de la pièce, à l'instant où les gens attroupés s'écartaient devant une grande femme qui claquait des doigts, les bras levés. Elle portait une robe à paillettes rouge. Ses cheveux étaient soigneusement bouclés et laqués, ses yeux noircis comme des empreintes digitales floues, ses lèvres onctueusement lumineuses. Elle ouvrit la bouche, se préparant à chanter. Des gens crièrent.

« Qu'est-ce qui se passe ? demanda Clara.

— Mon Dieu ! Vous ne savez pas qui c'est ? Mais d'où sortez-vous ? »

Desmond regardait par la porte de la seconde chambre. Une femme d'un certain âge, coiffée d'un chapeau noir et informe, se précipita et lui attrapa le bras. « Oh, Larry ! s'exclama-t-elle. Je suis si contente que tu sois venu. C'est fabuleux – elle est absolument géniale. La moitié des gens qui sont là n'ont pas été invités, mais on s'en fout ! Elle a déjà dédicacé cent quatre-vingt-trois livres ! Elle signe aussi vite qu'elle parle ! » Desmond s'arracha à son étreinte et la main de la femme retomba. « Pauvre con ! cria-t-elle. Vous n'êtes pas Larry ! » Il jeta à Clara un regard vide puis se dirigea vers l'ascenseur. La femme se retira dans la chambre.

« Vous êtes avec lui ? demanda le gros homme

114

en veste de daim. Un peu trop vieux pour vous, non ? Mais ça aussi on s'en fout, hein ? » Il montra la pièce. « C'est Randy Cunny. Nous avons publié aujourd'hui la petite histoire de sa vie et nous donnons une petite fête en son honneur... Qui que vous soyez, je peux vous la présenter... Ça vous intéresse ? Il y a là toute la presse, toute l'édition, c'est incroyable. » Il la prit par la taille. « Allez, venez, vous allez adorer ! » Mais Clara s'écarta. « Merci, je suis avec des amis », dit-elle. Et elle alla rejoindre Desmond.

« Il t'a dit de quoi il s'agissait ? lui demanda-t-il.

— Un cocktail donné par une maison d'édition pour une certaine Randy Cunny.

— Randy Cunny ! s'exclama-t-il.

— Tu la connais ? » s'étonna Clara. À l'autre bout du couloir, Carlos et Laura parlaient, leurs têtes penchées l'une vers l'autre. Peter Rice les regardait sans rien dire.

« C'est une actrice, répondit Desmond, pris d'une gêne soudaine, et étrange.

— Je n'en ai jamais entendu parler.

— Une actrice de films X, murmura-t-il.

— Cet ascenseur ne marche pas ! cria Carlos, exaspéré.

— Quelle impatience, lui dit Laura d'un ton faussement sévère. Typiquement américain. Bien sûr, qu'il marche. Réfléchis un peu ! C'est l'heure où tout le monde sort dîner – l'heure de la fête, Carlosito. Écoute ! J'entends le bruit des câbles qui grincent dans la cage.

— Regarde ! Il est encore passé sans s'arrêter, répondit-il avec une voix profondément malheureuse, comme s'il était seul avec Laura, qui, par habitude, le laissait jouer sa grande scène de l'homme déçu.

— Allons, Carlos, montre-toi plus stoïque, lui dit-elle d'un ton tolérant. Imagine que tu es dans un énorme avion tombé en plein désert, sans eau, avec des hommes en burnous qui pointent leurs fusils sur toi, seul Juif à bord.

— Je préférerais ça, répondit vivement Carlos. Et je n'ai pas besoin d'imaginer que je suis juif!»

Peter Rice rit soudain, brièvement. Au même instant, un long cri aigu résonna dans la pièce où avait lieu le cocktail.

«Seigneur! s'exclama Laura. Qu'est-ce qui se passe, là-dedans? Est-ce qu'ils écorchent un nègre?

— Chut, murmura Desmond Clapper. C'est un cocktail, un cocktail d'édition, tu sais, Peter...

— Non, je ne sais pas», répondit Peter avec une telle indifférence que Clara se demanda si tel n'était pas son sentiment profond, la vérité qu'il cachait derrière une amabilité de surface, non pas, pensa-t-elle, afin de tromper les autres, mais pour éviter toute démonstration indélicate de cette souffrance et de cette solitude qu'elle devinait en lui. Il était tellement différent de ces Espagnols; toute sa personne – la façon dont il se tenait, ses mains nettes, décharnées, ses gestes retenus, la simplicité de son costume – exprimait un attachement à des manières surannées, une intention affirmée de garder pour lui ses blessures intérieures, de les laisser à leur place, dans l'ombre, tout au fond de lui.

Elle vit que Carlos appelait l'ascenseur d'un geste rageur, encore et encore. Il se retourna, s'appuya de tout son poids contre le bouton, comme s'il s'était agi d'un insecte qu'il voulait écraser, puis il s'avança d'un pas, leva les bras et agrippa son gros crâne comme pour l'arracher. Ne pouvait-il donc jamais garder quoi que ce soit pour lui, en dehors de ses petits secrets de polichinelle?

«Comment ça, tu ne sais pas? lança durement Desmond à Peter.

— Tu as réglé son compte à l'ascenseur? demanda Laura à son frère d'une voix douce.

— Je ne vais pas aux cocktails d'édition, dit Peter distinctement, mais d'un ton si peu humain qu'il aurait aussi bien pu parler à une table. Et je ne donne pas de fête. Je supporte du matin au soir la compagnie de fous qui hurlent leurs noms alors qu'on les oublie déjà. Si cela ne tenait qu'à moi, je les moucherais dès leurs premiers efforts, dans leur première suée…

— Charmant! s'exclama Desmond. Je crois que je vais aller rejoindre ces gens.»

Laura fit claquer sa langue. «Allons, allons», murmura-t-elle en se serrant dans son manteau de fourrure d'un geste de clown hautain. Il était magnifique. Et il avait une histoire, qui revint immédiatement à l'esprit de Clara. Mais elle ne voulait pas penser à ça maintenant. Elle avait, ce soir-là, déjà eu son compte de souvenirs doulou-reux.

«Quelle ambiance! déclara Laura en souriant. Mon Dieu! Cette merveilleuse agressivité mascu-line! L'un attaque l'ascenseur, l'autre déverse son fiel d'ivrogne, et le troisième crache dans la soupe… Vraiment, Peter. Tu deviens insupportable. Et personne ne s'est donné la peine de me dire ce que ces gens fêtaient.

— Randy Cunny », dit Desmond d'un ton tristement provocant.

Le visage boudeur de Carlos s'éclaira d'un sourire sardonique. « Celle qui fait du porno ? demanda-t-il.

— Oui, je crois, dit Desmond. Un homme poupée en veste de daim a dit à Clara qu'elle a écrit un livre, son autobiographie.

— Quelle curieuse expression, Desmond, intervint Laura. Un homme poupée ? Oui... je vois, un de ces types en cuir. Très drôle, mon chéri. »

À cet instant, un bruit sourd résonna, tandis que les portes de l'ascenseur s'ouvraient à l'étage supérieur. Carlos fixait Laura. Soudain, il se laissa tomber contre la grille, pris d'un rire convulsif. « Randy Cunny ! cria-t-il tandis que Laura le tirait par le manteau pour l'écarter de la porte. Autobiographie ! Publication... éditeurs... interviews... cuir... le monde de la littérature !

— Un vrai rêve de pédé », déclara Laura.

L'ascenseur arriva. Ils prirent place tous les cinq devant un groupe de femmes d'âge mûr en robe du soir étiquetée d'un badge où se lisait leur nom.

3

Restaurant

Carlos et Laura sortirent en premier de l'ascenseur. Ils traversèrent le hall d'un pas alerte, bras dessus bras dessous, échangeant sourires et regards complices, dodelinant de la tête et caquetant de rire comme deux volatiles pleins de dédain pour leurs comparses. Desmond traînait derrière eux, lourd, hésitant; il regarda d'un air dégoûté les vieilles femmes qui passaient à côté de lui en s'interrogeant d'un ton surexcité sur la direction à prendre pour accéder à la salle du banquet. Il détestait l'odeur douceâtre du talc dont elles se poudraient les seins et le cou. Peter Rice s'arrêta devant le kiosque à journaux et expliqua à Clara qu'il regardait systématiquement les nouveaux livres de poche.

« Ils sont toujours pareils, seuls les titres changent, dit-il. Tu as besoin de quelque chose? Cigarettes, chewing-gum? Pansements? »

Elle pensa d'abord que Peter ironisait, comme tout le monde ce soir-là, mais ensuite elle entendit, comme si ses oreilles s'étaient débouchées sous le coup d'une explosion, la gentillesse réelle qu'il y avait dans sa voix. Elle le remercia et répondit que non, elle n'avait besoin de rien. Et se sentit déconcertée quand il lui tapota l'épaule en disant : « Ça va aller mieux maintenant. Tu verras, au restaurant tout se passera bien. »

Elle avait l'impression que tout ce qu'on lui disait pouvait prêter à confusion. Elle n'avait jamais su contrôler la sensation d'autotrahison qu'éveillait en elle la présence de sa mère et sa tendance à se soumettre au désir qu'avait Laura d'anéantir toute certitude. Ses genoux se dérobaient sous elle. Elle n'arriverait jamais à passer de l'autre côté de la porte tambour. Quelque part, dans un lieu inconcevable, se trouvait son autre vie, sa vie de tous les jours, qui lui manqua cruellement, comme si elle l'avait perdue, comme si on la lui avait volée. Épuisée de se sentir ainsi partagée, elle hésitait entre le rire et les larmes.

Devant le visage dénudé de cette jeune femme inconnue qui se penchait vers lui dans une attente douloureuse, la panique s'empara de Peter, qui avait seulement voulu la rassurer – elle semblait si troublée.

« On y va ? » demanda-t-il brusquement. Il s'avança vers la sortie. Clara suivit, vaguement réconfortée par l'air humide que chaque tour de porte laissait pénétrer dans le hall de l'hôtel. Elle passa devant une énorme fougère en pot, et, quand elle tendit la main pour l'effleurer, elle s'aperçut qu'elle était en plastique. Un groom la dépassa en courant. Quelques jours plus tôt, dans un autre hôtel, un groom lui avait apporté un message : Chambre 314. Sa combinaison de soie sur le bras d'un fauteuil, la chemise de Harry Dana en tapon à côté, le froid dehors, et à l'intérieur la chaleur d'une rencontre illicite.

Elle avait dit :

« Tu portes une alliance ?

— Tu le sais bien.

— Elle te l'a offerte ?

— Nous en avons tous les deux une.

— Mais qui l'a voulu ?

— Arrête…

— Tu l'aimais ?

— L'amour, tu sais…

— Je suis désolée, je n'aurais pas dû…

— Tu n'es pas désolée, tu es en colère.

— Non… non… vraiment… je suis désolée. »

Pourtant Harry avait raison. Elle était en colère.

Peter Rice lui disait qu'il n'avait pas faim. « Mon appétit diminue de jour en jour. J'ai d'abord pensé être atteint d'une maladie mortelle, mais le médecin… » Il passa la porte, l'attendit de l'autre côté. Elle sortit à son tour, respira profondément. L'air lavé par la pluie était doux. Elle se sentit sauvée, et elle n'en revenait pas, alors elle se tourna vers Peter en souriant.

« … le médecin a dit que tout allait bien. Ce doit être l'âge. Mais je regrette le temps où m'asseoir à table et saisir une fourchette était un vrai plaisir… Comme c'est étrange ! J'ai pris mon premier cours de cuisine le jour où ma mère a été enterrée, juste après la cérémonie. J'avais seize ans, ou à peu près. Le frère de mon père m'a emmené dans une petite maison en pierre, non loin de la propriété actuelle de ta mère…

— Enfin ! » s'exclama Laura, qui les attendait en bas des marches. Un portier se précipita pour ouvrir la portière d'un taxi qui arrivait. Laura

121

recula vivement, comme s'il l'avait frappée, puis se redressa d'un mouvement étudié. Desmond passa son bras autour d'elle, mais elle le repoussa, le visage glacé. Carlos s'éloigna.

« Et, continua Peter en enfonçant ses mains dans les poches de son manteau gris, mon oncle a pensé que faire un dessert me changerait les idées. Pauvre homme, il était célibataire et vivait là tout seul, dans ce silence. Nous avons opté pour un flan. »

Immobile, Laura les regarda descendre à sa rencontre.

« Ce fut un des moments les plus agréables de ma vie, poursuivit Peter. Pendant que le flan cuisait, le vieil homme allait et venait en chaussettes, de grosses chaussettes de laine que ma mère lui avait tricotées. Il était adorable. Je me souviens exactement de ce que j'ai ressenti alors : la vie me semblait si joyeuse, ouverte, merveilleuse ! Puis nous avons ouvert le four…

— Mais tu vas te taire ! » cria Laura. Un couple de petits vieux qui passait s'arrêta net. Une femme noire d'âge indéterminé éclata d'un rire bruyant et méprisant. Desmond agita les bras. « Minou ! s'écria-t-il. Mon petit minou…

— Ce n'est pas à toi que je parlais, Laura, dit Peter d'une voix plate, mais à ta fille. » Et Clara, qui s'était accrochée à son bras, le sentit qui tremblait.

Laura cacha son visage dans ses mains. « Je suis désolée, dit-elle. Tellement désolée. » Elle les regarda tous les trois. « J'ai eu l'impression que nous n'allions jamais arriver au restaurant, jamais partir sur ce navire. » Elle sourit, prit la main de Peter : « Oh, Peter ! Par pitié, pardonne à ta vieille folle de Laura ! »

Il fit un geste, en signe d'absolution, mais il ne réussit pas à sourire, ne put que vaguement agiter la main, hocher la tête, tant Laura lui paraissait alors antipathique. Il avait d'abord cru que seule la présence de Clara avait rendu choquant le commentaire ignoble prononcé par Laura dans le couloir, quelques instants plus tôt. Depuis le début de la soirée, Clara lui était apparue à part, légèrement pitoyable quoique jeune et attirante, et se retrouver en famille était toujours difficile. Surtout dans cette famille-là. Mais être à part ne signifiait-il pas se placer en position de témoin ? Et n'avait-il pas vu, tandis qu'ils se dirigeaient vers l'ascenseur, une expression de dégoût absolu passer sur le visage de la jeune femme ? N'était-ce pas pour cela qu'il avait maintenant l'impression, alors que Laura venait de lui parler sur un ton atrocement grossier, que c'était lui, le salaud ?

Dans un éclair de lucidité, il se vit tel qu'il était, un homme d'une cinquantaine d'années qui imitait les mouettes, s'encanaillait sans que cela ne lui coûte rien, même pas l'avilissement classique de la chair. Et ses protestations – de sainte-nitouche – contre les excès plus évidents de Laura, contre ses absurdes obsessions raciales, ne lui servaient-elles pas seulement à se persuader lui-même qu'il était un type bien ? Dans une vie démunie de plaisir et réduite au travail et aux soins mesquins d'un corps qu'il fallait continuer à nourrir, Laura était sa seule faiblesse.

Laura appuya sa tête mouillée contre son épaule. « Tu es terriblement furieux, mon chéri », murmura-t-elle. Puis elle soupira et demanda d'un ton humble à Desmond le chemin de ce merveilleux restaurant.

« Il suffit de descendre l'avenue, c'est la deuxième à gauche », répondit-il agacé. Ils se mirent en route. Devant eux, Carlos attendait, tête baissée. La pluie tombait sans répit. À cette heure où les boutiques avaient fermé, il y avait très peu de piétons. Seules les voitures se pressaient les unes derrière les autres, machines gémissantes sous le bourdonnement de l'averse. Dans les vitrines, les marchandises reposaient sur des petites plates-formes illuminées. Au milieu des paquets de nouilles d'un épicier, un chat orange se leva, arqua le dos. Desmond l'aperçut du coin de l'œil ; Laura avançait à ses côtés, massive dans son manteau de fourrure. Il leva les yeux. Au-dessus du magasin, l'ombre d'une jeune femme, les mains dans les feuilles d'une plante grimpante, se dessinait derrière une fenêtre.

Un souvenir submergea Desmond, un flot de sensations bouillonnant et sombre : une chambre, sa première chambre à lui, hors de la maison familiale comme de l'université, un divan, une chaise, une bibliothèque métallique, une cuisinière, une table où était posé un livre ouvert, *La montagne magique*, un jeu de clés, ses clés, une paire de bottes trempées, pleines de boue, qu'il venait d'enlever après avoir marché dans le parc de Boston Common où était tombée la première neige de l'année, lui, debout au milieu de la pièce, jeune homme de vingt-deux ans qui se frottait les mains pour faire revenir le sang, riant tout seul, encore essoufflé d'avoir monté deux par deux les marches des trois étages. Maintenant, il savait très exactement ce qu'il avait ressenti. Mais à l'époque ?

Avait-il su qu'il pouvait s'envoler librement, dans la direction qui lui plairait ? Pourtant, cette force de la jeunesse qui était alors la sienne l'avait conduit à l'instant présent, au chat qui faisait le gros dos parmi les paquets poussiéreux, à la fille qui était en train de disparaître comme un rêve derrière les vitres zébrées de pluie, à cette femme à côté de lui vers qui l'avait entraîné chacun de ses pas, chaque élan illusoire de sa vie. Saisir la réalité d'un présent qui s'enfuyait à chaque seconde, aussi invisible que l'air, était impossible. La réalité n'existait qu'après coup, dans la vision qu'on avait du passé. Emporté par l'euphorie de cette découverte, il se tourna vers Laura pour lui en parler. Elle se blottissait dans son manteau, le visage crispé, luttant contre la pluie. Seigneur ! Il comprit qu'il devait être vraiment très soûl, que seule la fatuité des ivrognes pouvait lui faire croire au caractère exceptionnel de ses pensées. Il n'avait besoin de rien raconter à Laura ; il avait besoin de boire.

« Comment était le flan ? demanda Clara à Peter.

— Le flan… » murmura-t-il. Il la regarda. « Mais à quoi penses-tu ? Tu as l'air tellement… tourmentée. »

Peut-être prise de court par le caractère si personnel de la question, Clara répondit la vérité : « J'ai honte de moi, dit-elle. Honte de ce que je ne fais pas. »

Il ne chercha pas à savoir ce qu'elle voulait dire. Il fit un geste vers Laura, qui marchait entre Carlos et Desmond. « Oui… tu vois, ta mère est quelqu'un qu'il faut prendre au sérieux, mais pas dans le sens habituel du terme. Essayer de la comprendre ne sert pas à grand-chose. Elle est ce qu'elle semble être. Mais revenons-en au flan. Je n'ai aucune idée de ce que nous avions mis dedans, peut-être de la levure, car la crème avait monté bien au-dessus de la pâte, gonflée comme un ballon, et quand nous l'avons sorti du four et posé sur la table, il a débordé, très très lentement, s'est incliné devant nous sur la toile cirée, puis il a explosé. Je crois que je n'ai jamais autant ri de ma vie – et ma mère venait de mourir. »

Elle écoutait à peine. Qu'avait-il voulu dire ? Qu'il fallait prendre sa mère au sérieux ? Comment, au nom du ciel, pensait-il qu'elle faisait ? Puis il ajouta : « À l'intérieur de sa famille, chacun est enfermé dans un carcan qui le définit. Et, d'une manière ou d'une autre, chacun doit briser le carcan. »

Desmond s'arrêta. « Je crois qu'il faut tourner ici, dit-il.

— Comment ça, tu crois ? » demanda Laura tranquillement. Ils s'étaient arrêtés à un feu rouge, à un coin de rue. Le menton de Laura avait pris une teinte verdâtre. Puis elle sourit, d'un sourire qui parut à Clara plein d'indulgence. La jeune femme se dit que Laura leur pardonnait peut-être à tous d'avoir peur d'elle.

« Tu as les pieds trempés, mon chéri ? » demanda Laura. Seul Carlos se retint de regarder ses chaussures.

« Oui, c'est bien là, dit Desmond. Tu vois ? »

Ils regardèrent tous dans la direction qu'il indiquait. Quelques mètres plus loin, ils virent une étroite marquise et le nom du restaurant : *Le Canard privé.*

«*Le Canard privé*?» demanda Clara.

Le rire de Laura résonna. «Attention à la façon dont tu prononces ça! cria-t-elle.

— Un canard privé est un leurre dont on se sert pour tendre des pièges, expliqua Peter.

— Ça ferait un indice parfait pour une chasse au trésor», dit Laura en prenant le bras de Desmond. Carlos marchait devant, plein d'une nouvelle énergie. Il va bientôt s'échapper, pensa Clara, il a retrouvé son allure de chat, nous a déjà quittés.

Carlos était soulagé. L'angoisse qui s'était emparée de lui à l'idée de rater le rendez-vous qu'il avait plus tard avec un jeune homme de Newark était totalement vaine. Il venait d'apercevoir une horloge derrière la vitrine d'une teinturerie. Ils n'avaient que quelques minutes de retard sur ce qui était prévu, et bien que sa patience eût été mise à rude épreuve, il pouvait l'accepter. Il arriverait finalement à voir Lance – il s'appelait Leroy mais un astrologue lui avait conseillé de changer de prénom – à l'heure convenue. Il avait pourtant encore peur du pouvoir que détenait Laura de provoquer en lui une fureur prodigieuse, incontrôlable, comme celle qui l'avait envahi la dernière fois qu'ils s'étaient vus, quelques mois plus tôt. Il s'était enfui en la maudissant, aveuglé par la colère, était entré de plein fouet dans un tas de poubelles et s'était retrouvé couvert d'ordures, plein d'ecchymoses.

«Ça a l'air charmant, dit Peter Rice en jetant un coup d'œil par la fenêtre obscure du restaurant, non?» Personne ne répondit.

Une fois entré, Desmond Clapper se redressa, lança un regard hautain vers l'autre bout de la salle et prononça quelques mots à l'intention du maître d'hôtel. Il avait la voix froide de ceux qui règnent en tyrans parce qu'ils peuvent payer. Laura l'observa, amusée. On les conduisit à une table, on tira leurs chaises, on remit au centre exact du plateau un petit canard en porcelaine. Des fleurs un peu fanées sortaient des trous qu'il avait sur le dos.

La salle était étroite, avec des banquettes le long des murs. Au-dessus étaient peints des portraits de jeunes femmes en perruque qui baissaient vers les clients des yeux légèrement dédaigneux. Seul un tintement de vaisselle ou de couverts troublait de temps à autre l'ambiance sonore étouffée qu'imposaient les tentures, le linge de table et la moquette, et, entre les tables rondes dressées au milieu de la pièce, les garçons en veste sombre se tenaient immobiles dans la lumière pâle, leurs visages blêmes comme des lunes dévastées.

«Apéritifs? demanda Desmond d'un air important, le menton relevé pour appeler un serveur.

— Vous connaissez l'histoire des porcs-épics de Schopenhauer? demanda Peter en souriant. Ils avaient très froid, mais lorsqu'ils se sont serrés les uns contre les autres pour se réchauffer, ils se sont piqués et se sont séparés. Seulement, ils ne pouvaient supporter le froid, alors…

— Je déteste les aphorismes, dit Laura.

— Ce n'est pas un aphorisme, répondit Peter.

— Ils sont toujours horriblement pompeux, continua Laura. Du genre, "L'impuissant déteste le satyre", ou "En présence de l'impuissant, le satyre tremble", ou "Rien n'oppose fondamentalement l'impuissant au satyre".» Elle éclata d'un rire rauque. «Tu es vraiment impossible, Laura», dit Peter.

Le serveur se penchait au-dessus d'eux comme une coccinelle qui, posée au bord d'une feuille, regarde le sol.

« Qu'est-ce que tu veux boire, ravissante enfant ? demanda Desmond à Clara, assise à côté de lui.

— Heu... en fait rien, merci, dit-elle.

— Allez... un petit bourbon sour. Prends-en un avec moi, dit Desmond d'un ton de conspirateur. D'accord ? » Peter ne voulait rien. Carlos hésita, puis demanda un whisky. Laura dit qu'il fallait commander une bouteille de bon vin. « Et sans regarder à la dépense, monsieur Clapper, ajouta-t-elle d'un ton espiègle.

— Tu ne veux pas savoir ce que les porcs-épics ont fait ? demanda Peter.

— Je le sais déjà, répondit-elle, hautaine. Ils ont trouvé un compromis, une distance qui convenait. Je sais que tu adores ce genre d'histoires, Peter, mais elles n'ont rien à voir avec la vraie vie. Je vais t'en raconter une que j'ai lue dans le journal ce matin. Un homme essayait d'entrer chez lui par la fenêtre. Il s'était disputé avec sa femme et elle avait caché ses clés. Mais il se trompa et arriva chez leur voisine, qui était sa maîtresse. Pas mal, non ? Alors il ressortit par le même chemin, tenta d'atteindre sa fenêtre, et tomba de quatre étages.

— Bon Dieu ! Quelle idiotie ! » s'exclama Carlos.

Laura ouvrit ses mains sur la nappe. « Le problème, voyez-vous, c'est qu'il avait perdu tous les doigts de la main gauche dans un accident. Et maintenant, Peter, raconte-moi un conte moral qui nous concerne, toi ou moi.

— Je ne peux rien pour toi, Laura », répondit Peter. Mais Carlos regarda sa sœur d'un air écœuré.

«Cette histoire est sordide. J'imagine que tu la trouves tragique. Pourtant ce n'est qu'un drame de la bêtise. Tu exagères toujours, tu veux prouver l'inanité du monde... Est-ce que le type est mort?»

Laura, qui, pendant qu'il parlait, regardait Carlos avec une expression d'espoir étrangement intense, le prit soudain dans ses bras, déposa un baiser sur sa joue. «Oui, il s'est tué», dit-elle comme si c'était Carlos qu'elle plaignait et non l'homme tombé.

Mais Carlos ne voulait pas de sa pitié. Il se renfonça dans sa chaise avec une expression pensive. L'histoire de Laura l'avait démoralisé, elle avait jeté une ombre sur ses attentes. Il détestait autant le ton impitoyable et triomphant qu'elle avait pris pour la raconter que son contenu – les deux femmes, l'épouse et la maîtresse dans le même immeuble, l'homme estropié qui passait de l'une à l'autre, tombait, son corps brisé contre l'asphalte. L'avenir semblait sans issue, ses espoirs évanouis. Il regarda les doigts de sa sœur ramper vers lui sur la nappe. Il avait toujours détesté cette habitude qu'elle avait de contempler ses mains, et de les agiter constamment. Il était épuisé! Quand Laura renoncerait-elle à faire comme s'ils formaient une famille unie? Les enfants devenaient des adultes, s'éloignaient de leurs parents, nouaient ailleurs de vraies relations. La condescendance de Desmond l'exaspérait. Sa nièce était assise en face de lui, jeune femelle tendre et laiteuse, mais dont la pâleur traduisait la tension et la peur. Elle se montrait trop humble envers Laura. S'il avait cru que les conseils servaient à quelque chose, il lui

aurait expliqué que c'était la dernière attitude à
avoir. N'avait-elle pas conscience du pouvoir que
sa jeunesse lui conférait ? Non, elle était encore
couchée entre les jambes de sa mère, nouveau-née,
faible et impuissante. Il pensa alors à sa propre
mère au milieu des autres vieilles dames de la
maison de retraite – on leur avait sûrement donné
à dîner tôt, comme à des enfants – et au très long
voyage de la vie qui ne faisait que ramener les êtres
à leur point de départ.

Pendant un moment, personne ne parla. Clara
frissonna légèrement, et Peter, assis de l'autre côté
de la jeune femme, l'interrogea du regard. « Tu as
froid ? demanda-t-il.

— Non, non… C'est cet ange qui passe… »

Peter déplia sa serviette avec un soin maniaque,
pourtant il pensait à autre chose, avait à peine
conscience de ce que ses mains faisaient. Le tissu
blanc attira en voletant l'attention d'un jeune
homme pâle qui dînait à la table voisine. Carlos
s'en aperçut. Le jeune homme avait la tête couverte
de boucles qu'on aurait dit mouillées, ses joues et
son menton disparaissaient derrière des poils noirs.
Il tourna lentement les yeux vers Carlos, de grands
yeux vides derrière de grosses lunettes. Il parlait à
une jeune femme, il lui parlait tout en dévisageant
Carlos. Ce dernier se pencha pour entendre ce
qu'il disait. Le jeune homme parlait d'argent. Son
interlocutrice semblait fascinée. Soudain, derrière
les lunettes, les yeux se rétrécirent et lancèrent à
Carlos un regard d'antipathie profonde, et le jeune
homme baissa la voix.

Carlos se sentit rasséréné. Sa sœur, qui contemplait pensivement le canard en porcelaine, ne

s'était aperçue de rien. « Dis-moi, Peter ! s'exclama Carlos. Laura m'a appris que tu allais être nommé directeur ! C'est fantastique, non ? »

Peter le regarda ébahi. Un garçon apporta les bourbons sours et le whisky. « Tu es sûr de ne rien vouloir ? demanda Desmond à Peter.

— J'attendrai le vin, répondit Peter, les yeux toujours fixés sur Carlos, étonnés. Il faut que je fasse attention à mon foie… D'où Laura sort-elle ça ? Je ne suis qu'éditeur.

— Et si on prenait du champagne, chéri ? proposa Laura. Mais – oh – tu as peut-être commandé le vin quand tu as réservé, comme on commande les gâteaux d'anniversaire. » Puis au grand désarroi de son mari, le visage penché vers la table, elle se mit à chanter d'une voix grave « *Happy birthday*, Desmond ».

« Envoyez-moi le sommelier ! » cria Desmond au serveur, attirant sur eux l'attention des autres clients. Carlos jeta un coup d'œil au jeune homme. Ce dernier fit un effort visible pour ne pas regarder Carlos. Ses petites mains nettes comme des pattes de souris étaient posées de chaque côté de son assiette. Soudain il se tourna, planta son regard dans les yeux de Carlos, forma un O parfait avec ses lèvres, referma la bouche et se retourna vers son amie. Carlos s'affala contre son dossier, secoué de rire rentré. Se sentir aussi gamin le réjouissait. Il étouffa un gémissement.

« Je crois que nous sommes tous un peu tendus, remarqua Laura. S'il te plaît, Carlosito, arrête de draguer ce pauvre garçon. Miss Clara, j'aimerais bien en savoir un peu plus sur ton job. Quant à toi, monsieur l'éditeur – à propos, je n'ai jamais dit à mon frère que tu avais obtenu une promotion –, je voudrais comprendre comment diable tu arrives à aller jour après jour dans une boîte où tu détestes tout le monde, à travailler avec ces fous d'écrivains, comme tu l'as dit tout à l'heure. Ensuite Desmond vous indiquera l'itinéraire de notre merveilleux voyage… »

Le sommelier, un petit homme fragile, s'approcha de leur table. Il semblait avoir dormi en position inclinée et ne pas encore s'être redressé.

« Je ne me sens pas très bien, murmura Clara à Peter. Je devrais peut-être sortir prendre l'air. On étouffe ici.

— Je t'en prie, pas de mesquinerie », entendit-elle sa mère dire à Desmond qui examinait la carte des vins.

Peter dit doucement : « Oui, on étouffe, mais ça va aller. Imagine un lac, par un après-midi de printemps, quelques arbres, peut-être un saule, une prairie… »

À sa grande surprise, l'image du lac se glissa dans l'esprit de Clara, et avec elle, la pensée douce-amère du monde extérieur, des plaques terrestres qui se déplaçaient, couvertes d'hôtels et de restaurants, forteresses fermées, oppressantes, suffocantes. Clara respira profondément, l'air sentait la vanille. Elle vit que le jeune homme de la table voisine mangeait une crème à petites cuillerées, et s'essuyait la bouche avec une hâte coupable. Il a peur d'en avoir dans la barbe, se dit-elle, sans éprouver de sympathie particulière pour lui – elle le trouvait plutôt répugnant, avec tous ces poils en bataille – mais parce qu'elle-même craignait toujours de laisser quelque chose couler de sa bouche, de son nez ou de ses yeux.

« Ça va mieux ? » dit Peter. Elle hocha la tête. « Très bien, le coup du lac », répondit-elle. « Il m'a fallu des années pour le trouver », dit-il. « Et la mouette aussi ? » demanda-t-elle. « Non, j'ai inventé la mouette tout à l'heure en arrivant devant la chambre de ta mère, je pensais que ça l'amuserait. »

La chambre de sa mère, le restaurant de sa mère, le bateau de sa mère…

« Tu veux une entrée ? lui demanda Desmond comme s'il s'adressait à une charmante petite chose.

— Oui, avec de la mayonnaise, n'importe quoi pourvu qu'il y ait de la mayonnaise, n'est-ce pas, Clara ? » lança sa mère.

Peter lui serra doucement le bras. Elle l'entendit lui dire de façon presque inaudible : « … Prends ce que tu veux » ; elle s'écarta.

Elle jeta un coup d'œil au menu. « Je vais commencer par des cœurs de palmier », dit-elle d'une voix forte.

Lentement, sa mère baissa la tête, les yeux fixés sur la panière ; lentement, elle avança sa main droite, ouvrit ses longs doigts lourds et les referma sur un morceau de pain.

En fait, Clara n'avait envie de rien, mais cette non-envie était l'effet d'une force négative désespérée. Pourtant Peter Rice s'était trompé, le problème n'était pas pour elle de commander ce qu'elle voulait, elle n'avait pas à opposer sa volonté à celle de sa mère, à se battre contre la domination habituellement subie par les plus jeunes, il n'existait pas entre elles la vieille lutte qui oppose mère et fille. Clara aurait pu commander en entrée une assiette de vipères, que Laura s'en serait totalement moquée. La jeune femme savait – d'un point de vue intellectuel du moins – que cette non-envie était une réponse, un effort qu'elle faisait pour ne pas s'effondrer lamentablement face à l'insupportable indifférence de Laura. Et il y avait ce qu'elle ne comprenait pas, ce qui appartenait aux profondeurs insondables, qu'elle ressentait comme un poids variable et douloureux qui la déstabilisait à tel point qu'elle craignait de ne pas réussir à contrôler sa voix.

Le jeune homme de la table d'à côté buvait son café à petites gorgées maniérées. Sa gourmette en argent cliquetait. Laura évoquait sur un ton courroucé les problèmes de la poste, comme s'ils avaient eu pour elle une importance fondamentale. Mais avec qui échange-t-elle des lettres? se demanda Clara. Puis Laura s'en prit aux trains. «Ils ne desservent même plus un dixième de leur ancien réseau», se plaignit-elle. Et chez qui serait-elle allée? Mais cette conscience de l'isolement dans lequel vivait Laura n'apporta à Clara qu'un sentiment de triomphe amer et passager. Laura avait choisi sa solitude.

Clara cessa d'écouter. Elle regarda autour d'elle. Les hommes lui parurent étranges, avec leurs cheveux gonflés par les brushings, vaguement bovins, tous à la mode. Elle trouvait qu'il y avait quelque chose d'insipide, de vide dans ce dandysme.

«Tous ces gens sont déguisés, glissa-t-elle à Peter dans un élan de franchise. Ce n'est pas que je n'aime pas m'habiller, mais…»

Peter soupira. « Oui, on dirait qu'ils veulent tous ressembler à des macs, des pédés ou des putes. Je ne sais pas ce que cela veut dire... une façon d'affirmer sa personnalité, de prétendre que chacun peut être ce qu'il veut... mais bon, je suis tellement timide, et tellement snob, que...

— Affirmer sa personnalité ! l'interrompit Desmond. Seigneur ! Ils se ressemblent tous, parlent tous de la même façon...

— C'est la revanche des nègres, dit Laura. Ils ont imposé leurs fringues et leur argot de taulards dans tout le pays...

— S'il te plaît, Laura, demanda Peter en se penchant vers elle, ne parle pas comme ça.

— Ne parle pas comment ? demanda-t-elle doucement.

— Ils ne sont pas rapides, ici, dit Carlos.

— Allons, allons... » Desmond agita les mains d'un geste mou. « Tenons-nous bien...

— Comme si, toi, tu te tenais bien, dit Laura toujours aussi doucement, d'une voix qui semblait pleine de regrets étouffés.

— Regardez, le voilà ! cria Desmond. Oh... non, ce n'est pas encore pour nous, mais ça va arriver, toutes ces choses délicieuses... » Et il se tut, les yeux fixés sur Laura, emplis de désespoir, se sachant condamné à l'avance.

« Ne dis pas "nègre", insista Peter. Je déteste ce mot.

— Je boirais bien un autre verre », soupira Desmond.

Laura lança à Peter un regard de reine, puis détourna les yeux, comme s'il n'était pas là.

« D'accord, mon cher Peter. Tu es un homme sensible, je le sais. Sensible aux mots.

— Si seulement ils pouvaient nous apporter quelque chose », grommela Carlos. Il regarda autour de lui, l'air hagard, et vit le jeune homme qui payait l'addition avec sa carte de crédit. Il comprit – il savait beaucoup de choses sur les problèmes secrets de la gent masculine – que le jeune homme se demandait, horriblement mal à l'aise, quel pourboire laisser. Ses dents déchirèrent la cuticule de son auriculaire. La fille contemplait le mur. « Quinze pour cent, mon chou », murmura Carlos dans leur direction.

La main de sa sœur agrippa la sienne. « Oh non ! Je t'en prie, non… » supplia-t-elle d'une voix sourde, brûlante. Son visage n'était qu'à quelques centimètres du sien. Il vit des larmes dans ses yeux. Il sentit une douleur qui répondait à la sienne, comme s'ils avaient été tous deux allongés, blessés au milieu d'étrangers qui ne pouvaient rien pour eux. « Je suis désolé », murmura-t-il. Elle secoua la tête rageusement, pourtant il sut que ce qui l'angoissait n'avait rien à voir avec son attitude envers le jeune homme – d'ailleurs il se trouvait méprisable, sénile, cruel, inutilement complaisant. Mais il s'écarta d'elle. Sa méfiance était trop profonde, trop ancienne pour qu'il puisse s'en débarrasser, sauf, comme cela venait d'arriver, quand il était pris par surprise. Ce qui s'était passé entre eux l'espace d'un instant était comme un éclair dont l'intensité rend presque invisible ce qu'il illumine. Il oubliait déjà ce qu'il avait perçu, quoi que ce fût. Il n'était même plus certain d'avoir vu des larmes dans les yeux de Laura. Elle lui souriait.

Un certain dégoût de ce qu'il était le traversa, comme un ver qui chemine dans la terre. En sortant, le jeune homme et son amie passèrent derrière lui. Il s'était conduit trop grossièrement pour pouvoir s'excuser. Il se demanda s'il n'allait pas bientôt être interdit de séjour dans tous les lieux publics. Regarda tour à tour Peter, Clara et Desmond. Ils observaient le serveur qui faisait tourner une bouteille dans le seau à glace. Quelqu'un posa une assiette de moules farcies devant lui. Il avait oublié en avoir commandé.

« Attendez ! Attendez ! » cria Desmond. Il leva sa coupe de champagne. « Portons un toast à Clara ! »

Les verres tintèrent. Un échange étrange, qui manquait de chaleur. Ils avaient tous, à l'exception de Desmond, profondément sombré dans leurs rêveries, et les visages qui se tournèrent alors vers Clara lui parurent vides. Elle eut plus de mal à répondre à cette aménité sans âme qu'elle n'en aurait eu s'ils avaient fixé leur attention sur elle. Carlos souriait d'un sourire éclatant, mais comme pour s'exercer à sourire à quelqu'un qui n'était pas là. Desmond s'était servi d'elle afin de pouvoir vider son verre le plus rapidement possible. Il tendait déjà le bras vers la bouteille. Les autres mangeaient, simplement, mais Clara eut la conviction soudaine que tous étaient troublés par une absence. Qu'à chacun des convives quelqu'un manquait. C'était comme si un vent violent s'était brusquement calmé – il y avait ce silence, et ce bouleversement général. L'ironie toujours menaçante de Laura, qui piochait d'un air indifférent dans son plat de crevettes, avait fait place à une expression morne et sombre. Clara sentit chez Peter une certaine curiosité à son égard, subtile et ténue, mais chez Carlos rien, aucun intérêt pour elle au-delà du rituel de reconnaissance mutuelle, qui avait eu lieu des heures plus tôt dans la chambre d'hôtel.

Angoissée, elle posa la main sur le bras de Peter. «Ce que tu disais… à propos des vêtements… Tu penses vraiment que les gens croient pouvoir être quelque chose d'autre, quelque chose de différent, par leur seule façon de s'habiller? Et d'abord, que croient-ils être? Puis que veulent-ils être?

— C'est l'absence de pensée qui rend ces déguisements si vulgaires, dit-il. Dans ces mascarades – qui ne célèbrent que les masques eux-mêmes, qui ne reposent sur aucune réflexion – c'est celui qui a le plus de plumes qui a gagné.

— Et il y a ceux qui se contentent d'un simple costume bleu, n'est-ce pas, Peter? intervint Laura. Comme si tu étais entré dans le premier magasin venu, hein? Je parie que tu as cherché pendant au moins un an. Et pour célébrer quoi?

— Écoutez, je suis désolé de vous bousculer, mais nous n'avons toujours pas commandé la suite. J'ai un rendez-vous…» commença Carlos.

Laura renifla. «Un quoi?

— … auquel je préférerais ne pas arriver en retard, continua-t-il imperturbablement.

— Et nous avons besoin de vin», ajouta vite Desmond. Il leva la main, évitant le regard de Laura. Plusieurs serveurs se dirigèrent vers leur table. Desmond eut un rire bienveillant. «Une autre! cria-t-il en claquant des doigts vers le seau à glace. Une autre bouteille de votre blanc de blanc cuvée spéciale merveilleusement trop cher! Et maintenant, mesdames et messieurs, que diriez-vous de…

— Je prendrai une truite », dit Laura à Desmond, mais les autres s'adressèrent directement aux serveurs qui répétèrent leurs commandes d'un ton grave et précis. « Le poulet ne sera pas trop long à préparer ? demanda Carlos. Je suis assez pressé…

— Tout est cuit depuis une semaine, l'interrompit Laura, afin de permettre aux garçons de faire grève quand ils en ont envie…

— Et des coquilles Saint-Jacques ? demanda Clara à l'un des serveurs.

— Parfait », dit-il. « *Parfait* », répéta l'autre en français. Laura riait doucement.

« Allez, Peter, finissons-en… ordonna Desmond. Où est notre champagne ?

— Côtelettes de veau, dit Peter.

— Et pour moi… » commença Desmond, puis il sombra dans le silence. Laura lui lança un regard faussement intrigué.

« Oh, dites-nous ce que vous voulez, cher monsieur !

— Du canard, répondit Desmond en fixant la bouteille que le serveur ouvrait. Non, non, pas de canard, du *filet mignon*. » Il leva les yeux vers Peter. « Tu n'es vraiment pas marrant. Des côtes de veau ! Pour l'amour de Dieu, Peter !

— Tu peux commander pour moi, si tu veux », dit gentiment Peter.

Mais Desmond buvait son champagne les yeux fermés.

« Il y a un fermier qui vit à côté de chez nous, raconta Laura une fois les verres remplis. Il porte un soutien-gorge sous ses vêtements de travail. Pourquoi crois-tu qu'il fait ça, Peter?

— Je ne parlais pas de ce genre de déviance », dit Peter.

Laura eut un rire méprisant. « Ah non? Ce genre de déviance, hein? Tu préfères parler de ton costume bleu, simple, sobre, ennuyeux! Tu n'es qu'un sale puritain sentencieux! »

Clara se rendit compte qu'elle ne pouvait s'empêcher de sourire. Laura était ignoble! Vraiment ignoble. Pourtant Clara ne pouvait s'empêcher de sourire.

« Les cas de torture se multiplient partout dans le monde. Tu le savais, Laura? Je commence à croire que tu es derrière ce phénomène, dit Peter.

— Tout cela aurait un rapport avec la dignité humaine, peut-être? demanda Laura d'un ton affable. Mais ton costume…

— J'aimerais bien qu'on arrête de parler de mon costume, dit Peter d'une voix plate. Il a dix ans. Il est là pour me protéger de la pluie. Quant à mon puritanisme – il est encore plus dur à supporter pour moi que pour toi, alors, si tu veux, mon costume et moi allons disparaître de ta vue.

— Oh, Peter! s'écria-t-elle en tendant une main vers lui. Je plaisantais, voyons. Seigneur! Tu sais combien je suis contente que tu sois là! Tu sais bien que je suis une idiote! Arrête de boire, Desmond! Écoute, Peter… » Mais elle se tut, la main toujours tendue, la paume en l'air et les yeux suppliants. Peter lui prit les doigts.

« Tout va bien, dit-il.

— Tout va bien? » demanda-t-elle rêveusement. Il hocha la tête. Il savait qu'elle allait réagir comme ça quand il l'avait menacée de s'en aller. Il n'avait pas pris de risque, il lui avait simplement signalé qu'elle dépassait les bornes. Elle s'en prenait parfois à lui de cette manière, mais l'attaquait toujours sur ce qu'il détestait déjà en lui-même. Il était plus en sécurité avec Laura, se disait-il souvent, qu'avec des gens qui se posaient moins de questions sur eux-mêmes qu'il ne le faisait. Il y avait évidemment des choses qu'il ne supportait pas ; il n'accepterait jamais le mot *nègre* ; il ne cautionnerait jamais sa sauvagerie. Mais ils se comprenaient l'un l'autre ; elle était soumise aux impulsions qui l'animaient, lui aux contraintes qu'il s'imposait. Et face à ces tyrannies diamétralement opposées, chacun d'eux plaignait l'autre. Et cette opposition expliquait probablement que leur amitié ait duré si longtemps. Le vif intérêt qu'ils continuaient de ressentir l'un pour l'autre après toutes ces années.

Desmond ayant, peut-être accidentellement, appuyé sa cuisse contre la sienne, Clara se rapprocha de Peter. Il entendit sa respiration, sentit une bouffée des douces senteurs florales de son parfum, et il se rendit compte qu'il serrait les poings.

« Tu ne leur as pas parlé de la lettre, dit Laura à Desmond.

— Tu t'en es déjà chargée, cela suffit, lui répondit son mari d'un ton bougon, les yeux fixés sur son verre vide.

— Tu devrais la leur lire, chéri. C'est incroyable comme la fille de la première Mrs. Clapper peut ressembler à sa mère ! Le style est différent, mais le fond est exactement le même. Mon Dieu, Clara ! J'espère que tu ne me ressembles pas.

— Nous l'espérons tous, Laurita », dit Carlos d'un ton badin. Laura sembla ne pas l'avoir entendu. Quoi qu'il en fût, comme le serveur venait d'arriver avec leurs plats, Desmond s'employa à annoncer d'un air important qui avait demandé quoi et en profita pour commander une nouvelle bouteille.

« Rien de tout cela n'a l'air très bon, dit-il. Je sais déjà que ce n'est même pas chaud.

— C'est parfait, déclara joyeusement Laura. Quoique ce poisson paraisse un peu morbide, tu ne trouves pas ? Regarde, ils lui ont enfoncé du persil dans l'œil. Bon, pour en revenir à la lettre… »

Desmond fit tomber sa fourchette et se pencha à sa recherche d'un mouvement lourd.

« Laisse-la par terre », dit Laura d'un ton brusque.

Il la regarda, vaguement incertain. « Elle est sur mes genoux », marmonna-t-il. Sa lèvre inférieure pendait un peu. Puis le serveur arriva avec une autre bouteille de champagne et un sourire enfantin illumina le visage de Desmond. Porter un jugement sur lui alors qu'il est tellement soûl serait injuste, pensa Peter. Mais les expressions de Desmond étaient si peu variées qu'il ne pouvait s'empêcher de le comparer à un jouet. Une marionnette aux traits peints de façon simpliste, que l'on pouvait manipuler dans tous les sens. Laura les regardait les uns après les autres, comme si elle évaluait leur substance même, et son regard se posa sur lui. Il aurait aimé qu'elle laisse tomber l'histoire de la lettre. Que voulait-elle faire admettre à Desmond ?

« Elle essaie de se faire bien voir en flattant ce pauvre vieux Desmond à propos de tous les gens qu'il a dû rencontrer à Paris… » Elle adressa un sourire complice à Peter. Puis, d'une voix de fausset, elle s'écria : « Oh, raconte, mon petit papa ! Tu as connu la grande Gertrude Stein ?

— Je t'en prie, minou, arrête », supplia Desmond.

Laura fronça les sourcils, tête baissée. Puis elle releva les yeux vers lui. « Oh, et puis qu'est-ce qu'on s'en fout ! » dit-elle.

La main posée immobile à côté de son assiette, Clara ne mangeait pas. « Tu n'as pas faim ? lui demanda Peter.

— Pas trop, non », répondit-elle d'une voix lasse. Elle ne pouvait pas expliquer à Peter combien elle avait peur que Laura parle encore de la fille de Desmond et combien elle se sentait concernée par les attaques de sa mère contre cette jeune inconnue.

« Nous ne sommes que des mendiants en train de s'en prendre les uns aux autres », lui chuchota Peter. Elle le regarda, surprise. Parlait-il de Laura ? Elle commença : « Je pensais…

— Tu pensais ? l'interrompit Laura, moqueuse. Et peut-on savoir à quoi ?

— Oh, à rien de spécial, répondit vite Clara.

— Je ne crois pas qu'elle me ressemble, dit Laura pensivement. Qu'est-ce que tu en penses, Carlos ?

— Non, pas le moins du monde, rétorqua Carlos.

— C'est pourtant difficile d'y échapper… on se croit différente, et au bout du compte, on leur ressemble tellement, dit Laura d'une voix lointaine. Lorsque j'étais à l'hôpital, il y a des années, Mamá est venue me voir. » Elle se mit à manger, sans plus regarder personne. Va-t-elle s'arrêter là ? se demanda Clara. Le silence s'installa.

Carlos avait mangé tout le poulet qu'il pouvait avaler. Je vais bientôt pouvoir commander un café et disparaître, pensa-t-il. Laura n'avait aucune raison de lui faire une scène. Il lui avait consacré suffisamment de temps. Et de toute façon, elle ne faisait plus autant de scènes qu'avant. Elle s'était calmée, adoucie. Son discernement incroyable – cette façon qu'elle avait de deviner en lui une pensée passagère, un état d'âme, de saisir l'ensemble de ses sentiments en un éclair –, qui lui avait servi autrefois à nourrir sa vindicte, s'était transformé en une ironie plus paisible, assez proche de celle qu'il entretenait lui-même.

Elle l'appelait parfois tard le soir de Pennsylvanie, et ils bavardaient souvent longuement, et agréablement. Il y avait des moments où il l'aimait beaucoup. Il sourit au souvenir d'un incident qui remontait aux années terribles de Laura. Il avait, à l'époque, trouvé cette histoire incroyablement drôle. Cela se passait environ douze ans plus tôt. Laura avait découvert que Desmond avait une liaison. Elle l'avait interrogé. Il avait nié en bloc. Elle s'était d'abord attaquée à la vaisselle, puis avait piétiné, arraché, déchiré tout ce qui lui tombait sous la main – « J'ai anéanti ce fichu appartement », avait-elle ensuite raconté à Carlos. Il connaissait mieux que personne la hargne, la violence qui habitaient sa sœur. Déjà quand ils étaient enfants, il se cachait de ses grands yeux profondément enfoncés dans leurs orbites, se bouchait les oreilles pour ne pas entendre les horreurs qu'elle débitait. Desmond s'était enfui. Elle avait mis ses robes en lambeaux, il ne lui restait plus rien à détruire. Puis elle avait fouillé les poches de Desmond et trouvé le carnet d'adresses où il notait les coordonnées de ses clients. Toutes les bonnes boutiques du pays vendaient les luxueux bagages Clapper. Elle avait ce jour-là de l'argent que Desmond lui avait donné pour acheter à boire. Elle s'était rendue dans une agence de la Western Union. « Tu sais combien Desmond est fier, avait-elle dit à Carlos. Et sournois. Mais la femme invisible a frappé ! » Elle avait envoyé trente télégrammes – « Je n'avais malheureusement pas de quoi faire mieux », lui avait-elle expliqué d'une voix chargée de regrets. Tous contenaient le même message : « Graves problèmes. Merci envoyer 2 $. » Et tous étaient signés « Desmond Clapper ».

« La femme invisible… » murmura-t-il avec une certaine nostalgie. Laura le regarda déconcertée. Il plia sa serviette.

« Qu'est-ce que tu fais, Carlos ? demanda-t-elle. Tu n'as pas besoin de débarrasser. Desmond nous invite tous !

— Il va bientôt falloir que je parte, répondit-il d'un ton aimable, poli.

— Prends donc un cognac avec nous, dit Clapper. Garçon, s'il…

— Mais Peter et Clara n'ont pas fini leur plat ! gronda Laura.

— J'ai dit bientôt, pas tout de suite, dit Carlos.

— J'avais commencé une histoire, non, Desmond ? Il me semble que je parlais de Mamá. On m'avait opérée… » Elle posa ses couverts dans son assiette. « Ma pauvre mémoire… Oh, ça y est, je me souviens. Le lendemain de l'opération, ce second jour terrible, Mamá est venue me voir. J'étais complètement abrutie par la douleur, dans ce brouillard que provoquent les médicaments… et elle a dit : "Il y a une herbe, à Cuba…" À Cuba ! Et moi j'étais là, gémissant dans un lit d'hôpital new-yorkais.

— Oui, dit Carlos, je vois.

— Encore heureux, répondit sa sœur d'une voix basse, désagréable.

— Elle me disait toujours *"Toma leche"*, se dépêcha de raconter Clara, voyant là l'occasion de partager les souvenirs familiaux. Et alors que j'étais devenue une adulte, et que j'étais allée la voir à Brooklyn, après m'être cassé le poignet, elle a regardé mon plâtre et m'a dit de boire du lait.

— Tout ça pour ça », commença Laura. Puis elle se tut, fixant sur Clara, qui s'était renfoncée dans sa chaise, ses yeux écarquillés comme si quelque chose venait de surgir et de s'immobiliser en face d'elle.

D'une voix métallique et hachée, Laura demanda : « Et tu l'as fait ? Tu as bu du lait ? »

Desmond, qui tour à tour émergeait de la vague d'ivresse produite par le champagne dont il avait bu à lui seul la plus grande partie puis y sombrait de nouveau, était encore assez conscient pour sentir une soudaine et dangereuse tension. Il émergea des profondeurs obscures de ses pensées, comme un plongeur sous-marin qui jaillit à la surface de l'eau. « Eugenio ! s'écria-t-il, offrant ce prénom comme un bijou à Laura. Il vit dans son arrière-boutique, tu le savais, Peter ? Comme un marchand de bonbons… et il se raconte l'histoire des Maldonada, des gens originaires des Pyrénées tombés dans les bas-fonds comme des *cucarachas*. » Il éclata d'un rire exagéré

– il avait fait ce qu'il fallait, tout le monde souriait – et, satisfait, il répéta : « Comme des *cucarachas*…

— Avez-vous jamais entendu un accent aussi épouvantable ? demanda Laura. Et en plus il est content de lui. » Elle lui tapota la main. Il s'écarta, blessé, mais stupéfait et furieux de l'être. Qu'ils se débrouillent entre eux, se dit-il, je m'en lave les mains.

« Est-ce que ma sœur t'a jamais parlé des Rojas, Peter ? demanda Carlos en souriant. L'autre branche de notre famille de Cadix. Regarde notre nez, celui de Laura et le mien. *Nariz de Cádiz*. Et si nous étions vendredi, nos cousins de là-bas allumeraient des bougies derrière leurs volets clos… »

Laura l'interrompit d'un rire forcé. « Mon frère a tendance à pervertir l'histoire – entre autres », dit-elle. Carlos se mit à rire, lui aussi, comme si elle lui avait fait un compliment.

Clara observait le serveur qui regardait leurs assiettes. Elle avait laissé presque toutes ses coquilles Saint-Jacques ; elles étaient joliment présentées, mais froides et trop relevées. À l'entrée du restaurant, le maître d'hôtel se penchait sur sa liste de réservations. Un groupe entra et il releva la tête comme un animal qui surgit des hautes herbes.

« Elle se prend pour une Arabe, disait Carlos. Mais tu sais que les Arabes sont des sémites, Laurita chérie ? » Il n'arrivait pas à comprendre pourquoi il la provoquait ainsi, alors que l'heure de la fuite allait bientôt sonner. Son sourire franc, son petit rire caressant l'irritaient.

« Ces pauvres Arabes, dit Desmond d'une voix pâteuse, lugubre. Personne ne se préoccupe de ces gens…

— Ça me rappelle quelque chose, dit Laura. J'ai vu ce matin un groupe de – elle s'arrêta et sourit à Peter – un groupe de Noirs qui manifestaient. Ils portaient tous la chéchia ! Non mais je vous jure ! Ils semblent ressentir une attraction fatale pour les champions mondiaux de l'esclavage ! C'est assez comique, non ? Ils défilaient dans leurs accoutrements d'un air très important. Quelle plaisanterie que l'histoire ! Je me demande où ils allaient.

— Et tous ces Juifs, ajouta Desmond, qui vivent ici et envoient de l'argent là-bas. Quel droit ont-ils de...

— Mais tu n'y connais rien, Desmond, dit Laura, amusée. Pourquoi ne devraient-ils pas vivre ici ? L'histoire n'est que vol et assassinat. Pourquoi les Juifs n'y participeraient-ils pas ?

— J'en sais suffisamment pour... protesta-t-il.

— Voilà notre serveur, l'interrompit calmement Laura. Prends donc un bon gros dessert, Clara.

— Non merci, je n'ai vraiment plus faim. C'était délicieux. Mais je veux juste un café.

— Chut, dit inexplicablement Laura.

— Pour moi aussi, ce sera un café », dit Peter à Desmond qui saisit un menu. Bien qu'il en eût l'habitude, la façon dont Laura se contredisait lui paraissait grotesque. Seule son inconstance était constante. Mais le cas de Desmond était différent. Il se rendit compte qu'il n'aimait vraiment pas le mari de Laura, son antisémitisme paysan, cette forme particulière de haine raciale des Irlandais qui puait le marécage, cette lueur au fond de leurs yeux entretenue par la conviction qu'il existait des créatures encore plus viles qu'eux.

« Vous prendrez tous un cognac, n'est-ce pas ?

disait Desmond, incapable de cacher à quel point il en avait envie. J'espère que tu as remarqué que je ne fume pas, Laura, ajouta-t-il.

— Tu as oublié ton paquet ? dit-elle.

— Bon sang, apportez-moi des cigarettes, demanda-t-il au serveur, furieux.

— Quelle sorte, monsieur ?

— Peu importe.

— On dit *quelle marque*, non ? » murmura Laura à Carlos. Il allumait un cigare. Il se pencha en avant et posa la petite bande de papier près du verre à champagne de sa nièce. Il avait toujours fait ça, il lui avait toujours donné les bagues de ses cigares. Seulement les doigts de Clara étaient devenus trop grands. Elle se sentit envahie de regret, mais de quoi ? De ses petites mains d'enfant ? De ne plus croire en la valeur des cadeaux de Carlos ?

« La *tarte* est délicieuse, ce soir », dit le serveur. Mais il ne les regardait pas, il fixait, les yeux mornes, le groupe qui venait d'entrer. Ces gens faisaient beaucoup de bruit. Le maître d'hôtel contemplait toujours sa liste de réservations, et Clara s'inquiéta de son indifférence, comme si les nouveaux arrivants avaient pu l'en blâmer.

« La mousse aussi », ajouta le serveur, qui dissimulait difficilement son envie d'en finir. Laura leva les yeux vers lui et sourit, attendant de capter son attention. « Vous êtes pressé ? demanda-t-elle d'une voix polie. Vous aimeriez que nous laissions la place à d'autres clients ? Vous avez tellement de monde, la rançon du succès, je suppose.

— Mais non, il n'est pas question que vous vous en alliez, voyons », dit le serveur d'une voix pressante. Son inquiétude l'avait fait sortir de son rôle anonyme ; soudain, il était trop présent ; même sa respiration était audible.

« On dit *quelle marque* de cigarettes, l'informa Laura.

— Je voudrais un café, intervint vite Peter.

— Nous prendrons tous un café, reprit Laura, si vous avez le temps.

— Et du cognac, dit Desmond. Pour tout le monde, hein ? »

Personne ne lui répondit. « Du bon », balbutia-t-il. Mais le serveur était parti.

« Je ne serais pas allée jusqu'à le faire renvoyer, dit Laura à Peter.

— Tes remarques l'ont effrayé.

— Moi, je lui ai fait des remarques ?

— Tu l'as rudoyé, dit Carlos. Quel manque de classe, Laurita ! »

Laura prit l'air désolé. « Ce n'est pas vrai, Carlos ! C'est lui qui en avait assez, qui voulait partir le plus vite possible. Est-ce que j'ai vraiment exagéré ? »

Elle ne se rend même pas compte de ce qu'elle fait, pensa Peter. Elle explose, puis s'étonne qu'il y ait du verre brisé. Mais il savait que personne d'autre que Carlos n'aurait pu parler aussi durement à Laura. Ils n'étaient pour elle que des étrangers, même Clara, alors que la présence de Carlos, parce qu'il était son frère, lui rappelait leur origine commune, cette intimité accidentelle qu'aucune autre relation n'égalait, cruelle affinité familiale. Il se sentit usé, fragile ; il y avait derrière cette soirée quelque chose qui lui enlevait toute capacité de réaction. Il avait toujours compté sur Laura pour le sauver, momentanément, de sa petite vie étriquée, pour faire revivre en lui le souvenir de sentiments vivants, mais ses éclats constants, qu'il avait toujours crus impulsifs, irraisonnés, semblaient ce soir-là être le produit d'une mécanique huilée.

« Hines, je veux du Hines », dit Desmond. Puis, sur le ton de l'hôte offensé : « Je ne vous comprends pas, vous en voulez, oui ou…

— Vas-y, commandes-en un, pour l'amour de Dieu ! » siffla Laura.

Clara déchira la bague de cigare qu'elle tripotait depuis un moment. Il y avait une odeur de beurre dans l'air, et de viande. La main de Desmond se referma sur son bras. « Du Hines, chuchota-t-il, un des meilleurs ! » Elle ne trouva rien à lui répondre. Finalement la main chaude et moite la lâcha.

« Nous parlions de mon frère Eugenio, dit Laura d'une voix forte.

— Pas moi, en tout cas, dit Carlos. Je ne parle jamais d'Eugenio, à moins d'y être obligé.

— Mais tu l'as vu ? » demanda Laura.

Carlos semblait sur ses gardes. « Eh bien… oui. Je ne me souviens pas exactement quand…

— J'ai une bonne raison de…

— Il s'était acheté un costume. Un truc horrible ! On aurait dit un employé des pompes funèbres. En fait, c'est lui qui est venu me voir. Je l'ai entendu trébucher dans l'escalier. Il trébuche toujours toutes les trois marches.

— J'ai une bonne raison de vouloir en parler : Desmond essaie désespérément de mettre la main sur lui. Tu sais qu'on a été obligés de lui envoyer un télégramme pour qu'il paye sa part des dépenses de Mamá ? Sa propre mère ! Pourquoi est-ce que ce pauvre Desmond doit toujours tout assumer ?

— Il va la voir souvent, tenta Carlos.

— Sans trébucher ? plaisanta Laura, un sourire sardonique sur les lèvres.

— Voyons, commença Carlos, cette discussion n'intéresse peut-être pas tout le monde, Laura.

— Non mais écoutez-le ! cria sa sœur. Excuse-moi, Peter. Je ne peux plus le supporter. C'est inimaginable, il faut les supplier tous les deux d'aider leur mère ! Et toi, Clara ! Sais-tu combien tu lui manques ? Évidemment, elle ne se plaint jamais. Elle n'attend pas grand-chose, et heureusement. Il n'y a rien à attendre de gens comme vous. Si Desmond n'était pas là…

— Arrête, Laura ! Arrête ça. Justement je vais la voir demain… protesta Carlos.

— Demain ! » cria Laura. Ses yeux se révulsèrent, sa bouche s'ouvrit, béante, ses mains pressèrent son visage comme pour en faire disparaître toute chair. Arraché à ses rêveries alcoolisées par l'agitation soudaine de sa femme, Desmond regarda les autres d'un air furieux – qui avait eu la bonne idée de provoquer Laura ?

Le serveur apporta le café, qu'il servit avec une sollicitude inquiète. Puis il leur présenta un morceau de gâteau de couleur sombre et les interrogea du regard les uns après les autres. Personne ne l'avait commandé, mais Peter se dépêcha de dire que c'était pour lui. Laura avait laissé retomber ses mains et fixait la nappe, raide comme la mort.

« J'ai dû aller mendier auprès des services sociaux », commença-t-elle d'une voix blanche dès que le serveur les eut quittés. Les fils de ma mère sont des hommes paresseux – trop fauchés pour se marier. Devenir homosexuel pour ne pas avoir à entretenir une femme, c'est quand même quelque chose, non ? »

L'expression patiente de ceux qui se savent vaincus ne quitta pas le visage de Carlos. Il semblait s'être rendu sourd aux paroles de Laura, tout en supportant cette colère qui leur était constitutive, comme un désagrément familier, et inéluctable. Il lui chuchota quelque chose que personne d'autre n'entendit. Un silence qui laissait entrevoir la possibilité d'une trêve s'installa. Soulagée, Clara prit conscience de la présence des autres clients, assis à moins d'un mètre d'eux, petites îles d'êtres humains réunies autour de tables entre lesquelles les serveurs allaient et venaient, tourbillonnaient, s'inclinaient, se redressaient. Ces gens dînaient en famille, festoyaient entre amis, ou mangeaient en silence. Elle se demanda ce qu'ils pensaient d'eux. Dans la lumière tamisée, derrière le brouhaha incessant du dîner et des conversations, était-il possible de reconnaître les ravages provoqués par les batailles qui faisaient rage à la table des Clapper ? Et l'apparente autosatisfaction tranquille de ceux qui les entouraient n'était-elle pas qu'une simple façade ?

Clara avait eu peur que Laura s'en prenne à elle, mais ses reproches avaient été noyés dans le flot de ceux qu'elle faisait à Carlos. Pour la première fois elle soupçonna Laura de se moquer qu'elle aille ou non voir sa grand-mère, pourtant cette pensée n'avait rien de rassurant, elle ne lui permettait pas de se sentir plus libre, mais lui donnait au contraire une nouvelle impression d'abandon.

Desmond avait enfin réussi à commander du cognac pour tout le monde. Carlos et Laura parlaient plutôt calmement, d'un film qu'ils avaient vu, pas tout à fait d'accord, mais sans que cela semble très important, ni pour l'un ni pour l'autre.

« Tu n'aurais pas une cigarette ? » demanda Clara à Peter. Il poussa de côté le gâteau intact, lui tendit son paquet, puis le reprit et l'ouvrit. Elle se servit avidement, planta la cigarette au coin de sa bouche et l'alluma avant qu'il ait eu le temps de lui donner du feu. Elle lui lança un regard coquin.

« Désolée, dit-elle. C'est dégoûtant, non ? De se mettre cette chose dans la bouche ?

— Depuis combien de temps travailles-tu dans ton agence ?

— Six mois, dit-elle.

— Ça ne te plaît pas ?

— Non. Je ne vois pas comment on pourrait s'impliquer dans ce genre de boulot. Tout est bidon, là-dedans. Ce n'est pas comme l'édition. J'imagine que tu dois de temps à autre tomber sur quelque chose que tu aimes.

— Ça arrive », répondit-il. Il la regarda prendre une gorgée de cognac. Elle lui rappela soudain quelqu'un – mais évidemment ! Elle avait le nez d'Ed Hansen ! Comme il était étrange qu'il ne s'en soit pas rendu compte plus tôt ! Et il était encore plus étrange qu'il ne pense pratiquement plus jamais à Ed Hansen. Cela devait faire à peu près quinze ans qu'il ne l'avait pas vu, et leur dernière rencontre avait été très brève. Il n'aimait pas repenser à cette période de sa vie. Il venait de se séparer de sa femme, de commencer à travailler comme éditeur et d'abandonner le roman qu'il avait presque fini d'écrire. Dans la chambre qu'il

155

avait louée après avoir quitté Barbara, il y avait un petit bureau en bois verni bon marché. Jour après jour, les feuilles s'y étaient empilées. Puis, au dernier chapitre, la terreur l'avait pris. Comme si ces pages avaient occupé un vide qui s'élargissait en lui au fur et à mesure qu'elles s'entassaient sur le bureau et qu'à la fin il s'était effondré dans ce vide. Il avait failli retourner avec Barbara. Au lieu de ça, il était allé voir les Hansen, qui étaient momentanément en ville, et les avait surpris en train de se disputer odieusement. L'un voulait aller à Long Island et l'autre en Caroline du Sud. Ils ne l'avaient pas beaucoup aidé. Et environ un an plus tard, ils avaient divorcé. N'y avait-il pas plutôt vingt ans de ça? Il avait pendant trop longtemps ignoré sa propre histoire, et ne distinguait plus les années les unes des autres, ni même les événements. Ses relations s'étaient, au mieux, lentement usées; sans Laura et leur longue amitié, sa vie aurait paru complètement statique.

« Laura, dit-il, tout à coup agité, essayant de repousser la sensation de temps perdu et oublié qui le hantait.

— Je suis là, mon chéri », répondit-elle immédiatement, avec un sourire d'une extraordinaire tendresse, comme si elle sentait et voulait apaiser sa détresse. Mais était-ce vraiment sa détresse qui avait provoqué en elle cet élan d'affection? L'attitude de Laura n'avait rien de rassurant, bien au contraire. Ne profitait-elle pas de l'instant de faiblesse où Peter avait révélé ce qu'il ressentait vraiment, abandonnant sa place de gentil adversaire? Et si c'était le cas, qu'elle le traite de salaud ou l'appelle mon chéri ne changeait pas grand-chose.

« Alors ? Allons-nous enfin en savoir plus sur ce voyage ? » demanda-t-il d'un ton distant. C'était peine perdue. Il y avait de la faiblesse au fond de sa voix, il le sentit, et Laura aussi. Elle eut un regard entendu, et amusé.

« Mais oui, bien sûr, dit-elle. Puisque tu y tiens... »

Les noms magiques de villes anciennes traversèrent comme des étoiles filantes l'énumération de détails prosaïques concernant les étapes et les hôtels où ils descendraient. Laura semblait tenir à réciter l'emploi du temps de leur odyssée avec une précision qui ne lui ressemblait pas.

Clara buvait son café et fumait les cigarettes de Peter. Le garçon venait remplir leurs tasses dès qu'elles étaient vides, et lorsqu'il n'était pas occupé à une autre table, il restait près d'eux et jetait des regards discrets en direction de Laura.

Comme Peter et Laura avaient entamé une conversation qui ne la concernait pas, et qu'elle ne risquait plus rien du côté de Desmond, à moitié endormi, avec un sourire vague qui passait de temps à autre sur sa bouche, Clara pensa de nouveau à Harry Dana. Elle l'invoqua. Il ne répondit pas. Alors elle se récita en silence le corps de son amant, la peau blanche tendue sur les pommettes, les tétons, comme des morceaux de corail, la cicatrice, fine, livide, sur la cambrure du pied droit, ses grandes mains, propres et banales. Mais ces petits trésors ne traçaient pas le portrait de Harry. Au lieu de cela, une silhouette inattendue apparut lentement du fond d'un long couloir vers la lumière de sa conscience. Celle de sa grand-mère, une main agrippée à la rampe qui, dans tous les couloirs de la maison de retraite, aidait les vieux à surmonter l'infirmité de l'âge tout en la leur rappelant avec une implacable insistance. Clara regarda Laura. « D'abord en train, puis nous prendrons un car... » disait cette dernière.

Les violentes accusations que Laura avait lancées contre ses frères à propos de leur mère qu'ils négligeaient auraient aussi bien pu ne jamais avoir été prononcées. De quel droit, pourtant, l'avait-elle fait ? Elle était partie des années. C'était comme si elle avait été morte. Que savait-elle de cette rue où Clara et Alma avaient vécu ? Les boutiques qui fermaient les unes après les autres à cause des vols, le marché le plus proche à huit blocs de chez elles, les voitures qui ne s'arrêtaient pas au feu rouge, comme si elles avaient dû fuir le plus vite possible ce quartier détestable, la puanteur aigre des chats abandonnés qui se réfugiaient dans le hall, les portes d'entrée continuellement entrouvertes, même par temps froid, et qui faisaient entrer en été une vague brise chargée de gaz d'échappement et d'une légère odeur d'humidité, de moisi et de cendre mouillée. Les gens déménageaient ; le chauffage était souvent en panne, l'électricité régulièrement coupée, des parias au corps difforme s'installaient, se décrétaient gardiens d'immeuble, puis eux aussi disparaissaient. Mais d'autres les remplaçaient ; les cloisons en bois de l'ascenseur se couvraient de déclarations – menaces, propositions sexuelles, noms, numéros de téléphone. Et cependant au cours de la dernière année où elle avait vécu là, Eugenio était la seule personne qu'elle eût jamais croisée dans les longs et étroits couloirs carrelés. Son éternel attaché-case à la main, il s'inclinait devant elle et s'en allait très vite.

Le dimanche, Carlos et Eugenio venaient déjeuner, mais lorsque Eugenio vivait avec elles, il partait en fin de matinée pendant qu'Alma faisait la cuisine. Et quand il restait, la plupart du temps il se levait brusquement, son repas à peine terminé, mettait son chapeau et les saluait d'un geste raide.

Ils mangeaient dans la minuscule salle à manger, où tenaient à peine une petite table ronde et quatre chaises droites. Il y avait une fenêtre, mais l'escalier de secours couvert de rouille bloquait la lumière. La cuisine n'était qu'un étroit passage entre deux rangées de placards empilés comme des caisses. Ceux du haut n'avaient jamais été utilisés, ni même ouverts. Là, Alma déplaçait son corps arthritique, parfois en chantonnant, parfois si déçue par la vie que ses mains déformées perdaient la force qui leur permettait encore de soulever les casseroles et de les reposer.

Dans l'espace réduit et étouffant de la salle à manger, les deux fils s'asseyaient, rigides sur leurs chaises comme des prisonniers qu'on va interroger. Ils ne disaient pratiquement rien. Clara passait le plus de temps possible devant le fourneau afin d'échapper à la tension effrayante qui régnait autour de la table où les deux fils vieillissants se penchaient au-dessus de leurs assiettes tandis qu'Alma bavardait, évoquant des voisins qu'ils ne connaissaient pas, des articles de magazines qu'ils ne lisaient jamais, des informations glanées à la radio qui ne les intéressaient en rien. Peut-être n'était-ce pas seulement la tension que Clara fuyait, mais un suspens insupportable, tourment de chaque dimanche : Alma allait-elle enfin capter et retenir leur attention, enfin obtenir ce qu'elle voulait, autre chose que leur seule soumission, cette piété filiale incapable d'effacer l'outrage qui la bouleversait si complètement ? Elle redoublait d'efforts pour leur plaire, laissant en même temps voir comme c'était difficile pour elle, et leur reprochant ainsi une dureté de cœur qu'elle ne faisait qu'aggraver. Mère et fils, pièces d'un puzzle de souffrance qui s'imbriquaient parfaitement. Pourtant, Alma réclamait leur présence, l'imposait par d'innombrables voies détournées, luttait contre eux avec ses sourires, ses plaisanteries, son impuissance. Elle savait que Carlos s'intéressait énormément, quoique non sans humour, aux singes. Elle découpait des photos de chimpanzés et de gorilles et les lui offrait en minaudant.

Mais Alma ne savait pas – croyait Clara – que Carlos avait été, un jour, arrêté au zoo de Central Park alors, prétendait-il, qu'il regardait les clowne-ries des singes. Un très grand et très gros jeune garçon avait juré que Carlos lui avait « fait des trucs par-derrière ». Aucune charge ne fut retenue contre lui. Le jeune homme, avait raconté Ed Hansen à Clara, s'était comporté de façon répugnante devant le juge, qui avait classé l'affaire. En fait, tous les Maldonada trouvaient très amusants ces animaux dont la drôlerie absurde reflétait celle des humains. Et comment aurait-il pu en être autrement quand ces gens considéraient leur propre comportement comme la preuve sinistre mais comique de la profonde bêtise humaine ?

Très rarement, Carlos venait avec un ami. « *Pero*

que simpático! » chuchotait Alma à l'oreille de Clara tandis que le jeune homme tendait à la vieille femme un bouquet de fleurs qui sentait légèrement le couloir de métro, ou une petite boîte de fruits confits ; plus tard, le jeune homme lui prendrait la main et la taquinerait gentiment à propos de son accent.

Et quelquefois Eugenio brisait la monotonie granitique du repas en évoquant le monde extérieur, généralement à travers un dîner auquel on l'avait invité. Il y avait toujours de l'argenterie ancienne, magnifique, inestimable. Toujours. « Inestimable ! » répétait-il encore et encore, les yeux fixés sur le riz et les haricots noirs dans son assiette, sur le gros pot à eau paysan ou les couverts en métal bon marché. Après leur départ, Alma se retirait dans sa chambre, défaisait les lacets de ses chaussures noires, s'étendait et regardait le plafond, tandis que Clara, attirée là malgré le dégoût que lui inspiraient les soupirs plaintifs de la vieille femme, seul bruit qui brisât le silence de ces fins d'après-midi du dimanche, restait debout sur le pas de la porte, attristée par les longues mèches blanches qui avaient échappé aux épingles à cheveux et tombaient sur les joues d'Alma, le long de son cou.

Qu'est-ce que Laura pouvait savoir de ces dimanches, de la lente et douce douleur d'Alma abandonnée, de la vie quotidienne dans ces deux pièces d'où, le lundi matin, Clara s'enfuyait vers l'école ? Comment Laura osait-elle prétendre avoir elle seule le droit de plaindre Alma ?

« Tu aurais dû naître adulte, avait dit un jour Ed à Clara. Ta mère déteste la faiblesse physique. »

Quand Ed était malade, lui avait-il raconté, Laura disparaissait souvent pendant des jours. Il semblait s'en amuser, n'y voir qu'un trait de caractère comme un autre. Clara avait choisi de ne pas lui demander ce qu'il ressentait vraiment. Et Clara avait appris ensuite que sa mère détestait toute forme de faiblesse, et pas seulement physique. Au point que même ce qu'elle considérait comme du mauvais goût suffisait à la détourner de quelqu'un, comme si une erreur de jugement esthétique, ou un simple manque de culture, l'avait mise en danger. Que craignait-elle tant ? Elle s'était occupée de la vieille Mrs. Clapper. Mais même à l'approche de sa mort, la vieille dame se comportait comme une tigresse, et finalement cela arrangeait tout le monde.

« Clara ? » Debout à côté d'elle, Carlos se pencha. « Au revoir, chérie, dit-il. Je te laisse avec ta mamá. » Il souriait. Il avait l'air heureux.

« Tu es vraiment obligé de partir, Carlos ? demanda Clara d'une voix suppliante.

— Viens me voir bientôt », répondit-il en se tournant vers la porte. Personne, pensa Clara, n'aimait autant s'en aller que Carlos. Elle se sentit glacée. L'atmosphère avait changé radicalement, et ce n'était pas seulement parce qu'il y avait maintenant une place vide à leur table. Cher Carlos, tendre, secret, goulu ! Il était toujours facile de le regretter ; il ne laissait derrière lui aucune trace d'amertume.

Laura roulait de la mie de pain entre ses doigts. Peter tapotait du doigt son verre de cognac. Ce léger tintement ressemblait au son lointain d'une bouée. Laura chuchota quelque chose à l'oreille de Desmond. Clara allait bientôt partir. Quand elle ouvrirait la porte de chez elle, cette soirée ne ferait déjà plus partie du réel – ou même du possible. Elle se rappellerait, elle le savait déjà, ce qu'elle se rappelait toujours, son malaise, l'éternel grondement de Laura, l'impression d'autotrahison qui durerait quelques jours, une semaine, puis s'enfoncerait en elle, pour réapparaître dans des rêves humiliants ou bien à ces instants où elle était incapable de regarder quelqu'un droit dans les yeux. Elle avait essayé de décrire sa mère à Harry. Il avait dit qu'il n'aimait pas le son de sa voix quand elle parlait de Laura. Elle lui avait demandé de préciser sa pensée. Il avait répondu qu'il ne savait pas exactement de quoi il s'agissait – un ton sinistre, fabriqué, quelque chose comme ça. En y repensant, elle se sentit agacée, rétive, accusée injustement. Elle avait seulement essayé de le divertir.

La veille, Harry était passé en début de soirée. Ils s'étaient serrés désespérément dans les bras l'un de l'autre, comme pour faire la paix après une terrible bataille. Leurs mains, tandis qu'ils se touchaient fébrilement, s'étaient électrifiées, étaient devenues ultrasensibles, au point que leurs doigts semblaient fuir la chair de l'autre. Clara lança un regard sournois à sa mère, qui ne savait rien de Harry Dana.

Peter et Laura conversaient, et Clara perçut le murmure de leurs voix. Celle de Peter était tendue, il faisait de toute évidence un effort sur lui-même pour parler. Et Laura avait beau le regarder fixement, on voyait bien qu'elle pensait à autre chose. Il racontait qu'il avait déjeuné la veille avec une écrivaine japonaise. Elle lui avait apporté une petite pomme absolument parfaite. «Très poétique», lança Laura. Il avait publié un roman d'elle quelques mois plus tôt. C'était le meilleur de tous les manuscrits qui étaient arrivés sur son bureau depuis pas mal de temps.

«Encore une histoire de cul? demanda Laura.

— Non, pas du tout, répondit immédiatement Peter. C'est une femme sérieuse. Son livre est vraiment bien.

— Un best-seller? demanda Desmond avec un étrange petit gloussement. Je sais ce que signifie *sérieux*, Peter Rice. Cela signifie que son livre ne se vend pas.

— Assez bien vu, répondit Peter d'un ton léger.

— Mais il n'y a pas de mal à gagner de l'argent», continua Desmond indigné. Laura se mit à rire. «Non, vraiment rien de mal! protesta-t-il. Ces gens soi-disant sérieux sont encore plus bidon que les autres!

— C'est souvent vrai, reconnut Peter. Mais pas dans ce cas.» Il évoqua d'autres écrivains, d'autres livres, qui ne l'intéressaient pas, des chiffres, pour rassurer Desmond, des ragots d'édition, pour amuser Laura.

Mais il garda pour lui le véritable désamour qu'il ressentait vis-à-vis de cet univers qu'il décrivait si tranquillement. Il aurait eu honte de révéler à quiconque la lassitude qu'il éprouvait pour son travail, pour ce qu'il avait cru pouvoir faire de mieux au monde. Il n'aimait même plus lire. La vue d'une page imprimée provoquait en lui une nausée légère, mais tenace. Il ne lisait que les manuscrits qui lui étaient confiés. Le week-end, il parcourait des kilomètres, dormait dans une auberge, quand il en trouvait une, mais le plus souvent dans des motels où il regardait la télévision, ou, s'il y avait un bar, commandait un verre qu'il mettrait des heures à vider, ou il partait marcher, par n'importe quel temps, jusqu'à ce que la fatigue fasse venir le sommeil. Cela lui permettait au moins de s'éloigner du tapage incessant de l'édition et des experts de la culture dont les manuscrits échouaient souvent sur son bureau, ces gens à qui, finissait-il par croire, seul le plaisir de voir leur nom imprimé donnait encore de l'inspiration et qui s'exhibaient afin de ne pas sombrer dans la douleur de l'anonymat, sourds comme de vieux chanteurs aux couacs de leur voix, incapables de se taire mais continuellement obligés d'ajouter leur cri à celui de l'opinion générale, qu'ils approuvaient ou désapprouvaient sans raison, uniquement afin de faire savoir qu'ils étaient encore là, et pour longtemps. Il savait pourtant aussi qu'ils étaient humbles et déprimés, comme d'éternels prétendants. Ils s'étaient livrés au regard des autres, ils dépendaient d'une attention qui ne leur était accordée que de façon fugace, superficielle. Lorsque leurs livres sortaient, le téléphone de Peter sonnait continuellement, les auteurs l'appelaient, l'appelaient encore – pourquoi untel n'avait-il pas écrit d'article ? Pourquoi tel autre avait-il bâclé le sien ? Pourquoi l'éditeur n'avait-il pas fait plus de pub dans les journaux, les magazines ? Pourquoi leur livre n'était-il pas dans telle ou telle librairie ? Que faisait ce fichu diffuseur ? Est-ce qu'on avait donné l'ordre aux représentants de les boycotter, parce que leurs idées étaient impopulaires ? Impopulaires ! Aveugle et avide, les mâchoires grandes ouvertes, l'appétit constamment aiguisé, le public avalait n'importe quoi. Peter consolait les auteurs, les rassurait. On l'appelait « le consolateur ». Et quelque part, il ressentait pour eux une sympathie fugitive, peut-être par manque de sympathie réelle – et par impuissance – vis-à-vis des nouveaux écrivains, étoiles montantes faussement excentriques et qui saisissaient vite la façon dont le commerce marchait.

« Ce sont les déjeuners, le problème, était-il en train de dire. Tu te souviens comme j'étais gros, Laura ?

— Jamais, tu es toujours resté mince, répondit-elle en insistant sur le mot *mince*, comme pour lui faire comprendre qu'elle l'avait toujours trouvé trop maigre.

— Il m'a fallu des années pour apprendre à ne pas commander la même chose que les écrivains, continua-t-il. Ils sont véritablement affamés. Je dois manger moins qu'eux, sans le leur faire remarquer. Ce sont des gens susceptibles, qui n'ont pas envie de passer pour des goinfres. En général, maintenant, je prends un verre de blanc, une omelette, et plusieurs cafés pendant qu'ils dégustent leur dessert. »

Son regard s'arrêta encore une fois sur le nez de Clara, son arête fine, exactement semblable à celui de Hansen. Il se demanda si les yeux de Clara étaient aussi de la même couleur que ceux de son père. Bleu mauve. En tout cas, elle ne tenait pas d'Ed Hansen la forme lourde de sa tête, ses grosses lèvres peu dessinées, sa démarche lente, prudente, mais des Maldonada.

C'était Carlos qui lui avait présenté les Hansen trente ans plus tôt. Il l'avait emmené à Long Island, où Ed avait loué une maison quelque temps. Ed ne s'installait jamais que de façon temporaire – la vie elle-même est temporaire, se plaisait-il à dire.

Peter et Carlos étaient entrés par la porte-fenêtre dans le salon délabré mais confortable où se trouvaient Ed et Laura. C'était un jour de printemps, la pièce sentait la terre encore gelée et les premiers bourgeons, le rotin humide, le café et les colliers en cuir des deux chiens des Hansen. Peu après leur arrivée, un homme du village avait apporté une caisse d'alcool, et il était resté bavarder un moment avec Ed. Ed était déjà connu dans le coin. Il ne pouvait supporter qu'on ne sache pas qui il était. En Europe comme aux États-Unis, il se débrouillait toujours pour vivre dans des villages. Les Hansen ne restaient jamais longtemps dans les grandes villes, ils se contentaient de les visiter. Ed et le livreur avaient parlé du printemps précoce, des poissons qu'on pouvait pêcher dans le Sound, dont les eaux tranquilles ondoyaient juste au-delà de leur jardin envahi de broussailles. La lumière était douce et claire. Une lumière pâle, virginale, qui semblait à Peter reflétée par les frais pétales de crocus un peu fanés mais qui pointaient encore entre les pivoines dont les gros boutons en forme de prune oscillaient sous la brise en un rythme muet. Il ne connaissait pas encore très bien Carlos, et il n'avait jamais rencontré d'Espagnols. Ce qu'il vit alors était totalement espagnol. Laura, comme une racine sombre dans l'air frais et pur, mince, à l'époque, assise en silence dans un fauteuil de chintz, sa tête de pivoine qui se balançait, un rayon de soleil qui tombait devant elle et sur les pieds de la table en rotin, une cigarette qui se consumait, posée au bord du plateau. Elle avait dit : « Il faudrait peut-être que j'aille chercher un cendrier », et lui avait souri. Il avait toujours, au souvenir de cet endroit, de ce matin de printemps, pensé qu'il avait vécu là l'instant le plus joyeux, le plus optimiste de toute sa vie, parce qu'il y avait Ed dans son veston anglais, parce qu'il y avait Laura, ses longs bras croisés sur le haut de sa robe légère, qui s'était levée et était allée dans la cuisine chercher un cendrier en lui souriant, parce que les appareils photo d'Ed Hansen dans leurs étuis de cuir, les piles de livres et de magazines et les valises près de la cheminée que personne n'avait défaites permettaient de croire que tout était possible, parce qu'il avait trouvé les Hansen fascinants, brillants, exceptionnels, parce que, pour lui, l'air n'avait jamais senti aussi intensément le parfum des premières fleurs.

Un an plus tard, il avait épousé Barbara. Ed la lui avait présentée. Il avait eu l'impression de se marier en même temps avec les Hansen ; il avait voulu se marier avec eux.

Il s'entendait parler, mais sa voix lui semblait celle d'un autre. Dans la pénombre faussement romantique du restaurant, l'air était irrespirable. Il sursauta. Clara lui effleura l'épaule, Laura prit la parole.

« Viens avec nous, Peter ! » lui dit-elle. Elle parlait avec l'étrange lourdeur oppressive de ceux qui sont en transe. Il caressa un instant le vieil espoir, tout était possible, il pouvait rentrer chez lui faire sa valise et laisser le reste derrière lui, la nécessité de gagner sa vie – il n'était pas un héritier –, sa solitude. Mais cet espoir le blessa aussi douloureusement qu'une lame. Il lança à Laura un regard chargé de colère, puis baissa les yeux vers ses mains, qui pliaient sa serviette. Elle essayait toujours de faire bander les hommes ! D'éveiller leur désir pour rien. Il était trop vieux pour bander. Puis il se dit qu'il devait se calmer ; il s'était trompé lui-même, ce n'était pas la faute de Laura. Il se trouva presque amusant, et eut envie d'expliquer à Laura combien il lui était devenu difficile de bander, rien ne l'excitait plus, ni travailler, ni converser, ni penser, ni prendre une douche, ni manger, ni payer l'addition, ni continuer de vivre, jour après jour. Il voulait juste rester tranquille, et s'autoriser à la voir de temps en temps, instants de vacances qui lui faisaient oublier momentanément la pauvre petite vie pénarde qu'il avait négociée. Mais ces vacances ne l'entraînaient plus, comme autrefois, au pays des merveilles.

« Pourquoi viendrais-je ? » demanda Peter, légèrement agressif.

Laura sembla perplexe, non pas, il le savait, à cause de son ton désagréable, mais de la question elle-même. Le mot *pourquoi* ne faisait pas partie du vocabulaire de Laura.

« Arrête de faire le con ! » dit Desmond, prenant de toute évidence plaisir à se montrer grossier. Mais le plaisir était fugace. Il avait un goût aigre au fond de la gorge. Il allait rester debout la moitié de la nuit, à tituber entre son lit et les toilettes. À un moment, Laura allumerait la lumière et dirait, la voix pleine d'une patience répugnante : « Est-ce que je peux faire quelque chose pour toi ? » Ce qui valait probablement mieux que la colère dans laquelle elle se mettait autrefois, quand elle lançait la lampe de chevet contre le mur ou lui jetait sa radio à la tête, comme si sa rage avait pu l'empêcher de vomir tripes et boyaux ! Les choses, malgré tout, s'étaient améliorées. Il ne restait plus que deux invités, ce rasoir d'éditeur et Clara. Puis Laura et lui retourneraient dans leur chambre d'hôtel. Peut-être arriverait-il à cuver dans son sommeil. Demain matin, il commanderait le petit déjeuner et, d'une voix tranquille, Laura lui lirait des anecdotes amusantes du journal. Elle fumerait sa cigarette jusqu'au filtre, comme un gamin des rues ; il ferait leurs valises. Il les faisait merveilleusement bien ! Il lui avait acheté un cadeau qu'il lui donnerait lorsque le garçon d'étage viendrait chercher leurs bagages, un petit œuf de Pâques en papier mâché au bout troué par lequel elle pourrait admirer un village miniature contenu dans sa coquille. Elle allait adorer, elle adorait les cadeaux. Il sourit. Il la regarda. Elle était penchée en avant, les mains serrées sur la poitrine, le visage dans l'ombre, sombre, totalement différente de la femme qu'il imaginait dans sa rêverie. Pourquoi se démarquait-elle de lui ? Il aurait voulu la secouer.

« Je ne fais pas le con, répondit Peter d'un ton charmant. Je ne suis qu'un esclave salarié. Mais la prochaine fois. Oui, peut-être…

— Carlos ne changera jamais », fit remarquer Desmond, irrité. Laura se redressa et secoua la tête.

« Oh si, il change, dit-elle. Nous changeons tous, nous devenons hideux, aussi difformes que les chaussures noires de ma pauvre mère. »

Immédiatement, Clara vit les chaussures en bas du placard, dans l'appartement de Brooklyn. La seule fois où elle était allée à la maison de retraite, elle avait remarqué qu'Alma était en pantoufles. Exactement les mêmes que celles de sa compagne de chambre, la vieille Mrs. Levy. La peau de Mrs. Levy avait la texture et la couleur d'un biscuit de carême. Elle restait presque toujours au lit, ses pantoufles rangées par terre côte à côte comme deux vieux chats tigrés. Clara les imagina, la nuit, deux corps de femmes immobiles sous les couvertures réglementaires. Elle se dit que tous les vieux portaient probablement des pantoufles. Mais étaient-ils autorisés à garder une paire de chaussures ? Au cas où quelqu'un les aurait emmenés se promener dehors ? Ou pour leur enterrement ? Ou la vieillesse était-elle si détestable qu'on ne voulait pas entendre ceux qui en étaient atteints ?

Parce que la conversation tournait autour du vieillissement, Clara eut peur de se retrouver encore sur le banc des accusés. Si seulement elle avait pu crier : « Je ne sais pas pourquoi je ne vais pas voir Alma, je n'en ai pas la moindre idée… » Alors Laura aurait pu lui répondre ! Ou Desmond ! Mais elle se mit à parler d'un article qu'elle avait lu sur les opossums. Elle se sentit sourire intérieurement en entendant sa voix s'élever, pleine d'enthousiasme factice ; elle faisait exactement la même chose qu'Alma, utilisait les animaux afin de conjurer les siens, éviter qu'un froid s'installe, attirer l'attention à tout prix ; elle aurait fait n'importe quoi pour cacher à Laura la confusion, l'apathie et la culpabilité qu'elle ressentait dès qu'elle pensait à sa grand-mère. Alors que la soirée se terminait, que tout serait bientôt fini, elle se sentait plus angoissée, plus déstabilisée qu'en arrivant dans la chambre des Clapper, où la rareté de ses rencontres avec Laura dressait encore une sorte d'écran derrière lequel elles pouvaient jouer en ombres chinoises la comédie de la sympathie. Mais l'écran avait disparu des heures auparavant, lorsque Laura avait soulevé l'ourlet de sa robe et révélé son petit mensonge idiot. Elle eut alors une vision d'elle-même, perdue dans un paysage désolé, gigotant comme un clown vexé dans un théâtre vide.

Elle prit une cuillère. « Quand les opossums naissent, on peut mettre toute la portée, cinq ou six bébés, dans une cuillère à soupe. » Desmond fixa la cuillère, l'air hébété. Clara l'approcha de ses yeux. « Nous voilà ! » cria-t-elle d'une voix suraiguë. Laura éclata de rire.

« Oh ! Encore ! Encore une fois ! s'exclama-t-elle.

— Nous voilà ! » couina Clara plus fort.

Laura s'appuya contre le dossier de sa chaise et rejeta sa tête en arrière. Le rire s'échappait d'elle au-delà de leur table, grandes vagues de son sauvage où l'ironie se mêlait si bien au plaisir que tout autour d'eux les gens se retournèrent en souriant. Desmond se redressa, ravi, prit la main de Clara, l'embrassa, se mit à rire lui aussi, toussa, lui tapota le bras. Les larmes coulaient sur le visage de Laura, qui se balançait d'avant en arrière, puis elle finit par se calmer, s'essuya les yeux. « Oh, Clara... » dit-elle alors d'une voix douce, légèrement teintée de regret.

Cette allégresse inattendue délivra Peter de ses souvenirs et le fit revenir, souriant, à l'inconscience ordinaire. La soirée avait été pénible, ils étaient restés trop longtemps enfermés dans cette chambre d'hôtel, le temps était lourd, vraiment détestable, un temps qui n'était supportable qu'à la campagne, et il y avait dans la vie un stade – qu'il avait déjà atteint – où le tabac, l'alcool et une nourriture riche étaient des plaisirs négatifs et traîtres qui, une fois passés, vous mettaient face à l'ignominieux effet de l'âge. Il avait trop parlé de son travail, pas seulement poussé par le désir de divertir les autres, mais par celui, plus trouble, de réfuter ce qu'avait dit Laura plus tôt à propos du dégoût qu'il ressentait pour l'édition et de ce que les gens, au bureau, devaient penser de lui. Cela lui était resté en travers de la gorge.

Mais quelque chose se passait.

Peter regarda tout à tour les deux femmes. Clara semblait paralysée. Bouche ouverte, dents serrées, comme souffrant le martyre, Laura s'agrippait à la table. Desmond agitait ses mains au-dessus de lui. Clara secouait la tête avec véhémence. Laura se levait…

« Tu m'as volé ma voix ! cria-t-elle. Tu me l'as volée… Comment as-tu osé… Je n'en peux plus… » Elle se retourna, traversa le restaurant en bousculant clients et serveurs sur son passage, sembla se jeter contre la double porte, et dans la rue.

Il y eut un silence abasourdi, puis Desmond dit d'un ton morne : « Elle a oublié son manteau de fourrure.

— Sécession espagnole, dit Peter, en regrettant aussitôt ses paroles.

— Mais je n'ai rien dit, gémit Clara, serrant ses poings fermés contre ses joues.

— Tu as forcément dit quelque chose, aboya Desmond.

— Mais non, ce n'est pas vrai ! cria la jeune femme d'une voix aiguë. J'ai seulement parlé de ces fichus opossums… Seigneur ! Mais qu'est-ce que j'ai bien pu dire ?

— Elle a trop bu, intervint Peter en prenant la main de Clara, qui triturait la nappe d'un geste las. Quelque chose la tourmente. Il y a toujours plus dans un départ que des valises à remplir et de joyeux adieux. Elle était désemparée, je l'ai vu – ce n'était pas ta faute – ne sois pas bête…

— Oh, ferme-la ! » s'exclama Clapper en s'emparant du sucrier comme pour le lancer à la tête de quelqu'un. Clara se leva, les regarda avec une expression de chagrin inexprimable, et partit sans un mot. Elle s'arrêta au vestiaire, fouilla son sac jusqu'à ce qu'elle y retrouve le carton numéroté. Tandis que l'employée lui tendait son imperméable, elle vit le manteau de fourrure de sa mère pendu derrière elle, resplendissant. Et si elle le rapportait à Laura ? Mais Laura ne rentrerait peut-être pas directement. Non, elle ne pouvait pas le prendre ; elle risquait ensuite de ne plus pouvoir s'en débarrasser. Et au moment où elle passa la porte, le cœur battant violemment, envahie de désespoir, elle se rappela comment Laura avait eu ce manteau, par un riche parent des Maldonada qui possédait des mines et cultivait des orchidées, avait un appartement dans l'East Side, qu'il n'occupait que quelques jours par an lorsqu'il venait pour affaires à New York, un duplex presque toujours vide mais qu'une vieille femme de ménage finlandaise venait nettoyer deux fois par semaine. Elle l'avait vu un jour, l'avait entendu téléphoner à Berlin, à Londres. Il lui avait tendu un plat de fruits secs et avait eu un sourire désagréable quand elle avait refusé d'en prendre. C'était un petit homme grassouillet, aux cheveux teints, aux doigts fins et agités, et il lui avait parlé dans un espagnol autoritaire, cinglant. Quelqu'un lui avait raconté l'année précédente qu'il avait sauté par la fenêtre et s'était tué. Et Laura avait avoué, dans une de ces atroces confessions qu'elle avait coutume de faire, avoir couché avec lui. « Voilà comment j'ai eu ce manteau, avait-elle dit. C'est horrible, non ? Mais j'étais tellement lasse de ne jamais rien avoir. » Et elle avait secoué la tête, comme s'émerveillant d'elle-même. « Je semble être capable de tout », avait-elle conclu.

La pluie ne s'était pas calmée. Si Laura n'est pas dans sa chambre, se dit Clara, je l'attendrai dans le hall de l'hôtel. Elle ne savait pas ce qu'elle ferait ensuite. Peut-être, enfin, était-il véritablement arrivé quelque chose. Cette impression d'être à un tournant, à un moment de sa vie où tout basculait, où une nouvelle façon d'être devenait nécessaire, expliquait probablement qu'elle se sentait soudain plus légère, joyeuse, comme si elle allait être délivrée du destin et livrée au hasard.

Lorsque Clara avait six ans, son père était venu la chercher chez Alma pour l'amener voir Laura dans l'un des nombreux appartements que les Hansen empruntaient à des connaissances quand ils restaient quelques jours à New York. Dans le salon vide, Ed s'était immobilisé, le doigt sur les lèvres, comme si quelqu'un était en train de dormir. Il l'avait fait asseoir sur un divan. Un énorme chien avait surgi et s'était assis à côté d'elle, haletant légèrement, régulièrement. Puis elle avait levé les yeux et vu Laura qui la regardait, debout sur le pas de la porte, avec à la main un verre où des glaçons flottaient. C'était comme si une pierre l'avait regardée. Tout à coup, Laura avait lancé le verre à travers la pièce. Il n'y avait pas eu le moindre fracas, pourtant le verre avait forcément atterri quelque part, mais quelque chose, un tapis, ou peut-être un rideau, avait amorti le choc. Clara s'était recroquevillée à côté du chien, et il lui semblait que, depuis, elle était toujours restée recroquevillée, attendant que le verre se brise, comme quelqu'un qui comprend avoir été condamné sans qu'un mot ait été prononcé attend qu'on lui explique pourquoi.

Il était plus facile d'être accusée, même ridiculement, d'avoir volé la voix de Laura que d'être venue au monde, fait auquel elle ne pouvait vraiment rien. Mais d'un autre côté, qu'y pouvait-elle, si sa voix ressemblait à celle de sa mère ? Elle pensa alors à ce que Harry Dana lui avait dit du timbre qu'elle prenait quand elle parlait de Laura. Peut-être y avait-il une once de vérité dans l'accusation de sa mère. « Allô ? Allô ? C'est toi, Harry ? » prononça Clara à haute voix, et, se rendant compte qu'effectivement elle avait exactement la même intonation que sa mère, elle fut tellement surprise qu'elle éclata de rire, à la fois pleine de mépris pour elle-même, contrariée et curieusement triomphante.

« Quel numéro demandez-vous ? » dit un homme qui s'était arrêté pour la regarder. Le col de son manteau était fermé par une énorme épingle de sûreté. Elle se dépêcha de rejoindre l'hôtel, dont elle voyait le perron, à une vingtaine de mètres. Une poubelle était renversée au coin de la rue, preuve potentielle du passage de Laura. Le problème, pensa Clara, c'est que je ne crois personne d'autre que Laura.

Comme toujours après dîner, le calme régnait dans le hall. Quelques personnes, assises, somnolaient dans la pénombre. Clara monta à la chambre des Clapper. Elle passa devant les pièces maintenant fermées et silencieuses où Randy Cunny avait fait ses débuts littéraires. Un verre en carton traînait par terre, unique vestige de l'événement. Quand elle frappa, personne ne répondit. Elle écouta longtemps, l'oreille collée à la porte. Si Laura était là, elle faisait la morte. Ce qui était peu probable. Elle n'avait pas l'habitude de bouder. En revanche, se laisser aller à sa colère et se précipiter sous la pluie, outragée, lui ressemblait bien, et Clara lui envia presque cette capacité d'agir sans entraves, de s'abandonner comme un danseur à la frénésie du mouvement pur, l'esprit sombrant au fond du corps.

Elle trouva dans le hall une chaise libre, en partie cachée par une plante en plastique. En face d'elle, à l'autre bout de la salle, il y avait au mur un énorme miroir encadré de grosses dorures tressées. Elle y voyait le reflet d'une ombre, probablement la sienne, et d'autres silhouettes vagues et indéterminées qui se balançaient d'avant en arrière. Alors, elle se rappela que lorsque Alma lui avait raconté comment elle s'était vue dans une glace pour la première fois de sa vie, peu après son seizième anniversaire, elle avait eu du mal à croire que sa grand-mère ait vécu dans une telle innocence, et en même temps, ce récit renvoyait l'écho parfait d'une époque, d'une classe sociale, d'un mode de vie disparus à jamais. C'était un dimanche matin,

Alma lui parlait tout en préparant le déjeuner, heureuse en ce début de journée à l'idée que cette fois, peut-être, le repas dominical se passerait différemment.

Quand elle était arrivée d'Espagne à La Havane, elle avait été accueillie par la señora Gonzaga, la cousine de son futur mari, une femme qu'elle n'avait jamais vue. La traversée, pendant laquelle sa seizième année s'était enfuie emportée par les vagues, avait été pénible. Elle ne connaissait rien du monde où elle débarquait, de Cuba, de ses cousins, de son fiancé, dont elle avait, depuis son départ, chaque jour plus peur de regarder la photo. Puis il y avait eu la longue route en compagnie de cette petite femme austère, qui lui disait souvent de s'asseoir avec plus de « tenue », de parler moins vite, et surtout de respirer plus doucement, moins fort – on ne devait pas entendre une femme respirer.

Les poteaux auxquels on attachait les esclaves pour les punir étaient la première chose qu'elle avait remarquée sur la plantation. Elle s'était exclamée devant leur laideur. La señora Gonzaga lui avait expliqué qu'elle n'avait pas à se préoccuper de ce genre de choses. Elle n'avait découvert ce à quoi ils servaient que plusieurs mois plus tard. On l'avait emmenée à travers d'immenses pièces silencieuses, en haut d'un large escalier tournant, jusqu'à une chambre qui était plus grande que le salon de ses parents à Barcelone. Une odeur étrange et pénétrante flottait dans l'air, une senteur verte, du vert acide des feuilles du printemps. Elle devait se reposer ; une jeune servante avait replié le couvre-pied de l'énorme lit et souri en l'aidant à enlever ses vêtements, mais sans rien dire. Une fois seule, elle s'était approchée des larges baies vitrées. Les champs de canne s'étendaient aussi loin que ses yeux pouvaient voir, figés dans l'air immobile de fin d'après-midi. Les branches des palmiers royaux du jardin lui semblaient monstrueuses, surnaturelles. Bien que rien ne bougeât, le ciel violet était plein de violence muette, le crépuscule s'ouvrait comme une aile, oblitérant tout ce qu'elle connaissait, les anciens cieux lointains de son enfance à peine achevée.

À la nuit tombée, les servantes lui avaient apporté une robe, qu'elles tenaient dans leurs bras tendrement, comme un infirme. Elles l'avaient habillée puis coiffée, empilant ses cheveux en hauteur sur sa tête, et lui avaient donné un éventail en ivoire sur lequel un défilé de paons brillamment colorés s'allongeait ou se réduisait selon le mouvement de ses doigts. Les deux domestiques la quittèrent à la porte de sa chambre. Elle regarda la longue galerie en face d'elle ; l'escalier était à l'autre bout. Elle entendit un murmure de voix qui s'élevait du rez-de-chaussée. Il serait là, lui aussi, le señor Maldonada. Qu'allait-elle bien pouvoir lui dire ? Comment devait-elle lui parler ? Mais elle s'avança dans la galerie, légère, vers son destin. Elle était de nature curieuse ; contrairement à ses sœurs, elle avait toujours des questions à poser. Elle vit au loin, venant à sa rencontre, une fille si belle qu'elle lui sourit, envahie de plaisir et de timidité. Elle cacha sa bouche derrière l'éventail. L'autre fille aussi. Elle comprit que c'était elle, reflétée dans un grand panneau de glace. Ainsi, après ce voyage inimaginable, provoqué par un pacte de mariage auquel elle n'avait pas eu son mot à dire, après avoir souffert d'une promiscuité nouvelle dans l'espace confiné du navire, c'était en face d'elle-même qu'elle était arrivée, de cette image entrevue pour la première fois de sa vie à la veille de ses noces avec un inconnu âgé de trente-huit ans.

Clara se leva, regarda la vague silhouette qui se dressait dans le miroir. Elle observa son reflet un instant, puis baissa la tête et quitta l'hôtel. Attendre Laura était inutile. Que pourraient-elles se dire ? Il valait mieux rentrer. Quand les Clapper reviendraient de voyage, elle les reverrait ; rien ne serait évoqué de cette soirée. Ce serait comme si ce dîner n'avait jamais eu lieu. Clara avait d'autres choses auxquelles penser. Elle avait prévu de prendre sa journée du lendemain. Elle partirait dans le New Jersey avec Harry, qui allait voir un client. Ils n'avaient encore jamais eu l'occasion de passer autant de temps ensemble.

Pendant ce temps au restaurant, Peter Rice se défendait des accusations de Desmond.

« Je n'y suis pour rien, protesta-t-il, furieux. Et tu le sais très bien. Tu sais aussi comment Laura lutte contre l'ennui – et qu'elle ne tient évidemment aucun compte des autres. C'est pour ça que tu l'aimes. Sa fille, en revanche…

— Clara se débrouille très bien toute seule ! s'exclama Desmond. De quoi t'inquiètes-tu ? Elle a l'habitude. Et cela vaut mieux pour elle. Mais moi, je vais passer une nuit infernale. Laura ne se calmera qu'une fois à bord, demain. C'est moi qui suis avec Laura. Vous ne faites que la regarder.

— Qui ça, vous ? Il ne reste pratiquement plus

personne de vivant autour d'elle ! » Peter éclata d'un rire outragé, bruyant. Clapper lui secoua le bras.

« Arrête ! Je t'en prie, arrête ! supplia-t-il. Vivre avec Laura m'épuise totalement. »

Sans l'aimer beaucoup plus, Peter sentit un léger élan de sympathie pour Desmond. Puis Desmond vit l'addition que le serveur avait posée sur la table. Il s'en empara et la tint tout près de son visage, les yeux plissés, la bouche serrée, additionnant les chiffres, soupçonneux.

« Partageons, tu veux bien ? » proposa Peter. Desmond lui lança un regard ironique.

« Laisse tomber, grommela-t-il. C'est moi qui invite. »

Laura était passée depuis longtemps devant l'hôtel. Elle courait, éprouvant un plaisir douloureux à la vue des gens qui s'écartaient sur son passage, effrayés par cette furie en robe de dîner, qui claquait des dents sous la pluie, trempée, frigorifiée.

Sa fille ! Cette bouche ouverte, ces craintes imbéciles ! Et Peter Rice ! Une véritable coque d'insecte, ce fichu vampire qui lui suçait le sang, une machine à coudre chrétienne désincarnée au raffinement insupportable – qu'avait-elle en commun avec ces gens-là, qu'avait-elle en commun avec Desmond, ce lourdaud aux chevilles épaisses qui croyait boire sans que personne s'en rende compte, ou avec ce débauché de Carlos ? – mais à la pensée de Carlos, elle se mit à pleurer. Elle ne comprenait rien, absolument rien ! Le mystère impénétrable de ses pulsions était en lui-même un châtiment – elle avait cru les avoir endormies depuis longtemps, pensait qu'elles s'étiolaient comme elle-même le faisait, mais elles étaient restées éveillées, vieilles bêtes qui la suivaient depuis toujours, cruelles, impitoyables. Elle sanglota bruyamment, sentit ses cheveux qui lui collaient aux joues, sa coiffure était défaite – elle avait désespérément besoin d'aller aux toilettes –, eut l'impression de ne pouvoir parler à âme qui vive, d'être définitivement privée de parole, incapable, même si elle réussissait à émettre un son, de prononcer autre chose qu'un gargouillis barbare, il n'y avait pas de langage pour le tourment dont elle souffrait, sa solitude. Mais elle ne voulait personne à ses côtés. Seule, peut-être, une présence animale, un chien qui la regarderait, muet, un chat qui se lèverait soudain, les pattes sur le bord de la fenêtre, pour suivre le vol d'un oiseau. Oh, le silence des bêtes, la lente plongée dans l'éternel présent de la sensibilité animale. Elle se souvint avoir un jour défait un nœud devant la cage d'un lion au zoo, sans jamais le regarder, totalement consciente de l'intérêt qu'il lui portait tandis qu'elle détachait lentement la corde, elle et lui, fascinés, pris dans leur attention réciproque, vivant tous les deux cet instant intense, incomparable. Ed avait adoré ce qu'elle avait fait ; mais lorsqu'elle lui avait dit savoir qu'elle pouvait capter et retenir l'attention d'un lion, il ne l'avait pas crue.

Les lions ! Elle avait autrefois longuement voyagé en Afrique.

Un immense chagrin s'empara d'elle. La pensée de la mort de sa mère pénétra dans ses veines, se glissa dans ses viscères, dans sa moelle épinière. Elle sentit qu'elle allait se pisser dessus – sa vessie se relâchait –, qu'il n'y avait désormais plus rien entre elle et la vie qui s'écoulait. Elle essaya d'imaginer le son répété et sombre des cloches de Compostelle, ce tintement du vide, puis elle vit la lueur bleue du mot *Bar* en lettres de néon.

Tenant son sac serré contre sa poitrine, elle entra, la salle était sombre, elle la traversa sans regarder personne en direction d'une porte où l'on pouvait lire : *Petites Filles*. Elle entendit le bruit d'une chasse d'eau, et atteignit juste à temps celui des deux cabinets qui était vide. Elle gémit de soulagement, les mains sur les genoux, tandis que son sac mouillé glissait par terre. Pourtant, elle pleura encore, et toussa. Mais elle se dit qu'au moins elle avait échappé au spectacle que donnerait Desmond en payant l'addition. C'était toujours navrant.

4

Le messager

Desmond avait pratiquement dessoûlé. Son corps était douloureux ; il ne se sentirait bien qu'après avoir dormi. Mais il ne pouvait pas s'effondrer et s'enfouir sous les draps. Il devait attendre Laura. Il devait supporter ce que le sommeil lui aurait épargné. Une femme de chambre avait ouvert le lit, emporté les verres et les bouteilles vides. La pièce sentait encore le tabac. Il but de l'eau, beaucoup d'eau. Eut un violent haut-le-cœur et s'entendit gémir : « Non, pas ça ! »

Ne pouvant ouvrir la fenêtre en grand, il tira la porte du couloir et s'y appuya, le temps d'aérer.

Ensuite, il étala sur le bureau la paperasserie indispensable au voyage, passeports, billets, réservations diverses. Il lut les horaires de trains, imprimés en lettres minuscules, puis déplia le plan du navire, l'esprit vide. Il avait déjà marqué d'une croix l'emplacement de leur cabine. Il y posa le doigt, les battements de son cœur s'accélérèrent, il se sentit lâche, faible, troublé.

Une demi-heure environ s'écoula. Bien que l'odeur persistât, maintenant il faisait froid. Il avait oublié de refermer la fenêtre. Sur la page intérieure de la couverture de son passeport, il y avait un espace vide en face des mots « famille à prévenir ». Il décida d'y écrire le nom de Carlos. Son père et sa mère étaient morts ; il n'avait ni frère ni sœur. Personne. Seulement Ellie. Mais Laura n'aurait pas apprécié qu'il inscrive le nom de sa fille. Et il ne s'intéressait pas vraiment à cette enfant – c'était peut-être triste, mais c'était comme ça.

À dix heures et demie, il enfila un peignoir. Où était sa flasque ? Il fouilla dans un sac, se souvenant qu'il l'avait remplie deux jours plus tôt pendant que Laura était allée dire au revoir à sa mère. C'était une flasque en argent, gravée de ses initiales, que lui avait offerte des années auparavant une fille dont il ne se rappelait ni le nom ni le visage. Il la trouva, dévissa le bouchon, avala une longue lampée. Seigneur ! Quel réconfort ! Quel soulagement ! Il se sentit revivre. Mais il devait s'arrêter là. Il connaissait les tours que l'alcool pouvait lui jouer.

Il faisait vraiment froid. Il prit la robe de chambre de sa femme dans le placard, l'étala sur son lit. Puis il mit dans une valise les livres de Peter Rice, sauf un, pensant que Laura aurait peut-être envie de lire. Il la connaissait bien, savait qu'elle pouvait lire dans n'importe quelles circonstances, même les pires, et même quand c'était elle qui les provoquait. Il choisit un roman policier. L'ouvrit à la première page : « L'inspecteur Guthorn savourait sa seconde tasse de thé quand le téléphone… » Le posa sur la table de nuit.

Laura n'appellerait pas. Jusqu'à ce que ce soit fini, quoi que ce fût, elle ne saurait même plus à quoi un téléphone servait. Par la porte ouverte de la salle de bains, il aperçut le manteau de fourrure qu'il avait pendu dans la douche. Devoir le porter jusqu'ici depuis le restaurant l'avait mis en rage. Il aurait aimé le laisser dans le caniveau. Mais c'était un objet de valeur. Il alla le secouer. La fourrure était encore mouillée. Il perçut une discrète odeur animale. Un objet qui représentait pas mal d'argent. Il avait oublié de laisser un pourboire à la fille du vestiaire. S'en était aperçu une fois dans la rue. Avait marché sous la pluie accroché à ce putain de manteau et détestant sa vie.

La question du manteau, de la façon dont elle se l'était procuré, avait été réglée une fois pour toutes. Elle lui avait raconté qu'un vieux parent dont la femme était morte le lui avait donné. Il ne l'avait pas crue. Mais il ne savait pas ce qu'il pouvait croire d'autre. Même à l'époque, et cela faisait longtemps, elle était déjà trop vieille pour qu'un amant lui fasse un tel cadeau.

Il aperçut le journal plié sur une chaise. Regarda la page consacrée aux transports maritimes, trouva le nom de leur bateau et son heure de départ.

Il y eut un bruit à la porte. Il s'en approcha vite. C'était un vague frottement, comme si quelqu'un avait marché collé au mur dans une pièce sombre. Il commença à ouvrir, puis s'appuya contre la porte.

« Laura ? »

Il entendit un cri rauque. « C'est toi ? » demanda-t-il. Ce pouvait aussi bien être une femme soûle que des cambrioleurs.

« Laisse-moi entrer ! »

Il ouvrit. Laura était là, frissonnante, tête baissée. Il passa ses bras autour de ses épaules voûtées et immédiatement ses manches furent mouillées.

Elle était trempée. Ses cheveux se collaient en paquets dans son cou.

Il l'emmena dans la salle de bains et la frotta avec une serviette, comme on étrille un cheval. Il était heureux, sauvé. Il lui enleva ses chaussures, la fit asseoir doucement sur le siège des toilettes et lui sécha les pieds. Puis il la laissa un instant, le temps d'aller chercher la flasque. Mais quand il la porta à ses lèvres, un éclair passa dans les yeux de Laura, elle la lui arracha, la jeta sur le sol carrelé. Elle se mit à gémir. Elle dit quelque chose. Mais c'était en espagnol. Oh mon Dieu! Non! Pas ça!

Il lui releva la tête. Elle avait les yeux fermés, les mâchoires serrées.

« Qu'est-ce qu'il y a? demanda-t-il.

— Ma mère est morte, murmura-t-elle. Morte… »

La tête de Laura retomba contre le ventre de Desmond. Ses gémissements résonnèrent comme des gargouillis. Il fixa le mur. Il ne comprenait pas ce qu'elle avait dit. Le mot *morte* avait claqué comme une boule de billard qui en percute une autre, semant le désordre tout autour d'elle.

Il la souleva à moitié, la traîna vers le lit, l'y assit, lui mit sa robe de chambre. Elle resta là, repliée sur elle-même, les cheveux hérissés, gémissant toujours. L'espace d'une seconde, il la méprisa.

Il trouva ses pantoufles, les lui enfila, difficilement. Elle avait les orteils rouges, enflés. C'étaient les chaussures de ville. À la campagne, elle portait des espadrilles. Il essaya de l'allonger; assise, elle semblait étrangement menaçante, comme une statue prête à tomber et à l'écraser. Mais elle le repoussa, resta assise en équilibre instable.

« Il faut avertir Eugenio et Carlos », dit-elle. Elle

leva les yeux vers lui, puis répéta très lentement ce qu'elle venait de dire.

« Mais… comment as-tu su ?

— La maison de retraite a téléphoné cet après-midi, quand nous sommes rentrés.

— Mais enfin, Laura ! Tu n'as rien dit, ni à Carlos ni à Clara… »

Elle se taisait.

« Ni même à moi. »

Elle se couvrit les yeux de ses mains.

« Ne fais pas ça ! »

Alors elle se laissa tomber sur le lit, et regarda le plafond.

« Pourquoi ? » La voix de Desmond s'étrangla. Il se souvint que lorsqu'ils étaient revenus à l'hôtel, dans l'après-midi, Laura s'était dirigée droit vers l'ascenseur en disant, « Viens, mon chéri, viens… », et qu'il avait à peine jeté un coup d'œil au message remis avec la clé par l'employé de la réception ; ils avaient reçu un appel de la maison de retraite, probablement la vieille Alma qui voulait leur souhaiter un bon voyage pour la cent unième fois, et il avait pensé qu'il en parlerait à Laura plus tard, qu'elle pourrait toujours rappeler sa mère le lendemain matin et lui dire au revoir…

« Pourquoi ? demanda-t-il encore, en se disant qu'il devrait fouiller ses poches pour trouver le message et le jeter avant qu'elle le voie.

— C'était à moi », murmura-t-elle. Il ne supporta pas l'absurdité de ses paroles.

« Quoi ? s'exclama-t-il, furieux.

— C'était à moi, répéta-t-elle. Ils ne méritent pas de… Je ne voulais pas donner à Carlos le plaisir de… »`

Desmond sursauta. Le plaisir ! Elle avait dû vouloir dire autre chose, parler à la rigueur de soulagement. Mais il n'avait pas envie de poursuivre. Il ne lui était pas indispensable de comprendre tout ce que disait Laura. Il avait parfois l'impression de vivre la vie d'un employé. Dans le cas présent, par exemple – et la mort d'une vieille femme n'était quand même pas une tragédie –, c'était lui qui s'était déjà occupé de tout, qui avait acheté la concession, qui avait donné le contrat à la maison de retraite et signé les papiers. Qui dégageait Laura de toute obligation administrative. Quand il était rentré, après avoir accompli ces corvées, un ou deux ans plus tôt, elle avait murmuré : « Ne m'explique rien. Je ne veux rien savoir. »

Il se souvint alors d'une chose que son ex-femme lui avait dite un jour. Son père et sa mère étaient morts l'un après l'autre en moins d'un an. Ils avaient été tous les deux enterrés dans un cimetière de la banlieue de Boston où ils avaient vécu les dernières années de leur vie. Quand il était revenu à New York, il avait été à chaque fois incapable d'expliquer à ses amis la raison de son absence. C'était son épouse qui avait annoncé le décès de ses parents. « Que tes parents soient partis semble t'humilier », lui avait-elle dit. « Soient partis ! » Il avait détesté cette façon de parler de la mort. Mais peut-être y avait-il du vrai dans ce qu'elle avait dit. Le mot *plaisir* résonna doucement dans son esprit. Soulagement, plaisir, humiliation. Jamais perte, ni chagrin. À l'approche de ces régions intérieures, il recula immédiatement. Pendant un instant, il se sentit étroitement buté. Il s'en aperçut comme un menteur sait qu'il ment, sans avoir besoin de procéder à un véritable examen de conscience, mais en même temps, il se mit immédiatement à diminuer l'impact de cette découverte, comme un provincial furieux de voir que le monde est grand. Les gens ne pensaient qu'à eux. Et ça le désespérait.

« Et voilà, plus question de voyage, dit-il.

— Plus de voyage ? demanda-t-elle, et elle se remit à pleurer.

— Ce n'est que partie remise, répondit-il d'une voix apaisante.

— J'ai demandé que l'enterrement ait lieu demain, dit-elle. Finalement elle va être enterrée en vingt-quatre heures, comme une Juive.

— Tu ne vas prévenir ni Carlos, ni Clara, ni Eugenio ? »

Elle poussa un gémissement. « Aide-moi ! cria-t-elle. Aide-moi… Je ne sais pas ce que je dois faire. »

Soudain il s'affola. Elle semblait incapable de bouger. Est-ce qu'il devait la lever, l'habiller, l'aider à marcher ?

« Tu n'as rien besoin de faire ! s'exclama-t-il.

— C'était horrible, souffla-t-elle. Ça n'en finissait jamais, elle était toujours là à attendre que je fasse quelque chose pour elle, pour que sa vie change. Qu'est-ce que je pouvais faire ? Oh, Seigneur ! Tu te souviens de ce que je t'ai raconté ? De la façon dont elle partait et nous laissait, sans s'occuper de rien ! Elle disparaissait pendant des jours, et les voisins nous nourrissaient. »

Il ne pouvait supporter son air perdu, mais elle posa sur lui des yeux brillants, et il eut l'impression qu'elle essayait d'atteindre quelque chose, tendue, prête à éclater.

« Quand elle revenait, je l'entendais qui chantonnait dans la cuisine. Comme si elle n'avait pas eu conscience de ce qui nous était arrivé. Elle riait toute seule, chantait, disait que nous n'avions plus d'huile d'olive, nous embrassait, nous embrassait jusqu'à ce que nous nous arrachions à ses lèvres, à ses mains, incapables de lui demander où elle avait été, et il nous a fallu des années pour découvrir qu'elle allait toujours chez cette vieille salope de Gonzaga, dans sa suite du Plaza... dès notre retour de l'école nous savions qu'elle était partie, à chaque fois, il y avait cette sensation de vide dans la maison... nous nous asseyions tous les trois dans le salon sans savoir que faire. Entre nous, nous parlions espagnol, mais jamais devant les voisins qui nous faisaient manger et nous regardaient en secouant la tête, pleins de pitié, tandis que nous nous demandions ce qu'ils allaient nous donner, et si cette fois elle reviendrait encore...

— Arrête, Laura. Arrête. Tu vas te rendre malade. Mais comment as-tu pu ne rien nous dire, ce soir ? Même à moi ! »

Elle se redressa, la couverture remontée sous le menton, renifla, jeta autour d'elle des regards fous. Il se sentit pris au piège dans le confort implacablement calculé de cette chambre d'hôtel.

« Je ne pouvais pas, dit-elle, désespérée. Je n'aurais pas supporté de voir leur peur d'avoir à faire quelque chose. Et je voulais cette fois être la seule, seule à savoir...

— Ce n'est pas grave... dit-il d'une voix traînante.

— Mais elle n'a jamais laissé Clara, reprit Laura. Jamais. » Elle attrapa soudain la main de Desmond, puis la lâcha, la repoussa, comme dégoûtée de son inutilité. « Ma mère était tellement naïve. Elle n'a jamais voulu savoir ce qu'était la vie.

— Je vais appeler Carlos, dit-il.

— Non ! cria-t-elle. Pas par téléphone. Je ne veux pas entendre ces mots prononcés dans le téléphone. Et s'il est avec quelqu'un, il ne répondra pas. Il faut que quelqu'un aille les prévenir tous les deux, Eugenio et lui.

— Je ne veux pas te laisser.

— Non ! Ne me laisse pas !

— Tu veux que j'appelle Clara ? Que je lui demande d'y aller ?

— Non ! » Sa voix se cassa. « Pas elle ! Elle ne doit pas savoir ! »

Il voulut protester, mais elle le regarda avec une telle détermination qu'il s'écarta. Il se leva et alla à la fenêtre en se disant qu'elle était devenue folle.

« Appelle Peter Rice, dit-elle. Il ira leur annoncer.

— D'accord », répondit-il, soulagé.

Peter répondit à la cinquième sonnerie. Desmond lui exposa brièvement la situation. Puis, bien qu'ayant eu l'intention de prétendre qu'ils venaient d'apprendre la nouvelle, il se surprit à dire la vérité. Mais il n'avait aucun besoin de mentir ; les raisons pour lesquelles Laura leur avait caché ça ne regardaient personne. Il entendit Peter inspirer violemment, lui demander, incrédule : « Tu veux dire qu'elle le savait déjà quand nous sommes arrivés ?

— Le problème n'est pas là, répondit vite Desmond. Ce qu'il y a, c'est que je ne peux pas la laisser seule maintenant. Alors, si tu pouvais aller les voir... tu sais qu'Eugenio vit derrière son bureau, quant à Carlos...

— Et Clara ? l'interrompit Peter.

— Clara ne... » commença Desmond, mais Laura lui arracha le téléphone des mains et le tint contre son oreille. Elle sembla écouter une minute, puis dit d'une voix plate : « Ce n'est pas la peine de prévenir Clara. Elle ne se sentirait pas concernée. »

Et elle rendit immédiatement l'appareil à Desmond. À l'autre bout du fil, le silence régnait. « Tu es toujours là ? demanda-t-il.

— Oui », dit Peter d'une voix faible.

Desmond lui donna l'adresse d'Eugenio. Peter savait où habitait Carlos.

« Nous te sommes infiniment reconnaissants, dit Desmond. Tu ne peux pas savoir à quel point... » Mais Peter avait raccroché. Mission accomplie.

« Il faut que nous allions chercher ses affaires. Je ne sais pas ce que nous allons en faire. Tu crois que la maison de retraite pourrait s'en occuper ? Elle n'avait pas grand-chose. »

Il lui prit la main, et cette fois elle la lui laissa. Ils se regardèrent, calmes, silencieux. Elle dit enfin : « Je suis désolée pour le voyage.

— Ce n'est que partie remise.

— Et je suis désolée d'être partie comme ça, ce soir. Je ne sais pas ce qui m'est arrivé. Je ne me souviens même plus pourquoi je me suis enfuie. »

Il porta sa main à ses lèvres et l'embrassa.

« Mamá a eu une vie horrible. »

Il hocha la tête, à peine conscient de ce qu'elle venait de dire. Il était ému par son visage aux traits adoucis, par cette tranquillité qui n'appartenait qu'à lui, à ce qui n'existait qu'entre elle et lui.

« C'était une si belle jeune fille.

— Je sais.

— Elle n'en a jamais eu conscience. Elle n'a jamais eu conscience de ce qu'elle était, à aucun moment de sa vie. Elle avait cette idée de l'obéissance… Elle se soumettait toujours – pour elle c'était comme ça qu'il fallait se conduire. Tu sais, je suis contente qu'elle soit morte, contente que ce soit enfin fini pour elle. »

Maintenant, bien sûr, il comprenait. Tout le monde était content quand les vieux mouraient. Content ne signifiait pas que ça faisait plaisir. Elle ne parlait pas de ça. Laura disait la vérité – en toutes circonstances. Il pouvait être content avec elle. C'était mieux, pour tous ces vieux qui se traînaient, titubant dans les couloirs de la maison de retraite, comme de vieux chiens abrutis par l'âge et l'infirmité qui n'attendent plus rien.

« Je comprends ce que tu ressens », lui dit-il, d'un ton passionné.

Elle le regarda d'un air incroyablement sombre.

« Non, je ne crois pas que tu comprennes », répondit-elle.

5

Les frères

Les choses n'étaient jamais invisibles dans la nuit de la ville, mais toujours en partie apparentes, comme tapies dans l'ombre. Il ne faisait jamais noir. Le jour s'épuisait lentement ; l'obscurité s'installait, diluée de lumière artificielle, pâle mais sans pitié. Il n'y avait pas de sursis pour le dormeur qui s'éveillait soudain. Il voyait tout de suite ce qui l'entourait. La main encore posée sur le téléphone qui l'avait arraché à son premier sommeil, Peter Rice resta un instant debout dans son salon, le pantalon de pyjama tirebouchonné autour de la taille, pieds nus sur le sol glacé. Les lumières de la rue dessinaient les contours de ses meubles. À regret, il alluma la lampe de la bibliothèque, puis le lampadaire près du fauteuil et enfin la suspension au-dessus de la petite table ronde où il prenait ses repas.

À chaque étape, une, deux, trois, la pièce se révéla sous un jour différent. C'était son salon, pourtant, l'espace d'un instant il ne s'y sentit pas chez lui. La pièce ne contenait que deux objets personnels : un dessin d'Ed Hansen accroché à côté de la porte de son bureau qui les représentait, Barbara et lui, quelques mois après leur mariage, assis par terre contre un pommier, Barbara la main sur le genou de Peter, Peter le regard ailleurs, hors de l'image ; et près d'une fenêtre un fauteuil à bascule d'enfant en rotin blanc qui avait appartenu à sa grand-mère. C'était la seule chose qu'il avait prise dans la maison des Rice quand ses sœurs et lui l'avaient vidée avant de la mettre en vente. Lors de son quatre-vingt-troisième anniversaire, sa grand-mère lui avait montré qu'elle pouvait encore s'y asseoir. Il se souvenait, en le regardant, de la vieille dame qui croassait victorieusement en se balançant, les doigts déformés par l'arthrite agrippés aux bras du fauteuil, les miettes de gâteau collées à la lèvre supérieure. Il avait dû l'aider à en sortir et elle était tombée contre lui. Il n'avait jamais oublié la sensation de ce corps si vieux, aussi fragile qu'un fagot de brindilles sèches. Il avait posé près du fauteuil une grande plante verte. Elle lui avait été offerte par sa voisine du dessous, Violet Darcy. Les Darcy vivaient dans le duplex de la maison de la 11e Rue dont Peter occupait le dernier étage. Violet avait dit qu'il avait besoin d'un peu de verdure dans sa vie, de quelque chose dont il serait obligé de s'occuper. Quand la terre du pot devenait trop sèche, trop dure, il se sentait une âme de tortionnaire. Il aurait voulu que la plante meure. Mais elle continuait de produire des pousses et de nouvelles feuilles qui devenaient vite jaunes et puis tombaient. Elle était laide, informe, et il se demandait pourquoi il ne la tuait pas. C'était la première chose qu'il voyait quand il rentrait chez lui.

Il était minuit passé. Il avait dormi à peine plus d'une heure. Il but un verre d'eau dans sa petite cuisine, puis alla s'habiller. Quand le téléphone avait sonné, il avait pensé que c'était Violet. Pitoyable, et se confondant en excuses, elle l'avait déjà appelé une ou deux fois assez tard, parce que sa fille aînée, Gina, qui venait d'avoir dix-huit ans, n'était pas rentrée. «Sa vie amoureuse ne me regarde pas, avait déclaré Violet, avec une tolérance qui de toute évidence lui coûtait, et dont, pourtant, elle tenait à faire preuve. Mais je n'ai pas envie qu'on l'assassine au coin d'une rue.» Depuis quelques années, c'était vers Peter qu'elle se tournait quand elle avait besoin d'être rassurée. Il ne disait jamais grand-chose; s'il écoutait assez longtemps, Violet, en parlant, finissait par se débarrasser de ses appréhensions. Peter savait que Mr. Darcy, qui était publicitaire, n'avait aucune patience face aux inquiétudes de Violet. Grand et fort, il entrait dans les pièces et en sortait d'un pas vif, avec des mouvements d'athlète, comme en train d'exécuter secrètement une séance de musculation. Peter les connaissait depuis des années. Violet et lui étaient comme des amis. Les deux hommes échangeaient des politesses. Violet parlait souvent de la bonté de cœur de son mari, pourtant Peter le trouvait glacial, animé de la conviction hostile d'être un homme sensé dans un monde d'imbéciles. Il nourrissait un certain nombre d'opinions et les assénait en phrases courtes, définitives. Sans aucune trace de sentiment personnel. Sans discussion possible. Leur fils Roger, un garçon de quatorze ans, traînait l'air abruti, désespérant. Quand Mr. Darcy s'affairait dans la maison, agité par une irritabilité physique aussi intense que celle d'une guêpe, Peter avait entendu Roger se murmurer à lui-même des noms de marques de voitures. Peut-être était-ce une sorte d'incantation magique. Mais il avait depuis longtemps renoncé à spéculer sur la vie familiale des Darcy. Violet et lui s'aimaient beaucoup ; grâce à elle, il oubliait son propre mécontentement. Il avait quelquefois honte – il se conduisait plus en parasite qu'en ami, pourtant il éprouvait envers elle une profonde reconnaissance : elle exigeait très peu.

Il passait souvent boire un verre ou un café. Elle lui mettait un disque de musique d'orgue baroque, persuadée que c'était ce qu'il aimait. Ils parlaient de la fin du monde – peut-être les Chinois avaient-ils finalement raison. « Les Chinois sont de stupides Asiatiques », avait déclaré Mr. Darcy. Violet disait n'avoir pas de temps pour les romans. Elle lisait de la philosophie. Elle s'abreuvait de philosophie comme elle abreuvait les plantes dont les branches s'étiraient à travers son salon qu'elle semblait chercher à transformer en jungle. Elle montrait une fleur à Peter. Soulevait du doigt, en souriant, un pétale mou – « Elle a éclos ce matin, disait-elle, un vrai miracle ! » Mais malgré ses soins, les végétaux restaient maigres. Au milieu des pots rouge brique d'où ils tendaient leurs vrilles et leurs feuilles, Violet s'attardait avec son arrosoir à bec long, comme dans une folle forêt de rêve.

À l'époque où Peter avait emménagé, dix ans plus tôt, les murs de la cuisine de Violet étaient couverts de posters. Il y avait d'abord eu ceux du Black Power, puis des dessins proclamant que la guerre n'était pas bonne pour les enfants, puis une grande photo d'un poète hirsute portant une affiche où il était écrit « L'herbe révèle le réel », puis de magnifiques images de prairies et de forêts, sans nulle trace de vie humaine, sous-titrées «Notre merveilleux héritage doit-il être détruit? La végétation de cette planète doit-elle disparaître?».

Ces instantanés successifs des modes politiques et sociales se reflétaient sur le front pâle de Violet comme les phares des voitures qui s'arrêtaient au feu rouge puis redémarraient, éclairant au passage la chambre de Peter. L'époque des posters était terminée. Comme celle où Violet présentait constamment à Peter des femmes célibataires. Mais Violet, soupçonnait-il, continuait à se demander de quelle façon il se procurait les délices de la chair. Elle avait essayé pendant quelque temps de savoir ce qu'il en était exactement de sa vie sexuelle. Elle lui avait parlé d'homosexualité comme d'une grâce toute particulière. Pour le rassurer, elle avait évoqué les innombrables possibilités qui, à son avis, s'offraient en matière sexuelle à des adultes consentants, dans un langage désormais conventionnel – inepte, brutal et insipide. Il voyait bien qu'elle croyait être d'une audace inouïe, et devinait qu'elle se faisait violence. Que pensait-elle vraiment? Et lui? Il était célibataire depuis longtemps. Le célibat définissait sa vie. Quelque chose en lui s'était tout simplement arrêté. Avait disparu. Il était devenu comme sa grand-mère, un fagot de brindilles sèches et glacées. Mais parfois il souffrait atrocement et se disait qu'il aurait préféré un franc dégoût de la chair à ce froid, à cet affadissement des sens qui s'emparait de lui.

Violet adorait et utilisait constamment certains mots – impalpable, nébuleux, indescriptible. Les prononcer l'excitait; ils renvoyaient leur propre écho; elle s'arrêtait sur chaque syllabe avec emphase. Peter ne s'irritait plus de ce goût qu'elle avait pour les mots vagues. Il en était venu à croire que Violet était perdue – qu'elle était pour elle-même impalpable, nébuleuse, indescriptible, et que la réussite professionnelle de son mari et leurs préoccupations de plus en plus matérielles, qu'elle tournait constamment en dérision, risquaient de transformer en terreur son sens de la vulnérabilité humaine et de la dangerosité du monde dans lequel elle était obligée de laisser vivre ses enfants.

Peter et elle n'en parlaient pas ensemble, cependant il voyait les stigmates de la peur apparaître chez Violet comme les bubons d'une peste cachée. Reconnaître et accepter ce qu'elle-même refusait était sa façon à lui de la remercier de l'intérêt qu'elle lui portait, et du souci qu'elle avait de lui.

Quand il alluma les lampes du salon, Peter se demanda si, à cette heure tardive, Violet l'entendait se déplacer au-dessus d'elle. Un jour, las de ses prétentions culturelles, il avait envisagé de la présenter à Laura. Une drôle d'idée. Plutôt méchante.

Il passa devant la porte des Darcy et lutta contre l'envie de sonner, de réveiller Violet, de lui raconter le message de deuil dont il était chargé et de lui dire que la petite-fille de la morte ne devait pas être prévenue. Mais cela n'aurait fait qu'effrayer Violet. Et moi aussi, ça me terrifie, se dit-il alors.

Il poursuivit son chemin, descendit l'escalier d'un pas souple, la clé de l'immeuble à la main. Gina Darcy était assise sur la première marche, les jambes allongées sous la table de l'entrée. Penchée en avant, totalement immobile. Ses longs cheveux bruns tombaient sur les épaules de sa veste de jean.

Elle ne broncha pas, elle ne s'écarta pas. Il se retint à la rampe pour éviter de tomber.

« Gina ? »

Elle tenait entre ses doigts le mégot brun de ce qui semblait être une cigarette roulée.

« Tu vas bien ? » demanda-t-il d'un ton léger. Il supposa qu'elle était là depuis un moment, fumant toute seule son joint. Elle tourna lentement son visage vers lui.

« Si je vais bien ? Ouais, ça va.

— Tu rentres chez toi ? » dit-il bêtement.

Elle sourit tristement. « Où que je sois, je suis chez moi, dit-elle. Et c'est peut-être bizarre, mais oui, je suis rentrée. J'habite ici, non ?

— Oui, c'est ta maison.

— Et toi, tu vas te coucher ?

— Non, répondit-il brièvement.

— Rentrer. Sortir. Nous rentrons tous chez nous », dit-elle.

Il ouvrit la porte et hésita. « Oui, un jour ou l'autre, fit-il.

— Oh merde, répondit-elle tristement.

— Bonne nuit », dit-il, et il sortit.

Le bureau d'Eugenio était sur la Cinquième Avenue, probablement dans les environs de la 15e Rue. Peter remonta son col et se dirigea vers le nord. Malgré la pluie qui tombait sans discontinuer, il y avait du monde. Mais il y avait toujours du monde. Une voiture de police passa. Il aperçut derrière la vitre une joue livide barrée d'un long favori noir. Le hurlement insistant de la sirène s'éleva soudain. La voiture fit demi-tour et s'éloigna à toute vitesse. Trois jeunes Noirs marchaient vers lui. Ils semblaient suspendus à l'énorme sphère de cheveux qui couronnait leur tête. L'un d'eux portait un transistor dont jaillissaient à intervalles réguliers des cris hermaphrodites de fureur et de lamentation. Le jeune homme exécutait quelques pas en arrière, puis en avant. Chaque fois que cette danse le séparait de ses compagnons, ils attendaient patiemment, sans un mot, qu'il les rejoigne.

Peter vit aux numéros des immeubles que la boutique d'Eugenio n'était plus loin, il fit encore quelques mètres et s'arrêta devant une étroite vitrine où étaient exposés des dépliants de voyage et l'affiche d'une compagnie d'aviation. Une lumière pâle filtrait au fond de la pièce. La porte était fermée à clé, le store à moitié baissé. Il frappa, d'abord doucement, puis avec insistance. À l'arrière, la lumière s'intensifia. Pendant une minute, rien ne se passa, puis, très lentement, le store remonta. Eugenio regarda dehors. Il tenait d'une main une aiguille enfilée et de l'autre une veste dont il coinçait un bouton sous son pouce. Il eut l'air étonné. Puis la mémoire lui revint. Il piqua son aiguille dans le tissu, repartit, laissa tomber la veste sur un bureau, ouvrit enfin.

« Je suis Peter Rice, Eugenio.

— Oui, oui, je sais. Dis donc, ça faisait longtemps.

— Il faut que je te parle. Je peux entrer ?

— Bien sûr, bien sûr », répondit Eugenio avec un sourire et un accent que Peter reconnut immédiatement malgré les années écoulées. Le sourire avait quelque chose de gêné, de circonspect. L'accent était presque imperceptible, et pourtant là, une étrange emphase, dont il marquait certains mots comme des médailles à marteler.

« Je vis ici, maintenant, on a dû te le dire. J'ai une chambre », expliqua-t-il en passant devant. Mais tourner le dos à Peter semblait lui être insupportable, et il marchait en crabe. Peter vit que l'agence de voyages d'Eugenio était chichement meublée, un bureau, quelques casiers remplis de dépliants, et au mur la grande affiche d'un château.

« Les loyers deviennent exorbitants, continua Eugenio en laissant Peter le précéder dans la petite chambre. Les propriétaires sont d'une avidité inouïe, de vrais requins. Je me débrouille comme je peux, tu vois. Ce n'est pas un palace. »

Il fila dans l'autre pièce, en revint avec la veste.

« Je fais un peu de couture, tu vois, un bouton qui est tombé tout à l'heure. Dans le métro. Et j'ai eu la chance d'en dénicher un presque identique au Tout-à-dix-cents. Je ne pouvais pas espérer trouver exactement le même, non, pas au Tout-à-dix-cents. Mais assieds-toi, Peter. »

Il y avait une petite fenêtre à barreaux. Un lavabo contre le mur, soutenu par des tuyaux dont la peinture s'écaillait. Un divan avec une couverture marron repliée d'un côté. Une chaise droite et un lampadaire en fer forgé. Un réchaud à deux feux qui occupait presque toute la surface d'une petite table. À côté, une boîte de sel et un verre où étaient rangés couteaux, fourchettes et cuillères. Dans un coin, une valise sur laquelle étaient posées une pile de livres et une enveloppe de papier brun entourée de ficelle. Au portant de métal comme il en avait déjà vu dans les vestiaires de certaines réceptions, pendait la maigre garde-robe d'Eugenio, un manteau, une veste de tissu sombre, un costume bleu, le pantalon gris qui allait avec la veste dont il recousait le bouton. Peter s'assit sur une sorte de tabouret pliant. La porte étroite qui était derrière lui devait conduire aux toilettes.

« Ce n'est pas un palace, répéta Eugenio. Mais, à cheval donné, on ne regarde pas les dents, n'est-ce pas ? » Il rit, d'un petit rire grinçant.

« Comment vas-tu ? demanda Peter, la voix épaissie par ce qu'il avait à annoncer, sachant qu'on ne pouvait dire ce qu'il avait à dire que simplement, souhaitant que les mots sortent tout seuls de sa bouche.

— Moi ? Eh bien... mais oh ! ton manteau. Donne, je vais l'accrocher. Non ? Vraiment ? Eh bien, je suis ravi d'avoir de la compagnie ce soir. Même si j'ai eu peur en t'entendant frapper. »

Il se remit à coudre. « Tu m'excuseras, mais il faut que je finisse ça. Je ne peux pas me permettre d'avoir l'air négligé. L'une de mes clientes serait capable, en me voyant avec un bouton manquant, d'annuler son vol pour Le Caire – un billet qui rapporte gros à la compagnie d'aviation, et sur lequel je gagne quelques sous. Ah, ces vieilles femmes fortunées ! Oui, j'ai eu peur, c'est vrai. Les rues sont pleines de voleurs, des types prêts à tout. Des hyènes... Le temps que la police arrive, il ne reste rien de toi. J'ai toujours peur que l'un d'eux enfonce ma porte. J'ai pensé à mettre une pancarte "Rien à voler". Mais cela ne ferait que les encourager. Ce n'est pas le butin qui les intéresse, tu vois. C'est le meurtre. Il faudrait pouvoir tirer sur eux au canon. Ils enfoncent la porte et... Boum ! Sacrée surprise, non ? » Il émit un autre petit rire grinçant. « Mais dis-moi, tu es toujours aussi ami avec ma sœur ? Tu l'as vue, récemment ?

— J'ai une mauvaise nouvelle, Eugenio. Laura m'envoie te dire que votre mère est morte cet après-midi, dans la maison de retraite. »

La veste tomba des mains d'Eugenio, l'aiguille pointant hors du bouton. Il resta un instant immobile, les yeux à demi clos. Puis il ramassa la veste et tira l'aiguille. Il baissa la tête, continua de coudre en silence. Dehors, la circulation semblait s'être arrêtée. On n'entendait que le léger choc de l'aiguille contre le bouton.

« Je suis désolé », dit Peter.

Eugenio releva la tête. « Tu veux boire quelque chose ? demanda-t-il. Je ne peux t'offrir que du thé ou un ignoble café instantané. Je n'ai pas d'alcool. Je ne bois pas.

— Non, rien, merci.

— De quoi ? »

Peter le regarda, ébahi.

« De quoi est-elle morte ?

— Ils ne me l'ont pas dit.

— Où est ma sœur ?

— Ils sont descendus à l'hôtel. Ils devaient embarquer demain pour l'Afrique.

— Ah bon ? Et à quelle heure ?

— Ils ont repoussé leur voyage, ou vont le faire. Forcément. Pour l'enterrement.

— Je vois. Je me demande s'ils se sont adressés à une agence. J'aurais pu m'en occuper. Leur faire économiser de l'argent. Mais bien sûr, le mari de ma sœur n'a pas besoin de s'inquiéter de ce qu'il dépense. À quelle heure, cet après-midi ?

— À quelle heure elle est morte ? demanda Peter, exaspéré. Je n'en sais rien. Tu pourras leur demander tout ce que tu veux savoir quand tu les appelleras demain pour l'enterrement.

— Tout ce que je veux savoir… Tu te rends compte que ma sœur ne m'a jamais parlé de ce voyage ? Je n'avais pas la moindre idée de leur départ. » Il tira le fil puis le coupa entre ses dents.

« Ma mère me disait toujours de ne pas couper le fil avec mes dents, dit-il. Elle pensait que cela les abîmait. Tu connaissais ma mère ?

— Je l'ai rencontrée, il y a des années, quand Laura et Ed étaient encore mariés.

— Edward Hansen. Un homme absolument remarquable. Et tellement séduisant ! Il pouvait séduire qui il voulait. » Eugenio ferma les yeux, les paupières serrées, le front plissé, l'étrange sourire circonspect réapparut sur son visage et il secoua la tête. « Les gens qui ne le connaissent pas ne peuvent même pas imaginer qu'un tel charme existe ! dit-il avec une expression cruelle, étrangement triomphante.

— Oui, je me souviens », dit Peter platement. Stupéfait de la réaction d'Eugenio, il ne savait pas comment prendre ses digressions. Après autant d'années, les bizarreries des Maldonada le surprenaient toujours, l'obligeaient à accepter la relativité des us et des coutumes. Ces gens n'avaient signé aucun contrat social, aucun. Pourtant, si l'imprévisibilité de Laura le fascinait, les dérives discordantes d'Eugenio ne lui donnaient qu'une envie, fuir cette chambre minuscule. Mais Eugenio s'était mis à parler de sa mère.

« Dommage que tu ne l'aies pas connue alors qu'elle était encore jeune. Elle s'est tellement laissée aller, ensuite. Il y avait en elle une terrible faiblesse, terrible… Tout le contraire de la dureté. Elle était douce. Sentimentale. Horriblement sentimentale ! Et mon frère Carlos l'y encourageait – ils étaient tous les deux tellement irréalistes ! Elle avait de l'argent, mon père lui en avait laissé. Après cette fameuse guerre, des aventuriers en tout genre sont apparus sur l'île. Et ils ont profité d'elle. Tout avait brûlé, sauf la grande maison qu'elle a vendue pour une bouchée de pain. Ensuite elle est venue ici, alors qu'elle aurait pu retourner en Espagne. Ses parents lui ont proposé de lui envoyer l'argent du voyage, pour que nous rentrions tous. » Il leva les yeux vers Peter. « Mon Dieu ! » cria-t-il. Puis il souleva la veste, vérifia le bouton qu'il venait de coudre et alla la pendre près du pantalon gris.

« C'est Carlos qui l'a convaincue d'acheter la ferme de Long Island. Il n'était qu'un gamin – mais il avait sur elle une influence incroyable. Cette maison était un gouffre… Tout notre argent y est passé. Il ne restait plus rien. Et sans la señora Gonzaga… » Il revint et s'assit, raide.

« Sans cette femme nous serions morts de faim. Ma mère ne voulait pas admettre que le monde était dur. Tu ne devineras jamais dans quoi elle s'est lancée, pendant la Dépression ? Elle a essayé de vendre des broderies. C'était la seule chose qu'elle savait faire ! » Et il émit un sorte de cri perçant, comme s'il ne trouvait pas de mots pour exprimer ce qu'il ressentait face à la folie de sa mère.

« Elle est devenue la dame de compagnie de la señora Gonzaga. Et elle en a été récompensée. Elle recevait une mensualité, ce n'était pas beaucoup, mais cela nous faisait vivre. Mais ces dernières années, quand la señora est morte, et que son fils a vendu la plantation à des Américains, elle n'a plus rien eu. La señora était très maligne, tout le contraire de ma mère. Elle a gardé ses biens jusqu'à sa mort, malgré la guerre, malgré... Et maintenant il y a Fidel Castro. Et plus rien pour nous à Cuba. Tu vois, nous avons commis une terrible erreur. Nous pensions que calculer, compter était ignoble...

— C'est un peu vrai, non ?

— Oh... si tu l'avais connue quand elle était encore elle-même. Si délicate, une vraie lady. Tu vois ce que je veux dire ? Elle se souvenait du passé. Pour celui qui oublie le passé, il ne reste plus rien, tu comprends ?

— Je suis désolé, mais il faut que je m'en aille. Je dois aussi prévenir Carlos. Il est déjà tard, je ferais mieux de...

— Tu sais que des gens m'ont chassé de chez eux ? Qu'ils m'ont mis à la porte, au sens littéral du terme ? Nous n'avons pas appris à faire quoi que ce soit, tu comprends. Lorsque nous sommes allés à l'école, en arrivant ici, ma mère trouvait cela très amusant, elle y voyait un sujet de plaisanterie. Mamá n'a jamais compris que pour survivre il faut savoir faire quelque chose. Vers dix-huit, dix-neuf ans, j'allais chez des amis pour être nourri et logé. Et j'y restais jusqu'à ce qu'ils soient obligés de me demander de partir. Pendant ce temps, Mamá et Carlos faisaient de nouveaux projets – ils s'asseyaient ensemble, s'organisaient. Organisaient le vide, oui !

— Mais Carlos était quand même un assez bon critique musical. Il n'y a pas si longtemps, on pouvait encore voir son nom partout. Il a bien dû apprendre...

— Non, tu ne comprends pas. Carlos faisait semblant ! Il a lu quelques livres. Oui, nous avons effectivement appris à lire. Il était un excellent imitateur et il avait des amis musiciens. Nous avons appris en imitant les autres.

— C'est comme ça que nous commençons tous, dit Peter.

— Oui, au début. Mais ensuite, on change. On ne se contente plus de copier. On commence à savoir. Alors que dans notre famille, nous avons continué d'imiter. Et nous n'avons jamais rien su. »

Il se tut, resta plongé dans un tel silence, une telle immobilité que Peter se pencha vers lui pour écouter sa respiration, comme s'il avait été en train de mourir. Les yeux d'Eugenio, sombres et profondément enfoncés, se fixèrent sur lui comme s'il ne le voyait pas. Puis, lentement, un sourire triste apparut sur ses lèvres.

« Tu n'as pas vraiment compris de quoi je parlais, hein, quand je t'ai dit que des gens m'avaient chassé de chez eux ? »

Peter ne put répondre ; non, il n'avait pas compris. Mais il avait perçu de l'horreur dans la voix d'Eugenio, l'horreur d'un souvenir ineffaçable.

« Tu peux peut-être imaginer ce que c'est… que de se retrouver sans savoir quoi faire. Je veux dire de sa vie. Je ne crois pas avoir jamais eu le plaisir de pouvoir considérer une décision comme secondaire. Je vivais suspendu au bord d'un gouffre, risquant de tomber dès que je regardais avec trop d'insistance vers la salle à manger. Chaque seconde était une question de vie ou de mort. Vie ou mort – ai-je choisi la bonne fourchette ? Puis-je me resservir ? N'ai-je pas suspendu ma veste sur le portemanteau réservé au maître de maison ? Est-ce ma présence, permanente, exaspérante, insupportable, qui provoque une dispute entendue de loin entre mon ami et sa mère ? Je ne savais même pas comment on fait pour chercher du travail. Non mais tu te rends compte ? Tu vois, je suis entré un jour dans un magasin de vêtements de Brooklyn qui recherchait un employé de bureau, et je suis resté muet ! Impossible de parler ! Tu sais que c'est maintenant la première fois de ma vie que j'ai un compte d'épargne ? Tu veux voir mon livret ? » Il se leva, se dirigea vers la valise pour prendre l'enveloppe de papier brun et dénoua la ficelle.

« Je t'en prie, dit Peter. Je sais que ça a été terrible. Mais il faut que j'aille voir les autres... » Il s'arrêta en s'entendant dire « les autres ». Il n'y avait que Carlos.

« Dis-moi, Eugenio, reprit-il en essayant de garder un ton neutre. Ta sœur refuse absolument de prévenir Clara de la mort de votre mère. Je ne sais pas quoi...

— Le voilà, dit Eugenio en brandissant le livret bleu. C'est totalement grotesque, non ? Que quelqu'un de mon âge... et il n'y a pas grand-chose dessus. Mais au moins c'est quelque chose. Tu crois qu'on peut faire confiance aux banques ?

— Je te parlais de Clara...

— Clara ? Cette jeune écervelée ! Je ne l'ai pas vue depuis quelque temps. Je suppose que tu sais que ma mère l'a élevée ? La señora Gonzaga permettait à Mamá de l'emmener à Cuba quand elle l'y accompagnait. Ma mère n'a jamais rien exigé, sauf pour Clara. Elle exigeait de l'emmener avec elle.

— Je pensais que Laura était simplement

bouleversée, ce soir, qu'elle ne pensait pas vraiment ce qu'elle disait…

— Ce qu'elle disait ?

— De ne pas prévenir Clara, qu'elle ne doit pas assister à l'enterrement.

— Je ne sais pas ce qui se passe entre Clara et ma sœur », répondit Eugenio impassible. Il remit le livret dans l'enveloppe. « Toutes les femmes de la famille ont des problèmes avec les hommes, toutes, Laura, Mamá, Clara.

— Ce dont je te parle n'a rien à voir avec ça.

— Quand ma mère est arrivée ici, un monsieur très riche, très respectable a voulu l'épouser, malgré ses trois enfants – mais Carlos ne l'a pas permis. Il piquait des crises atroces. Tu ne t'en doutais pas, hein ? Et, bien sûr, ma mère cédait toujours. J'ai compris qu'elle perdait toute prise sur sa vie quand elle a commencé à négliger ses cheveux. Ses robes étaient pleines de taches. Mais à l'époque où elle s'occupait encore d'elle… »

Peter se leva. « Il faut que j'y aille », dit-il. Il avait décidé de prendre un taxi jusque chez Carlos. Il avait mal partout. Il était épuisé.

« Elle a même vendu ses bijoux pour une bouchée de pain. Elle en avait pas mal. Elle aurait aussi bien fait de les donner. Elle donnait tout. J'ai essayé de lui présenter des gens, de bonne famille, très raffinés, qui l'auraient appréciée, qui auraient compris ce qu'elle avait vécu. Mais c'était impossible. Elle était déjà allée trop loin. Elle n'avait aucun sens de la discipline. » Puis il cria d'une voix chargée d'angoisse : « Et elle est devenue si vieille ! »

Peter se dirigea vers le bureau.

« Mais je ne t'ai pas dit merci, lança Eugenio en

exécutant une étrange courbette. Merci d'être venu jusqu'ici à une heure si tardive. »

Peter nota sur une feuille de son calepin le téléphone de l'hôtel des Clapper. « Voici le numéro de Laura, dit-il en tendant le papier à Eugenio. Appelle-la demain matin et…

— Oui. Tu crois qu'il est trop tard maintenant ? Oui, je suppose que oui. Mais… y a-t-il autre chose ? Ne sais-tu rien d'autre sur la mort de ma mère ? Tu crois qu'elle était seule ?

— J'aurais aimé pouvoir t'en dire plus. Mais je ne sais rien d'autre.

— Si tu l'avais vue à l'époque, avant qu'elle… » Debout, à un ou deux mètres de Peter, il contempla la pièce dans laquelle il vivait, le divan, le lampadaire, ses vêtements, la fenêtre à barreaux. Peter eut l'impression qu'il devait souvent regarder de cette façon les emblèmes de sa survie, mesurer l'espace minable qu'il avait réussi à obtenir.

« Je suis désolé d'être venu t'apporter une aussi mauvaise nouvelle », dit Peter en se dirigeant vite vers la porte d'entrée. Il craignait qu'Eugenio ne le laisse jamais repartir, mais ce dernier se glissa devant lui et tira le verrou.

« Bon, dit-il. Si tu as envie de voyager, appelle-moi, je me débrouille bien pour ce genre de chose. Tu serais même étonné de voir à quel point. »

Il promet des merveilles, mais il attend toujours d'être jeté dehors, pensa Peter, debout, frissonnant sur le trottoir. Un taxi arriva, fit une embardée, l'éclaboussa. Dès que Peter fut assis, le chauffeur, un homme au cou épais coiffé d'une casquette, émit un croassement fou : « Z'allez où ? Z'allez où ? Z'allez où ? » Peter lui donna l'adresse de Carlos d'une voix glaciale et s'enfonça, trempé, contre le dossier de la banquette arrière. Le chauffeur cria : « Je viens d'entendre les nouvelles, ils ont sorti de l'eau une femme qui avait sauté dans l'East River. Et pour quoi faire, bon sang ! Ils veulent mourir ? Eh bien qu'ils meurent !

— Excusez-moi, mais je n'ai pas envie de parler », déclara Peter. Le chauffeur se retourna vers lui et il aperçut sa peau livide, une grosse verrue et une mèche de cheveux gris. Sur l'écran interne de Peter, le peloton se forma, épaula, tira. Le chauffeur de taxi devint cendres, s'éparpilla dans le vent. Ces exécutions mentales prenaient de plus en plus souvent place dans les pensées de Peter. Il se demanda alors si l'on pouvait puer l'abattoir, intérieurement. Puis, alors qu'ils approchaient de la 60e Rue Est, le chauffeur explosa : « Vous savez ce qu'il faut faire, pour en finir avec cette pègre noire ? Les mettre dos au mur, douze par jour, et les descendre. Voilà. » Il se gara le long du trottoir, arrêta le compteur. « Vous voyez ce que je veux dire ?

— Pourquoi seulement douze ? demanda Peter en lui tendant l'argent. Pourquoi pas des milliers ? » Et il claqua la portière.

Une fois dans l'entrée du vieil immeuble, il appuya sur la sonnette de Carlos. N'obtenant pas de réponse, il laissa son pouce dessus, dans un accès de rage, glacé jusqu'aux os, les narines envahies par l'odeur aigre de poussière et de produit à nettoyer les cuivres. Une voix sépulcrale résonna derrière la grille à côté des boîtes aux lettres.

« Qui est-ce ?

— Peter Rice », cria-t-il dans la grille. Un bruit électrique se fit entendre et il agrippa la poignée de porte. Il n'y avait pas de portier, juste un miroir sale à côté de l'ascenseur, où il se vit, dépenaillé, quand il se dirigea vers l'escalier. Sur le palier du premier, Carlos le regardait.

« Peter ! Pour l'amour de Dieu ! Qu'est-ce qui t'amène à une heure pareille ? » Il souriait, la main tendue. Peter la serra dans la sienne, puis la lâcha.

« Il faut que je te parle…

— Mais entre, entre… heu, je suis avec un ami, un jeune… »

La porte d'entrée donnait directement dans la kitchenette. Un néon éclairait d'une lumière jaune l'évier plein de vaisselle sale. Sur la paillasse gisait une moitié de citron pressé.

Carlos essaya de le débarrasser de son imperméable, mais Peter refusa avec entêtement, et le resserra autour de lui. Il y eut un instant de confusion totale, leurs mains s'agitèrent dans tous les sens, attrapèrent, retinrent, et soudain Peter se dégagea, s'enfuit dans le salon, s'appuya contre un mur, comme poursuivi. Une longue silhouette mince se détacha nonchalamment de la fenêtre qui donnait sur la rue.

« Je te présente Lance, dit Carlos d'une voix hébétée, quand un beau jeune homme à la peau brun foncé s'avança lentement vers le canapé et se laissa doucement tomber au milieu des coussins. Lance, je te présente un vieil ami, Peter Rice. » Le jeune homme hocha la tête, sans sourire, indifférent.

Par terre devant la cheminée se dessinait une nature morte – deux oreillers, un verre vide, un cendrier débordant de mégots – dont Peter détourna vite les yeux.

«Je ne resterai pas longtemps», dit-il, vaguement conscient de devoir expliquer pourquoi il tenait à garder son imperméable, que Carlos regardait encore, étonné. Les yeux de Peter croisèrent ceux de Carlos, puis se posèrent sur le jeune homme, qui semblait s'assoupir. Il avait une lourde chaîne autour du cou et le col ouvert de sa chemise révélait un pendentif vaguement oriental incrusté de pierres.

«Mais bien sûr, Peter. Tu as envie de boire quelque chose? Assieds-toi, va. Tu es sûr de ne pas vouloir me donner ton imper? On dirait que tu viens de tomber à l'eau. Ne t'inquiète pas pour Lance, vas-y, parle.» Et il hocha la tête d'un air rassurant.

«C'est Laura qui m'envoie. Elle ne voulait pas te l'apprendre par téléphone...»

La bouche de Carlos se crispa. Il avait l'air effrayé.

«Qu'est-ce qui se passe? demanda-t-il d'une voix basse.

— Ta mère est morte.»

Carlos leva les yeux au plafond puis éclata en sanglots, bruyants, violents. Sa bouche s'ouvrit, d'énormes larmes dégoulinèrent le long de son menton, ses mains battirent l'air. Lance se précipita vers lui et passa ses bras autour du torse massif de Carlos. «Mon pauvre chéri... murmura-t-il. Mon pauvre vieux chéri a perdu sa maman...» Il caressa la tête chauve de Carlos, son cou, son visage humide, et Carlos baissa lentement la tête jusqu'à l'épaule étroite du jeune homme.

«Oh Dieu! Oh mon Dieu! cria-t-il.

— Je suis désolé. Tellement...»

Carlos haleta, une de ses mains se tendit et se referma dans le vide. « Mais dis-moi… » commença-t-il, puis il se remit à sangloter.

« Là, là, mon ami », dit Lance en le conduisant vers le divan où il l'assit, son long dos tendu sous le poids de Carlos. Il se laissa tomber à côté de lui, le caressa, encore et encore. « Oh, ces larmes ! » dit-il doucement.

Peter s'enfuit dans la kitchenette, s'appuya dos à l'évier. Il se sentait incapable, à cet instant, de rester debout sans soutien, persécuté par le son des lamentations qui provenaient de l'autre pièce. Ces sanglots convulsifs de chanteur d'opéra semblaient exagérés, comme si Carlos simulait désespérément le chagrin pour mieux l'écarter. Mais qu'attendait donc Peter ? De l'indifférence ? De l'ironie ? Une gravité de circonstance ? Il n'avait pas prévu sa propre impuissance, cette intimité soudaine et bouleversante, bien que totalement due au hasard, avec les frères Maldonada, il se retrouvait pris au piège d'une histoire vraie, infiniment complexe, et qui n'avait été pour lui jusqu'à ce soir qu'un récit de Laura qu'il écoutait parler.

Mais quelle puanteur écœurante il régnait ! Il ramassa le citron et le porta à ses narines. Dans le salon, tout était silencieux. Il allait pouvoir partir. Alors il pensa à Clara. Son cœur se serra. Une ombre qu'il avait longtemps tenue à l'écart se penchait au-dessus de lui, si près qu'il en sentit le souffle sur sa joue. Le récit de Laura s'était arrêté brusquement, dans un enchevêtrement inextricable, l'effondrement d'un décor. Il avait l'impression qu'on lui avait arraché ses vêtements et qu'il se retrouvait étranger à lui-même. Un léger frisson le parcourut, tandis qu'il s'écartait de l'évier.

« S'il te plaît, Peter, viens t'asseoir avec nous », appela Carlos d'un ton humble.

Il semblait hébété, mais les larmes s'étaient arrêtées. Lance lui tenait la main. Peter s'installa dans le fauteuil en face d'eux.

« Quand est-elle morte ?

— Je crois... non, je sais que c'était cet après-midi. »

Carlos sursauta. « Et ils viennent à peine de l'apprendre ?

— Laura savait. On le lui avait annoncé avant notre arrivée.

— Je n'arrive pas à y croire ! lança Carlos en arrachant sa main à celle de Lance pour se taper le front. Comment a-t-elle pu ? Mais je me disais aussi qu'elle était encore plus folle que d'habitude. Seigneur ! Cette salope ne respecte vraiment rien !

— Après ton départ, elle s'est enfuie. Je ne sais pas pourquoi. Clara nous parlait d'animaux. Je suppose que Laura était déjà dans tous ses états, dit Peter d'un ton las.

— Ainsi, elle savait. Elle était assise au milieu de nous et elle savait. Je ne veux plus jamais la voir. Jamais !

— Il faut que tu les appelles demain à l'hôtel. Pour l'enterrement.

— Et Eugenio ?

— Je viens de passer chez lui. »

Carlos lui lança un regard entendu. « Et il était... comme d'habitude ?

— Je ne le connais pas très bien, tu sais.

— Il n'y a rien à connaître. Lance, tu veux bien

me préparer une vodka tonic ? Avec du citron, s'il en reste…

— Je crois qu'il n'y en a plus, répondit Lance d'une petite voix traînante. Vous voulez quelque chose ? demanda-t-il poliment à Peter.

— Non merci. Rien.

— J'imagine que tu ne sais pas comment…

— Rien d'autre que ce que je t'ai dit.

— Et tu arrives à comprendre, toi, qu'elle l'ait su pendant tout ce temps ? Remarque, elle n'a jamais été capable d'expliquer son comportement, jamais. Je suppose que tu le sais. Il y a longtemps que tu la connais. Mais est-ce que tu as déjà…

— Écoute, Carlos. Elle ne veut pas que Clara soit prévenue de la mort de votre mère. Elle dit que Clara ne se sentirait pas concernée.

— Elle a dit ça, que Clara ne se sentirait pas concernée ?

— Oui, ce sont ses mots. »

Lance revint et tendit à Carlos un verre de vodka tonic. « Il n'y a plus de glaçons, dit-il.

— Merci, chéri », répondit Carlos d'une voix douce.

Lance sourit légèrement et se rassit à côté de lui.

« Tu ne crois pas que Clara devrait être prévenue, Carlos ? »

Carlos eut l'air préoccupé. Il avala une gorgée d'alcool.

« Je ne sais pas, dit-il. Ma mère aimait beaucoup Clara. Je ne crois pas que Laura cherche à protéger Clara, à lui éviter l'enterrement, qu'est-ce que tu en penses ? Non, j'imagine plutôt qu'elle lui en veut, oui, elle lui en veut de n'être jamais allée voir Mamá à la maison de retraite. Mais ça lui va bien ! Bon Dieu ! Ils sont partis pendant des années, elle et Ed, errant autour du monde. Et sans jamais envoyer la moindre carte postale. Tu crois que Laura pensait ce qu'elle disait ? Elle dit souvent des choses qu'elle ne pense pas.

— Je crois que oui.

— Alors… je ne sais pas quoi dire.

— Mais toi ? Tu veux que Clara soit là ? Qu'elle assiste à l'enterrement ?

— Écoute, Desmond s'est vraiment occupé de beaucoup de choses, je dois le reconnaître. Je suppose qu'ils ont le droit… et que Clara soit là ou non ne changera rien pour notre mère.

— Ne fais pas l'idiot ! dit Peter sèchement. Tu sais très bien que les enterrements ne sont pas faits pour les morts !

— Nous renaissons, murmura Lance religieusement. La mort n'est qu'une porte.

— Tu es injuste, Peter, dit Carlos. Je ne fais pas l'idiot, mais ces cérémonies…

— Carlos ! insista Peter. Je t'ai demandé ton avis. Penses-tu qu'elle doive y assister ?

— Je ne sais pas très bien ce que signifie le mot "devoir", répondit Carlos d'un ton évasif.

— Bon, je ne la préviens pas ? Tu ne la préviendras pas ?

— C'est ce que je voulais dire… à propos de Desmond et de ma sœur. Ils se sont occupés de presque tout. J'imagine que c'est à eux de décider, non ? De décider comment les choses se passent ?

— Tu n'as aucun avis ?

— Ce n'est marrant pour personne d'aller à un enterrement !

— Marrant ?

— Je ne comprends pas où tu veux en venir.

— Mais Clara était son seul petit-enfant !

— Merci, je suis au courant. Dieu m'est témoin que ni Eugenio ni moi n'aurions pu lui en donner.

— Je crois que je ferais mieux de partir.

— C'est incroyablement gentil de ta part d'être venu m'avertir. Ils t'ont réveillé, non ? Je ne vois pas pourquoi ils n'ont pas attendu demain matin pour m'appeler. » Il s'arrêta, puis reprit : « Je préviendrai Ed. Il sera content que je le fasse. Ils s'entendaient bien, tu sais. C'était drôle de les voir ensemble. Elle le trouvait merveilleux. C'était avec elle qu'il était le mieux. Et le mieux, chez Ed, était vraiment très bien. Il lui accordait une immense attention. Et il l'imitait à la perfection. » Il regarda Peter d'un air sombre : « Mais tu sais tout cela, Peter. Tu sais tout de nous.

— Non, je ne sais rien de Clara, dit Peter. Je me demande vraiment ce que je dois faire. Je crois qu'elle devrait aller à l'enterrement, demain, Carlos, appelle-la. »

Carlos se leva et se mit à arpenter la pièce. Lance l'observait, penché en avant, comme prêt à se précipiter vers lui au moindre signe de faiblesse.

« Tu ne crois pas que tu en fais un peu trop, Peter ? » demanda Carlos. Il était maintenant debout près du vieux piano droit, dont il soulevait et abaissait le couvercle. « De toute façon, sachant que Laura ne le veut pas, Clara ne viendra certainement pas. Elle a peur d'elle, ce qui n'a rien d'étonnant. Nous avons tous peur de Laura, non ? » Carlos sourit légèrement. Puis il dit : « En aucun cas je ne la préviendrai. Ce n'est pas à moi de décider. Ce ne seront pas de vraies funérailles. Nous devons mettre ma pauvre mère en terre, voilà tout.

— Elle n'était pas catholique ? » demanda Peter.

Carlos éclata de rire. « Mamá ? Bien sûr que si. Tous les Espagnols sont catholiques. » Il referma violemment le couvercle du clavier. « Est-ce que Laura t'a jamais parlé de mon grand-père ? C'était une espèce de philosophe. Il a écrit un livre, un pamphlet anticlérical, et l'Église lui a mené la vie dure, à l'époque. Il détestait les prêtres comme seul un catholique latin en est capable. Mamá n'allait jamais à la messe. Une tradition perdue, comme toutes les autres. Les prêtres et les bonnes sœurs la faisaient rire, elle se moquait d'eux. Je ne m'en souviens pas, évidemment, mais je suis certain que nous avons tous été baptisés. Quoique jamais confirmés, à mon avis. On m'a dit qu'il y avait une chapelle, sur la plantation. Mais mon père est mort et ça a été la fin. Pourtant, maintenant que j'y pense, je sais qu'elle est allée une fois à la synagogue, et qu'elle a assisté à pas mal de services protestants. Elle disait qu'elle aimait tout connaître. » Il y avait une note de moquerie dans sa voix. « *Me gusta saber de todo*, répéta-t-il en espagnol. Je l'ai taquinée, à propos de la synagogue. Je lui ai dit qu'elle retournait dans le royaume d'Abraham. Peut-être, a-t-elle répondu.

— J'adore quand tu parles espagnol », dit Lance.

Carlos se couvrit soudain le visage. « Quelle chienne de vie, dit-il d'un ton malheureux.

— Écoute, supplia Peter, nous nous connaissons depuis toujours, ou presque. Mais je ne sais pas ce que Clara a vécu. Je n'y ai jamais pensé. Elle est née, puis je n'ai pratiquement plus jamais entendu parler d'elle. Je n'ai pas posé de questions. Mais ta mère l'a élevée. Je crois qu'il est tout à fait anormal que Clara ne soit pas avertie de sa mort. Comment va-t-elle l'apprendre ? Dans trois mois, si jamais elle passe te voir ? Quand elle retrouvera Laura ? Et qu'est-ce que Laura dira ? "Tiens, à propos, ma mère est morte" ? Quand la mort frappe, tous les membres de la famille doivent le savoir. Elle, comme les autres. Pour l'amour de Dieu, Carlos, arrête de te planquer dans ton personnage – tu ne t'en sortiras pas comme ça ! Je connais trop bien ce genre d'attitude ! Je me cache moi aussi tout le temps derrière mes défauts, tout le temps. Réponds-moi, Carlos ! Dis-moi ce que je dois faire ! Ne me laisse pas avec ce… ce poids !

— Laura t'a dit ce que tu devais faire, cria Carlos, en s'approchant à grands pas de Peter, avant d'aller soudain se réfugier dans un coin sombre. Tu aimes obéir à Laura, non ? » Il grommela quelque chose entre ses dents, puis secoua la tête comme un taureau qui agite ses cornes. « Tu as toujours aimé ça, continua-t-il, plein de rancœur. Je me souviens si bien du jour où vous vous êtes rencontrés – dans cette maison qu'ils avaient louée à Long Island. Tu te rappelles ? Elle n'avait pas de prétendant plus assidu que toi, aveuglément amoureux. Et ça a continué comme ça pendant des années, non ?

— Cela n'a rien à voir ! cria Peter.

— La femme de ta vie, railla Carlos. Même Ed a renoncé à elle il y a des années. Alors que toi…

Je t'ai vu te mettre à genoux quand elle levait la main, la lui lécher quand elle te la tendait. Et tu me demandes comment nous devons agir vis-à-vis de Clara ? Je ne sais même pas ce que je dois faire pour moi, mon frère, Laura – ni ma mère. Je leur ai tourné le dos, encore et encore, et ils ont toujours été là à m'attendre, Laura, tapie dans l'ombre, prête à bondir sur moi, ma mère espérant éternellement, avec ce détestable sourire courageux, comme si j'avais représenté l'espoir, le changement, la possibilité. Quelle possibilité ? Qu'aurais-je pu faire pour Eugenio ? Pour qui que ce soit d'entre nous ? Dès le départ nous étions tous foutus !

— C'est le karma, intervint Lance.

— Pauvre Clara, dit Carlos d'une voix épuisée. Elle était la dernière pour qui j'aurais pu faire quelque chose. Mais elle a la vie devant elle – elle s'en est sortie. Dis-lui de ne pas regarder en arrière, de ne pas se joindre aux épouses de Loth que nous sommes. Après tout, dit-il avec un sourire triste, elle est américaine. Une position enviable. Tu comprends ? Je me fiche qu'elle aille ou non à l'enterrement de ma mère. Cela ne changera rien à rien. »

Peter se leva. Dans le silence, Carlos le regarda, le visage vide, les bras ballants. Peter attendit. Carlos sortit de l'ombre. « Comme je l'ai dit, je te suis reconnaissant. C'était une mission difficile. Et je t'en remercie.

— Bon, je vais y aller.

— Je leur téléphonerai demain matin. Et si nous déjeunions ensemble, un de ces jours ? Ça te dirait de voir Ed ? Il n'est pas tout le temps complètement soûl. Il faudrait que tu viennes jusqu'ici, Ed a peur de tous ces gens qu'on croise dans le centre. Il y a un petit restaurant italien tranquille, dans le coin. Je suis certain qu'Ed sera content de te voir. »

Peter hocha la tête. Tout en ouvrant la porte, Carlos ajouta : « N'oublie pas de me rappeler au bon souvenir de tes sœurs lorsque tu les verras. »

Arrivé en bas, Peter s'assit. Il entendit le verrou se refermer. Il était presque trois heures. Il pensa à Gina, assise elle aussi en bas d'un escalier. Il se sentit particulièrement seul. Ses sœurs étaient aussi proches l'une de l'autre que des époux, et elles lui souriaient du haut de la forteresse de leur attachement réciproque, en l'excluant, comme elles l'avaient toujours exclu. Mais s'il mourait maintenant dans ce hall, si cette douleur du bras gauche se transformait en crise cardiaque, ses sœurs veilleraient à ce qu'il ait un enterrement convenable. Et l'espace d'une seconde, se souvenant de leurs voix qui résonnaient dans une chambre, du bruit de leur course à travers la vieille maison quand elles sortaient pour aller jouer dehors, le laissant derrière elles, il se demanda comment il pouvait être si vieux. Comment avaient-ils pu vivre si longtemps ? La vie n'était-elle que cela ? Ce flétrissement, ce ramollissement, cet épuisement qui viennent avec le temps ?

Se retrouver dehors à cette heure de la nuit était dangereux. Il avait souvent fait le malin face à la peur. Comme tous ceux qu'il connaissait, il avait tendance à bluffer dès que la crainte s'emparait de lui. Une ruse de plus. Peut-être que Laura n'avait rien dit de la mort de sa mère, peut-être avait-elle gardé le silence afin de repousser le moment où elle-même devrait en prendre conscience. Ce devait être ça. Ed Hansen lui avait un jour raconté l'histoire d'un homme qui, après avoir été heurté par un train sur un passage à niveau, avait marché plus d'un kilomètre avant de s'écrouler, les os brisés.

Tout au long de ces années, Carlos et lui s'étaient laissé porter par le courant d'une amitié qui remontait au temps de leur jeunesse et qu'ils n'avaient jamais remise en cause. Mais pendant ce temps, Carlos avait jugé, observé, établi des bilans. Pourtant il se trompait. Peter n'avait jamais, avec Laura, souffert les affres de l'amour. Il s'agissait d'autre chose.

Sur Lexington Avenue, il trouva une cabine téléphonique, mais sans annuaire. Après deux appels aux renseignements, il réussit à obtenir l'adresse de Clara en en donnant une fausse. Elle habitait à une dizaine de pâtés de maisons. Il se mit en route vers le nord. Il ne réfléchissait pas à ce qu'il allait faire. Mais il pensait au risque qu'il avait pris en restant si longtemps dans la cabine téléphonique et à l'absence totale de peur qu'il avait ressentie. Qu'on le tue ! Pourtant, à peine avait-il donné son accord à d'éventuels assaillants qu'une terrible angoisse s'empara de lui. Comme si, d'un seul coup, tous ses nerfs avaient été tendus par l'impulsion galvanisante d'une force malfaisante. Il tremblait ; ses poings enfoncés dans les poches de son imperméable étaient moites ; ses paupières tressaillaient. Il se désintégrait lentement, envahi par une peur si élémentaire que son cerveau, habituellement bouillonnant de mots, devint un écran sur lequel l'ombre et la lumière avaient cessé de jouer.

Un réflexe purement physique le fit s'arrêter

devant une boutique et appuyer son front contre la vitre froide. Il haletait comme un chien. Petit à petit, il recommença à voir. Il aperçut, baigné de la pâle lueur d'un spot, un navire en modèle réduit. C'était une goélette, toutes voiles dehors. Sur le pont, de minuscules matelots vaquaient à leurs occupations. Il y en avait un dans les haubans arrière. Les haubans étaient en ficelle couleur lin, un ensemble complexe, net, parfait, qu'il aurait pu contempler indéfiniment, un travail habile, patient, une imitation de la réalité qui était en elle-même une création. Sa respiration redevint normale. Les images troubles qui lui traversaient l'esprit prirent forme, devinrent des ordres. Il allait dire à Clara que sa grand-mère était morte dans l'après-midi. Il ne savait pas ce qu'il ajouterait. Il verrait. Il reprit son chemin. Un couple en tenue de soirée vint à sa rencontre et le croisa. Il entrevit sur le manteau de fourrure de la femme une grosse broche blanche sur laquelle était écrit : « Merde au ménage ».

Il pensa à d'autres slogans, d'autres temps. Il vivait une époque de dégoût de soi et des autres, de détestation sentimentale, puérile, écœurante de la pensée qui conduisait directement à la solution du problème de la pègre proposée par le chauffeur de taxi et à son propre peloton d'exécution mental.

Il avait très froid. Une pluie fine continuait à tomber. Il avait eu ce que Violet appelait, et chassait immédiatement par ces mots, une crise d'angoisse. Mais cette extraordinaire terreur qui l'avait assailli avec tant de violence ne pouvait être exprimée par le jargon propitiatoire de la psychologie. Le fait de nommer perdait beaucoup de son pouvoir magique, quand la magie était à l'œuvre. Pourtant, tandis qu'il pataugeait, épuisé, vers l'appartement de Clara, il ressentit une espèce de bonheur, comme si la décision qui le conduisait vers elle avait à voir avec autre chose que la mort.

6

Clara

«Oui, c'est un chouette appartement. Le loyer est trop cher pour moi, mais quand j'ai vu cette immense pièce, je me suis dit que si j'habitais là, plus rien ne pourrait m'atteindre. Il y a une cuisine ridiculement petite là-bas. La chambre à coucher est juste assez grande pour un lit à deux places. Et la rue n'est pas mal. Tu as vu la petite maison d'à côté? On dit qu'elle a été construite par Stanford White. J'espère que le portier ne s'est pas montré trop désagréable. Il était grand reporter dans un journal qui a cessé de paraître quand il était déjà trop vieux pour retrouver ce qu'il appelle un travail décent. Il était assez pénible quand j'ai emménagé, méprisant même, parce que j'avais très peu de meubles. Mais ce n'était qu'une manœuvre pour que je m'intéresse à lui et comprenne qu'il n'était pas un portier comme les autres, qu'il avait été quelqu'un d'important, autrefois. Quand tu as sonné, je n'avais aucune idée que ce pouvait être toi. Donne-moi ton imper. Il pleut toujours aussi fort?

— Ça fait un moment que je suis dehors», dit Peter en lui tendant l'imper. Après lui avoir expliqué qu'il n'y avait qu'un seul petit placard chez elle, Clara alla le pendre dans la salle de bains.

C'était une pièce spacieuse, simple, propre. Très peu meublée, un divan recouvert de toile blanche, trois fauteuils en rotin, deux petites tables et une grande, recouverte de toile cirée vert vif. Il prit un livre posé sur le divan. *The Spirit of the Age*, de William Hazlitt. Il n'y en avait aucun autre dans la pièce, et aucun magazine. Deux dessins étaient accrochés côte à côte. L'un d'eux portait la signature d'Edward Hansen. On y voyait un groupe de maisons à toit plat au bord d'une plage. L'autre, non signé, représentait un arbre sans feuilles, aux branches épaisses et au tronc tordu comme celui d'un olivier.

« C'est un endroit où ils ont vécu pendant quelque temps, dit Clara quand elle revint dans le salon et le vit qui regardait les dessins. Je crois que c'était en Italie.

— L'arbre est très beau.

— Ça, c'est moi.

— Tu ne l'as pas signé.

— Non.

— Tu dessines beaucoup ?

— Non. Je l'ai fait de mémoire. C'était le seul qui ressemblait à ça, sur la plantation où j'ai vécu à Cuba avec ma grand-mère. Tous les autres ressemblaient à des girafes ou à des hérissons. En fait, il avait des feuilles, mais je n'ai pas réussi à me souvenir de leur forme.

— Tu devrais dessiner plus souvent. J'ai toujours rêvé de dessiner.

— Non. Je n'aime pas tellement ça, dit-elle en prenant un fauteuil. C'était juste un souvenir. »

Elle s'était changée, avait mis un pantalon et un pull gris, et des sandales d'été. Il remarqua qu'elle avait des pieds étroits, osseux et extrêmement propres, de la même propreté méticuleuse que la pièce où ils se trouvaient. Elle fixait sur lui un regard intense, mais il eut l'impression qu'elle n'en avait pas conscience, qu'elle cherchait seulement à ne pas avoir l'air étonnée de cette visite tardive.

« Tu aimes Hazlitt ? » demanda-t-il, et il s'assit sur le divan en se demandant jusqu'à quand il allait repousser le moment d'expliquer pourquoi il était là. Ce n'était pas seulement par politesse que la jeune femme ne lui posait pas de question. Il y avait dans son attitude quelque chose de volontaire, comme si elle avait décidé d'être calme à tout prix. Sans maquillage, elle semblait plus âgée que dans la chambre d'hôtel des Clapper et au restaurant. Il se sentit gêné. La décision angoissante qui l'avait amené chez elle lui parut déplacée, prise en fonction non des intérêts de la jeune femme, mais des siens seuls. En la revoyant, il comprit qu'il l'avait, dans ses pensées, considérée comme une enfant. Assise très droite, elle le contemplait d'un air grave. Elle était pâle, simple, comme le décor qu'elle avait choisi. Sa voix était différente du souvenir qu'il en avait. Comme il était étrange de penser que la présence de Laura puisse jouer sur les cordes vocales de quelqu'un d'autre. Pendant le dîner, Clara avait parlé dans un souffle, à toute vitesse, comme si elle avait été en fuite. Il l'écouta ; elle avait une voix tranquille, et légèrement sourde.

« Oui, ce n'est pas mal, répondit-elle. Je ne garde pas les livres. Je trouve tout ce dont j'ai besoin à la bibliothèque. Mes amis sont envahis de livres, et quand ils déménagent, ils les maudissent. Mais ils continuent d'en acheter.

— Tu ne lis pas de romans ? »

Elle sembla soudain impatiente. Il ajouta très vite : « Je suis heureux que tu n'aies pas été en train de dormir. J'avais peur de devoir te réveiller et j'ai été soulagé de…

— J'avais faim, dit-elle, j'allais me préparer un sandwich. Tu en veux un ? » Elle souriait, mal à l'aise. Il sentit qu'elle souffrait de son silence. Pourtant, il n'arrivait pas à dire ce qu'il devait lui dire.

« Non, non merci. Mais ne change rien pour moi… »

Le sourire de Clara disparut. Elle le regarda, elle attendait.

« Je ne sais pas comment commencer », dit-il. Pourquoi ne l'aidait-elle pas ? Ne pouvait-elle pas lui demander la raison de cette étrange visite ?

« Ce n'est pas très rassurant.

— C'est à propos de ta grand-mère. »

Elle regarda le dessin d'Ed Hansen, puis de nouveau Peter. Posa ses mains à plat sur ses genoux.

« Quelque chose est arrivé ? demanda-t-elle alors, d'une voix plus aiguë.

— Elle est morte cet après-midi. »

Elle se leva et marcha jusqu'à la longue table devant laquelle elle s'immobilisa, le dos tourné. Comme elle est mince, beaucoup trop mince, se dit-il. Elle se retourna lentement. Elle ne pleurait pas. Son visage semblait figé. Si elle se met à rire, il ne faut pas que j'aie l'air surpris, pensa-t-il encore. Il arrive parfois que les gens rient, en apprenant que quelqu'un est mort, il ne faut pas que je…

« Ma mère t'a envoyé me le dire ? »

C'était la question qu'il craignait, celle qu'il avait

préféré écarter en prétendant intérieurement qu'il devait simplement annoncer à Clara la mort de sa grand-mère. Il l'entendit la répéter, tandis qu'elle s'avançait vers lui, les mains serrées l'une contre l'autre. L'idée terrifiante qu'elle allait s'agenouiller devant lui et le supplier de répondre lui traversa l'esprit. Elle était maintenant tout près. À peine conscient de ce qu'il faisait, il tourna les pages du livre de Hazlitt. Un papier plié tomba sur ses genoux. Clara se pencha, le ramassa délicatement et le glissa dans la poche de son pantalon. Tout cela ne prit que quelques secondes.

« Non », répondit-il.

Elle se laissa tomber dans un fauteuil.

« Je ne comprends pas, dit-elle d'une voix tremblante.

— C'est-à-dire que… elle a dit que tu ne devais pas être prévenue. »

Le sang envahit le visage de Clara ; des plaques rouges se formèrent sur sa peau très blanche. Ses lèvres s'entrouvrirent. Il vit l'éclat d'une dent. Puis elle balaya du regard la pièce autour d'elle, tournant la tête rapidement, posant à peine les yeux sur tel ou tel objet. Mais elle ne le regarda pas. Elle semblait mal à l'aise, impuissante, comme si quelque chose de lourd lui était tombé dessus et la clouait au sol. Il ne savait pas quoi faire, comment lui expliquer, l'aider.

« Je comprends que tu sois bouleversée, dit-il en chuchotant presque, pour éviter de lui rappeler trop durement sa présence, face, non pas au chagrin, mais à l'humiliation qu'elle ressentait, il le comprit alors.

— Je ne suis pas bouleversée, dit-elle. Elle était

vieille et triste. Qu'aurait-elle pu faire d'autre, dans cet horrible endroit ? Et ça ne m'étonne pas que Laura… » Mais elle s'arrêta.

C'était beaucoup plus douloureux qu'il ne l'avait imaginé. Se sentant obligé de dire quelque chose, il répéta faiblement « que Laura… », comme s'il n'avait pas d'autres mots à lui offrir pour qu'elle puisse continuer.

« Ce n'est pas vrai », dit-elle. Elle remonta ses jambes et croisa les bras. « Je ne m'attendais pas du tout à ça – comment aurait-on pu… comment aurais-je pu m'attendre à ce que Laura ne veuille pas me le dire ? C'est tout à fait moi, cette façon de ne pas vouloir sembler surprise. »

Elle le regarda avec une expression irritée, furieuse. « Et d'ailleurs je m'en fiche, ajouta-t-elle. Je suppose que si Laura arrivait ici en pointant sur moi un pistolet, je lui demanderais si elle veut boire quelque chose avant de tirer. »

Il dit : « Je ne sais pas à quoi Laura pensait. Peut-être était-elle simplement trop perturbée pour savoir ce qu'elle disait.

— Laura sait toujours ce qu'elle fait et ce qu'elle dit, répondit-elle d'un ton véhément. Contrairement à ce qui se passe pour la plupart d'entre nous, sa conscience ne la gêne guère. Elle se fiche de savoir pourquoi elle agit comme elle agit. As-tu jamais rencontré quelqu'un d'autre pour qui la cause et l'effet sont une seule et même chose ? Elle a toujours adoré les efforts que je déployais pour justifier ses actions. »

Elle avait parlé sans emphase, mais d'un ton impitoyable, et il s'aperçut qu'à cet instant la voix de Clara ressemblait étonnamment à celle de Laura.

«Elle devait être terriblement angoissée... la mort d'un père ou d'une mère... commença-t-il.

— Laisse tomber! dit-elle durement. Je sais tout cela! Tu n'as rien d'autre à me dire?

— À propos de Laura... » proposa-t-il, mais elle secoua la tête et il se tut, la regarda, inquiet. Il avait pensé ne vouloir faire que son devoir, il avait cru faire ce qu'il fallait. Mais sans tenir compte d'elle.

Elle se pencha vers lui. «Est-ce parce que je ne suis presque jamais allée voir Alma? Est-ce qu'elle se venge? Laura croit en la vengeance – si croire est le mot qui convient. Je ne te demande qu'une chose : explique-moi, raconte-moi! l'implora-t-elle. Pourquoi ne devais-je pas savoir? S'il te plaît. Je n'ai pas besoin de vérités universelles. Le problème n'est pas là. Ma grand-mère est morte seule. Est-ce que tu lui aurais chuchoté à l'oreille que nous mourons tous un jour? Écoute-moi! » Elle s'arrêta, regarda ses doigts crispés. «C'est la différence qui est difficile – la vie qui est difficile.

— Je sais, dit-il.

— Comment te sentirais-tu? Si c'était toi? Si on te tenait à l'écart?

— Je ne sais pas, répondit-il.

— Non, tu ne sais pas, reconnut-elle.

— Mais je peux imaginer, ajouta-t-il immédiatement.

— Pourquoi ai-je tellement honte? s'écria-t-elle. Pourquoi cette honte terrible?

— Je suis désolé, vraiment. Je déteste Laura d'avoir dit ça.

— Toi? demanda-t-elle. Tu détestes Laura? »

Il faisait froid. Peter frissonna, puis il jeta un coup d'œil à sa montre. Il n'était pas resté éveillé aussi tard depuis des années. Clara allumait une cigarette.

« Encore une fois, je peux imaginer ce que tu ressens, dit-il. Cela n'a-t-il donc aucun sens pour toi ?

— Du sens ? demanda-t-elle.

— Peut-être est-elle jalouse de toi, dit-il. Sa mère t'a élevée. J'ai cru comprendre que tu étais la seule personne dont quiconque ait jamais pris soin dans cette famille.

— Jalouse ? Tu crois ?

— Je ne sais pas. »

Clara sembla soudain plus calme, comme installée dans l'angoisse.

« Et même s'il s'agit de jalousie, qu'est-ce que ça change ? demanda-t-elle d'un ton las. Laura est une vraie terroriste. Elle ne vit pleinement que lorsque les bombes qu'elle lance explosent. Une façon de s'accomplir que je ne comprends pas.

— Pourquoi continues-tu à la voir ?

— Je ne sais pas comment y échapper.

— Mais ce n'est jamais elle qui fait le premier pas ?

— Si, ça la prend de temps en temps.

— Il suffirait de ne pas y aller. Rien ne t'y oblige.

— Si ce n'était qu'une question de volonté…

— Ça pourrait le devenir.

— Je n'y suis jamais arrivée. Mais après ça, ce sera peut-être plus facile.

— Je connais ta mère depuis longtemps, dit-il. Je sais au plus profond de moi qu'elle était désespérée, ce soir.

— Je ne prétends pas qu'elle n'a rien ressenti.

235

Mais Seigneur! Elle est froide comme la mort, à moitié née. Elle ne sait pas vraiment que les autres sont vivants. Le monde n'est qu'une extension d'elle-même, une bulle qu'elle gonfle d'air – et ce qu'elle déteste dans le monde, c'est ce qu'elle déteste en elle. Les Juifs, tu sais ce qu'elle dit des Juifs? Et pourtant nos ancêtres hébreux n'ont pas été inventés par Ed. Elle n'est jamais à l'extérieur de quoi que ce soit. Tu ne l'as pas remarqué, ce soir au restaurant, quand elle te taquinait à propos de ton travail? Et quand elle parlait du laisser-aller de Carlos? Dans son esprit, les choses n'existent que pour elle, ou contre elle.

— Je comprends pourquoi tu ressens cela, dit-il.

— Pourquoi je ressens cela! s'exclama-t-elle. Je parle de toi! Ne peux-tu donc rien me dire à propos de ce qu'elle a fait? Tu ne comprends pas? Je ne sais même pas si elle n'a pas raison! Mais que le diable l'emporte! C'est moi qui ai vécu avec sa mère. Oh mon Dieu! J'en ai marre de penser à elle. Depuis que je suis née, elle hante mes pensées.

— Et ta grand-mère, dans tout ça?» demanda-t-il.

Elle resta un long moment sans répondre, assise, fumant les yeux fermés. Puis elle écrasa sa cigarette dans un cendrier sur la table à côté du fauteuil.

«Je n'en sais pas plus, dit-elle enfin. J'ai peur. Quant au chagrin…» Elle le regarda un instant fixement. «Petite, je détestais Alma, continua-t-elle. Je ne sais pas pourquoi. Elle n'a jamais été dure envers moi. Nous étions comme deux naufragées sur un bateau de sauvetage. Constamment sur le point de ne plus avoir de quoi manger. En tout cas, c'est ce que je ressentais. J'ai toujours su que rien n'est jamais acquis. Elle était tellement soumise, et cependant elle réussissait à obliger ses deux fils à venir déjeuner tous les dimanches. C'était horrible, un vrai carnage, Carlos roulait des yeux comme un martyr à qui on brûle les pieds, Eugenio exsudait une rage empoisonnée, tandis qu'elle prétendait rire et entretenir une véritable conversation. Ma grand-mère faisait la loi, elle se servait de son malheur pour les tyranniser. Personne ne semblait capable d'arrêter ça, de changer le cours des choses.

— Tu devais être complètement perdue.

— Non, pas du tout, dit-elle. Je ne connaissais rien d'autre. C'était ma vie. Je n'y réfléchissais pas.

— Elle t'aimait beaucoup, d'après ce qu'on m'a dit.

— D'après ce qu'on t'a dit, bien sûr, répondit-elle assez durement.

— C'est pourtant vrai, non?

— Oui, probablement. Mais je détestais ce que je ressentais en sa présence. J'avais l'impression qu'elle était autour de moi comme un brouillard. Quand elle me demandait de l'embrasser, je retenais ma respiration et j'effleurais son visage, les lèvres serrées. Un jour, je lui ai dit qu'elle sentait mauvais. Elle a eu un petit rire désolé. Je savais que c'était cruel, et j'en ai ressenti un certain plaisir. Elle aurait pu me gifler… mais je ne l'ai jamais vue en colère. Ses larmes se mettaient toujours à couler avant. Seulement voilà, je n'avais qu'elle et elle n'avait que moi. Une autre fois, elle est venue dans mon école, à une réunion de parents. Elle marchait comme une infirme, ses pieds la faisaient tellement souffrir qu'elle perdait l'équilibre, et elle était totalement différente des autres, avec ses vêtements en loques et sa coiffure qui se défaisait petit à petit. Je me retournais continuellement pour voir si ses cheveux étaient tous retombés sur ses épaules. Et puis il y avait son accent, mais tu l'as rencontrée, non ? L'accent délibéré d'un comique de théâtre italien. Elle me souriait du fond de la classe comme si sa présence en ce lieu, comme si le lien qui nous unissait n'avait rien eu d'étrange. J'étais horriblement gênée, comme toujours à cette époque de ma vie.

— Toujours ? demanda Peter.

— Tout à l'heure tu as parlé de volonté, répondit tristement Clara. Quand j'ai grandi, si j'ai exercé ma volonté, ç'a été avant tout pour me débarrasser de cette honte. Oh, je savais que ce n'était pas bien, que c'était humainement injuste. Et j'ai continué d'aller la voir tant qu'elle est restée dans l'appartement. Je lui apportais des cadeaux. Mais j'ai toujours ressenti une certaine aversion, quelque chose qui me tenait à distance, et elle, elle voulait tout de moi, pas seulement des cadeaux. J'y allais portée par un vague sens du devoir, puis, avec la maison de retraite, ce courant s'est tari d'un seul coup. Elle était comme une chambre fermée dont je me serais échappée. Et pendant tout ce temps je me suis sentie moche, ingrate, parce que je savais ce que j'aurais dû ressentir.

— Mais bon sang, qu'est-ce que Laura et Ed ont fait de toi, au tout début ? » demanda-t-il. Il avait pris sa voix d'éditeur, avait laissé traîner les mots comme il le faisait parfois en réunion lorsqu'un auteur un peu trop sûr de lui l'obligeait à se montrer ridiculement circonspect.

Elle remarqua l'intonation et lui lança un coup d'œil ironique.

« Eh bien… Je suis née, et ils m'ont mise dans les bras d'Alma, dit-elle.

— Donc, c'est elle qui t'a élevée. C'est comme ça, et tu n'y changeras rien, répondit-il en souhaitant intérieurement qu'elle dise ce qu'il voulait lui faire dire, qu'elle irait à l'enterrement, ce qui justifierait son intervention et le dégagerait de l'obligation qu'il avait de l'écouter.

— Je sais ! explosa-t-elle. Seigneur ! Si je sais qu'elle m'a élevée ? Qui d'autre y avait-il pour moi ?

— Tu aurais pu être confiée à des étrangers.

— Personne ne m'était aussi étranger qu'elle, dit-elle.

— Et elle t'a emmenée à Cuba… ce qui, apparemment, ne lui a pas été facile, d'après ce que je sais. C'était quand même quelque chose, non ?

— Où veux-tu en venir ? Qu'est-ce que tu cherches ? demanda-t-elle alors.

— Tu t'arranges drôlement bien avec ta conscience. Tu ne sais pas ce qui se serait passé… avec d'autres.

— Je ne prétends pas le savoir. Ce que je sais, c'est ce qui s'est passé avec elle.

— Je ne suis pas au courant de grand-chose, mais j'ai l'impression que sa vie fut une longue suite de déceptions. J'ai vu Eugenio, ce soir. Je suis allé lui annoncer…

— Eugenio ! s'exclama-t-elle. Cette espèce de fou !

— Il m'a raconté que ta grand-mère avait essayé de vendre des broderies pendant la Dépression.

La vie a toujours été dure pour elle. Elle s'est retrouvée seule avec trois enfants. Il m'a aussi parlé de lui – m'a dit qu'il avait vécu comme un mendiant, un parasite...

— Mais tu ne comprends donc pas ? l'interrompit-elle. Tu ne vois pas que je sais tout ça ? Que je l'ai vécu ? »

Furieux, il répondit : « Tu n'as pas vécu ce qu'elle a vécu, elle. On dirait que tu es incapable de reconnaître qu'elle a été là pour toi, qu'elle t'a protégée. »

Elle fit comme s'il n'avait rien dit, se mit à parler de Cuba : « Je ne la voyais pratiquement jamais, là-bas, peut-être une ou deux fois par mois. Elle obéissait au doigt et à l'œil à cette vieille sorcière de Gonzaga – c'était déjà elle qui avait arrangé son mariage avec Maldonada – qui est devenue complètement folle à la fin de sa vie. Oh oui, je me souviens ! Nous avons quitté cet appartement sordide, pour prendre la ligne de Myrtle Avenue avec nos bagages, et une heure plus tard nous sommes montées dans le train privé de Gonzaga, où les domestiques s'affairaient comme des abeilles. Un train privé ! Et la plantation était comme un village féodal dont les habitants se courbaient sur le passage de la vieille. Je dormais dans l'aile réservée aux servantes. Je l'entendais sonner jour et nuit pour les appeler. Il y avait l'odeur de la canne à sucre, sombre, lourde, des kilomètres de champs couverts de plants qui mesuraient plus de six mètres de haut tout autour des cahutes du village, construites sur des pilotis entre lesquels cochons et poules grognaient et caquetaient. Un parfum de pourriture tropicale régnait partout, sauf dans la grande maison, que les domestiques briquaient du sol au plafond. Ce qui n'empêchait pas les chiens errants de courir parmi les pamplemoussiers, les oreilles pleines de tiques gonflées comme des raisins, et jusque dans le jardin particulier de Gonzaga où un valet la promenait en fauteuil roulant l'après-midi, quand elle ne divaguait pas... Les domestiques me donnaient des chiffons trempés dans l'alcool pour soûler les singes de Gonzaga. Ils étaient enfermés dans des cages, à côté des oiseaux tropicaux. Les servantes me laissaient entrer dans leurs chambres, mais elles ne me touchaient pas. Et j'avais une autre vie, dont personne ne se doutait. » Elle sourit à ce souvenir. « J'avais trouvé comment sortir du jardin. Et rencontré la maîtresse d'école, Maria Garcia... L'après-midi, elle me donnait un bain avec ses enfants, dans un baquet de métal posé sur le sol de la cuisine, puis elle enroulait mes cheveux raides avec des papillotes de papier brun pour les boucler, et ensuite, elle nous emmenait faire le *paseo*, la promenade. Quand je rentrais, personne ne me demandait d'où je venais. Je pense que personne ne remarquait mon absence.

— C'étaient de bons moments, non ? » demanda-t-il.

Elle ignora sa question. Dit : « Gonzaga était riche, comme on l'était autrefois. La famille Gonzaga avait fait preuve d'une grande intelligence – alors que beaucoup d'autres avaient perdu leurs propriétés après la guerre avec les États-Unis, Gonzaga avait transigé, marchandé, accepté des compromis, et payé. Une nuit, effrayée par une troupe de pintades qui criaient sous ma fenêtre, j'ai couru dans le couloir jusqu'à la partie centrale de la maison. Je n'étais pas censée y aller, mais je n'avais osé réveiller aucune des servantes. Je me suis arrêtée devant un groupe de musiciens, qui, j'imagine, prenaient une pause après avoir joué dans le grand salon. Ils me tournaient le dos, avec à la main des cigares dont la fumée s'élevait comme un écran. Gonzaga les avait fait venir de La Havane. Elle avait son médecin particulier, qui vivait chez elle, son prêtre, son train et un yacht toujours prêt à lever l'ancre, mais sa santé défaillante l'empêchait de l'utiliser. Tu vois ce que je veux dire ? Ce genre de richesse.

— Ta grand-mère n'a pas eu le choix, dit-il. Elle a fait ce qu'elle pouvait.

— Je n'accuse personne.

— Tu pensais que c'était plus facile pour les autres ?

— Oui, je l'ai pensé, répondit-elle d'un ton ironique.

— Cette idée du bonheur, de ce qu'il est, croire qu'il nous est dû, tout ça est dangereux.

— Je suppose, dit-elle. Pourtant je voudrais… » Mais elle s'arrêta, et sembla attendre qu'il lui dise ce qu'elle voulait.

« Peut-être étais-tu plus attachée à ta grand-mère que tu le croyais », dit-il.

Elle éclata d'un rire moqueur. « Je ne pensais pas que tu étais aussi naïf, dit-elle.

— C'est toi qui l'es ! rétorqua-t-il, vexé.

— Voilà, maintenant tu es fâché, dit-elle. Mais peut-être as-tu raison. Peut-être aurais-je voulu pouvoir l'aimer. Cependant je ne l'aimais pas. C'était Carlos que j'aimais. Il est adorable, tu sais, vraiment adorable. Je rêvais de m'enfuir avec lui. Je savais qu'il ne m'emmènerait jamais là où il allait. Je savais qu'il ne pouvait pas faire grand-chose pour qui que ce soit. Mais, contrairement aux autres, il n'y avait en lui aucune amertume. Je suppose que ma grand-mère était gentille, elle aussi, quand elle était jeune, avant que tout cela commence, ce long voyage vers Cuba, cet homme qu'elle n'avait jamais vu et qu'elle devait épouser. Elle n'avait que seize ans, tu sais. Et lui trente-huit. Mais, oui… Je me souviens que parfois elle n'était pas servile ni plaintive, elle s'amusait, elle était contente de rire. Elle imitait très bien les gens. Surtout Eugenio. Il faut avoir une certaine dureté de cœur pour bien imiter les autres. Quand elle était comme ça, notre vie ensemble me semblait plus légère. Mais il y avait un autre versant de sa personnalité, un côté très morbide. Elle me racontait des histoires horribles de mains coupées et cachées dans un lit, des histoires de mauvais sort qui provoquait la maladie, la mort. Le vaudou cubain. »

Peter se sentait à bout de forces, il ne savait même plus s'il avait eu raison de venir. Il dit : « Je n'ai pas veillé aussi tard depuis au moins dix ans.

— Je vais sonner et demander à l'ancien grand reporter de te trouver un taxi, dit-elle. Je t'ai retenu trop longtemps.

— Tu n'y es pour rien, répondit-il. Mais attends, attends une minute. »

Elle l'observa, sur la défensive. Il pensa, je peux m'en aller maintenant, mais dit : « Je crois que tu devrais assister à l'enterrement.

— Non ! s'écria-t-elle. Non ! Pas question !

— Tu vas donner raison à Laura ?

— Je me fous de Laura. Je n'irai pas. Et ne m'explique pas à quoi servent les enterrements. Je le sais. Mais là, c'est différent.

— Ça n'a rien de différent. Il y a une mort, celle de ta grand-mère. Tu n'as pas le droit de rester à l'écart.

— Le droit n'a rien à faire là-dedans. Je ne crois pas à ce genre d'obligations. Et toi, qui t'a donné le droit de me dire ce que je dois faire ?

— Personne. Mais je ne te dis pas de le faire, je te le demande.

— J'ai quelque chose de prévu, demain. Enfin, aujourd'hui. Le jour va bientôt se lever. Quelque chose d'important. »

Elle semblait calme, indifférente. Elle refusait le problème. Glacé par tant d'insensibilité, il la trouva antipathique. Elle voulait fuir, eh bien qu'elle fuie ! Il n'y pouvait rien, ce n'était pas son histoire. Laura allait lui téléphoner dans quelques jours. Tout reprendrait comme avant. Il s'était suffisamment frotté aux piquants des Maldonada. Eugenio à lui seul aurait suffi.

Clara était retombée dans le silence. Il s'imagina soudain en train d'écraser les pieds nus de la jeune femme sous la semelle de sa chaussure. C'était une fille coriace. Elle composait son visage, jouait l'indifférente.

« Et peut-on savoir ce qui est si important ? » demanda-t-il d'une voix où la colère grondait.

Elle se redressa vivement. Elle semblait ébahie.

« Et ne me dis pas que ça ne me regarde pas, ajouta-t-il. Tu vas laisser ça continuer longtemps, avec Laura ? Tu vas la laisser toujours décider de tout ? Arrête ! Défends-toi !

— Je n'irai pas non plus à l'enterrement de Laura », dit-elle bêtement. Elle regarda ses genoux, les yeux à demi clos. Il s'effondra contre le mur. Il avait envie de rentrer chez lui, de dormir, de retrouver le silence de sa vie habituelle, de savoir chaque chose à sa place.

« Je vais t'expliquer, dit-elle, hésitante.

— Ça m'est égal.

— Je dois passer la journée... avec un homme. Nous n'avons encore jamais eu l'occasion de rester ensemble plus de quelques heures. Et ça n'arrivera peut-être plus jamais.

— Le mari de quelqu'un ? »

Elle eut un rire méprisant. « Pour l'amour de Dieu ! Pas ça ! Tu ne vas pas me faire la morale...

— Il ne s'agit pas de morale, répondit-il. C'était une conclusion, ou une observation, comme tu voudras. Et de toute façon, ça n'explique pas grand-chose.

— Probablement pas », reconnut-elle. Elle posa sur lui un regard candide. « Ça me plaisait bien, j'aimais l'idée qu'il soit obligé de prévoir, de saisir l'occasion qui se présentait, de tout organiser, tout ça pour rester plus longtemps avec moi.

— Et toi ?

— J'aime son plaisir.

— C'est tout ?

— Cela ne suffit pas ?

— Je ne sais pas.

— Mais comment pourrais-je y aller, si elle ne veut pas que je sois là ?

— En trouvant où l'enterrement a lieu et comment y aller, puis tu n'auras qu'à t'habiller et te mettre en chemin.

— Je ne pourrai pas », dit-elle, puis elle se leva et se mit à arpenter la pièce. « Il fait un peu froid, non ? Ils ne chauffent plus assez en cette saison. Le printemps arrive. » Elle s'arrêta près de la fenêtre et regarda dehors. « Il n'y a personne. C'est rare que la rue soit aussi vide.

— Je t'emmènerai », dit-il. Son cœur se mit à battre à coups redoublés, il savait pourtant depuis le début qu'il finirait par le lui proposer. « J'ai une voiture. Je me renseignerai demain matin et je passerai te prendre.

— Je n'en ai rien à foutre qu'elle soit morte ! dit-elle en se retournant vers lui. Rien à foutre !

— Et moi non plus, dit-il. Mais tu viendras, si je t'emmène ?

— Vas-y tout seul ! » répondit-elle sèchement. Puis, avec un sourire malicieux, elle ajouta : « Pense au plaisir que cela ferait à Laura ! C'est ce que tu aimes, non, lui faire plaisir ? Cris de mouette et histoires drôles ? »

Bien que blessé, il eut envie de rire. Une envie aussi puissante qu'un éternuement. Comme Carlos, Clara l'accusait de se montrer servile face à Laura. Ils ne faisaient qu'agiter leurs propres chaînes. Il se mit à rire. Sans savoir pourquoi, il venait de se rappeler comment sa sœur Kitty – elle devait avoir alors presque dix-neuf ans – avait un jour soulevé le plateau du précieux service à thé de sa mère et l'avait jeté par terre, où tasses, soucoupes et pots s'étaient tous brisés.

« Qu'y a-t-il de si drôle ? » entendit-il dire Clara, qui lui demanda ensuite d'une voix inquiète : « Ça va, Peter ?

— Très bien, oui, répondit-il entre deux hoquets.

Je me suis rappelé quelque chose… que je n'ai pas trouvé particulièrement drôle sur le moment mais… un truc que ma sœur a fait un jour. Un matin, elle a réduit en miettes les porcelaines de Spode de notre mère. C'est la seule fois où je l'ai vue perdre tout contrôle sur elle-même. Ma mère gardait son service à thé sur un plateau dans la salle à manger. Pour que les gens l'admirent. Nous ne l'utilisions jamais. Le buffet était bancal et nous devions toujours marcher sur la pointe des pieds. "Attention à mon Spode !" criait ma mère dès que nous entrions. Mais pour rien au monde elle ne l'aurait mis ailleurs. Elle le contemplait pendant des heures… » Il s'interrompit et le rire le reprit, redoublé par l'incompréhension qu'il lisait sur le visage de Clara. « Elle le regardait… oui, c'est ça, elle le regardait avec un incroyable entêtement. » Il se racla la gorge, émit un petit hennissement. « J'ai eu l'impression que le sol s'ouvrait sous moi – que tout allait changer. Rien n'a changé. Et maintenant je trouve ça comique.

— Je suis désolée, je n'aurais pas dû dire ça… à propos de Laura et toi. »

Une nouvelle vague de rire le submergea. Ils essayèrent tous deux de l'ignorer, comme devant un rot qui lui aurait échappé. Puis il dit : « Non, ce que tu as dit est vrai. Tu peux même le répéter, tu peux dire tout ce que tu veux. Mais ce qui est important, ce n'est pas la façon dont Alma s'est occupée de toi. C'est qu'elle l'a fait.

— Tu ne peux pas savoir ce que ça a été, dit-elle.

— Je peux imaginer, répondit-il. Il n'y a pas de solution. Ma mère était une excellente femme au foyer. Elle veillait à ce que nous ne manquions de rien. Mais elle empoisonnait notre vie. Elle semait la zizanie entre nous. Déjà quand nous étions petits, elle répétait à chacun ce que les deux autres disaient. C'était une sorte de chuchotement dévastateur qui emplissait la maison. Elle semblait se nourrir de ces ragots. Le soir, quand elle venait me border, elle me disait : "Martha dit que tu te conduis très mal en cours d'éducation civique – c'est ton copain de la ferme, Robert, qui le lui a répété. Tu ne crois pas que tu devrais arrêter ça ?" Et plus tard : "Kitty m'a raconté que tu avais fait venir des gens ici, pendant que j'étais à Trenton, hier, et que vous parliez poésie d'un air important ! Alors comme ça, tu attends que ta paysanne de mère s'en aille pour inviter tes amis ?" Elle comprenait toujours pourquoi on m'avait tapé dessus dans la cour de récréation, ou pourquoi les professeurs me trouvaient trop passif. Elle comprenait tout le monde sauf elle. Et même alors, je savais qu'il n'y avait pas d'intelligence à l'œuvre, ni de sentiment, mais uniquement un esprit de vindicte, car j'étais à elle, et rien qu'à elle. Et je ne peux pas dire qu'elle n'en faisait pas autant avec mes sœurs. Cependant il y avait entre elles une solidarité qui m'excluait. Quand j'entrais dans une pièce où elles étaient en train de bavarder toutes les trois et qu'elles se taisaient, je me sentais étrange et énorme, trop grand pour repasser de l'autre côté de la porte. Elle ne pouvait pourtant jamais me critiquer ouvertement : "Nous sommes, toi et moi, tellement auto-destructeurs, Petey", disait-elle. Évidemment, je savais qu'elle ne voulait parler que de moi. Lorsque Kitty s'est mariée, ma mère, qui allait mourir un an plus tard, répétait constamment : "Il n'y a rien à attendre des hommes, ils ne sont jamais là quand on a besoin d'eux, jamais." Ce mariage n'a pas duré longtemps, mais ce ne fut pas entièrement la faute de ma mère. Et quand parfois, quoique rarement, je me révoltais furieux contre l'une de ses attaques perverses, elle courait vers mes sœurs en criant : "Oh, regardez, je lui ai fait de la peine ! Il est anormalement sensible ! Je me sens horriblement coupable !" Quand elle est morte… » Il hésita. Clara se pencha vers lui, le regarda fixement. « Quand elle a fini par mourir, j'étais content, c'était comme une douleur qui s'arrête. Mais ça m'a aussi rendu fou quelque temps.

— Tu ne l'aimais pas ?

— Aimer ! s'exclama-t-il. Il n'y a pas que de l'amour dans l'amour.

— Quoi d'autre, alors ?

— Eh bien… de la pensée.

— Et ton père dans tout ça ?

— David Clarey Rice, dit-il comme il aurait énoncé son propre nom. Mon père… *Notre pater-familias déprimé*, comme l'appelait ma mère. Tu te souviens de cet oncle dont je t'ai parlé tout à l'heure, celui avec qui j'ai fait le flan, eh bien c'était le frère de mon père, un homme simple, comme lui, pas ennuyeux, mais sans complication. Mon père ne parlait jamais beaucoup de lui-même. Avec le temps, aidé par ma propre vie, je les ai compris tous les deux petit à petit. Je crois qu'elle était folle d'inquiétude. Et lui, il était déçu. Seulement, les mots de la déception lui manquaient, il ne savait pas l'exprimer. C'était un homme bon, mais sans caractère, comme si tout avait été effacé en lui, y compris les pulsions les plus ordinaires. Il n'arrivait même pas à se montrer irrité. Il était comme un abri où se réfugier pendant l'orage. Un lieu de silence.

— Tu étais souvent en colère ?

— Non. Pas du tout. Il y avait de l'affection… ou quelque chose qui y ressemblait.

— Mais tu t'en es sorti, dit-elle, pensant de toute évidence à elle. Et cela ne représente plus grand-chose pour toi.

— On ne s'en sort jamais.

— Je sais que c'est mon problème, dit-elle avec une certaine humilité. Je ne vois jamais les choses de façon simple. Je n'arrive pas à être simple. »

Il rit : « Toi, tu as ce problème…

— Je ne sais pas où tu veux en venir, répondit-elle furieuse. Ce n'est pas seulement que… que tout cela ne te regarde pas. Tu déboules ici au milieu de la nuit, exsudant la morale par tous les pores, sans sembler avoir la moindre idée de ce que tu piétines, de la douleur que tu infliges. Tu crois que je vais faire ce que tu me dis de faire ? Ce que qui que ce soit me dit de faire ?

— Quand c'est Laura…

— Non, même pas Laura ! s'exclama-t-elle rageusement. Je suis arrivée quand tout était fini – parce qu'à ce moment-là Ed Hansen y tenait. Sans lui, la lignée des Maldonada se serait éteinte. Ils ressemblent tous les trois à des dinosaures qui tombent dans une cuve de goudron, et se débattent…

— Quand ils étaient jeunes… commença-t-il, mais elle ne le laissa pas l'interrompre.

— Ne me dis pas qu'ils étaient différents ! Non, ils étaient jeunes, c'est tout.

— Tu es trop bête ! s'écria-t-il. Il n'est pas indispensable de se casser la gueule comme moi... de découvrir trop tard qu'on ne peut compter que sur soi ! »

Elle sourit, comme si elle l'avait pris sur le fait.

« Et si on parlait de toi, demanda-t-elle d'un ton triomphant. De toi et de Laura ? Pourquoi est-ce que tu insistes tant ? Qu'est-ce que tu attends de moi ? Tu aurais pu les laisser avec leur morte. Si cela te choquait tellement, tu aurais pu refuser, quand elle t'a dit de ne pas me prévenir. Tu n'es qu'un lâche ! » Sa voix devenait plus aiguë, lapidaire.

« Je veux que tu... commença-t-il en levant les mains comme pour protéger son visage des mots-pierres qu'elle lui lançait, je veux que tu arrêtes ça, que tu brises la fatalité, que tu te tiennes debout devant cette tombe !

— Pour qui, pour moi ? s'écria-t-elle. Pour mon bien ? Non, pour toi ! Pour ton propre bien, n'est-ce pas ?

— Oui, pour tout ça.

— Pauvre imbécile !

— D'accord.

— Ça se passe entre toi et cette hors-la-loi ! Ça n'a rien à voir avec moi !

— Oui, dit-il, reconnaissant sa défaite, c'est peut-être entre Laura et moi. Oui, c'est une hors-la-loi. Voilà pourquoi je l'aime, pourquoi je me suis accroché à elle pendant toutes ces années.

— Alors va-t'en ! Laisse-moi hors de tout ça ! ordonna-t-elle.

— Non, je ne peux pas, dit-il. C'est à cause de toi, que je suis ici. » Il se sentait hébété. Ses mâchoires lui faisaient mal. À peine audible, il ajouta : « Tu dois y aller et ne pas tenir compte d'elle.

— Débrouille-toi seul avec tes fantômes », lui lança-t-elle.

Il poussa les essais de Hazlitt par terre, s'allongea de tout son long sur le divan, ferma les yeux. Dit : « N'y va pas. Attends que quelqu'un te convainque de quelque chose, n'importe quoi. C'est ce que tu espères, non ? Je m'en fous complètement, moi aussi. Je suis trop épuisé pour te regarder, pour contempler ton visage vide. Laisse tomber ! » Il ouvrit les yeux. Elle n'était plus là.

La fatigue lui parut une bénédiction. Il se savait incapable de se lever, et il était heureux de le savoir. Il lui suffisait de tourner la tête vers le mur, loin de la lumière, et il s'endormirait. Puis il entendit un tintement de porcelaine.

« Tiens », dit Clara. Elle portait d'une main un plateau avec une tasse de thé, une tranche de citron, quelques morceaux de sucre, un toast. Elle tira une petite table près du divan. « Il est complètement froid, comme un vrai toast anglais », dit-elle.

Elle sortit et revint immédiatement avec une couverture et un oreiller.

« On dort bien, sur ce divan.

— Tu aimes vraiment Hazlitt ? demanda-t-il.

— Pas tellement. Mais ça me calme, l'ennui me calme.

— C'est vrai qu'il n'y a rien de mieux qu'un thé pour se réconforter, dit-il.

— J'ai mis le réveil à huit heures, continua-t-elle. Avec un peu de chance, nous allons réussir à dormir. Ensuite tu pourras les appeler à l'hôtel. Tu le lui diras ? Que tu m'as prévenue ?

— Non, répondit-il. Ça ne servirait à rien… tu y seras, c'est tout. »

Elle étendit la couverture sur lui et attendit qu'il ait reposé la tasse pour glisser l'oreiller sous sa tête.

« Tu veux que je t'enlève tes lunettes ? » demanda-t-elle.

Il aima sentir sur lui le poids de la couverture. « Je crois que je vais embrasser ce plaid », dit-il. Elle lui enleva ses lunettes doucement, les posa sur la table.

« Tu viendras avec moi ? demanda-t-elle.

— Oui », répondit-il, et ses yeux se fermèrent.

7

L'enterrement

Quand Peter monta l'escalier, Violet était sur le palier du premier étage, où elle époussetait les plinthes. Elle se redressa vers lui et s'immobilisa, tenant le plumeau en l'air comme un bouquet de fleurs. Il s'arrêta. Leurs regards se croisèrent. Elle eut une expression charitable et suffisante. Elle l'avait jaugé d'un coup d'œil naïf et était certaine de la vérité de ce qu'elle avait vu. Il avait – c'était étonnant – passé la nuit avec une femme. Mais il aperçut dans son sourire la trace d'un effort. Il se dit qu'elle avait dû, à moitié inconsciemment, guetter ce matin-là en vain le bruit de sa présence à l'étage supérieur. La colère ne faisait pas partie des émotions qu'elle s'autorisait. Il resta immobile, tandis que lui apparaissait, comme celui d'une pomme coupée en deux, le cœur même de leur relation. Violet, gentille, contente d'elle, jalouse ; lui, reconnaissant cette jalousie, légèrement flatté, sachant qu'elle préférerait mourir que d'admettre un tel sentiment. Assise sur son radeau de cure-dents, Violet proclamait que l'étendue infinie sur laquelle elle voguait n'était qu'un minuscule ruisseau.

« Ah-ah, te voilà ! » lança-t-elle d'une voix forte.

Mais il comprit immédiatement qu'elle regrettait ses mots. Très vite, elle demanda : « Il pleut toujours autant ? Roger a refusé de mettre son imperméable pour aller à l'école. Ah… ces enfants ! Je suppose qu'ils ont besoin de se révolter.

— Bonjour, Violet. Oui, il pleut toujours, mais le vent s'est levé. Il va peut-être finir par chasser les nuages.

— Tu sembles avoir besoin d'une bonne tasse de café.

— Besoin, oui, mais pas le temps », répondit-il.

Elle tirait distraitement sur les plumes du plumeau. Il vit qu'elle avait très envie de lui demander d'où il venait, mais qu'elle ne s'en sentait pas le droit. Elle choisit une attitude maternelle assez fair-play.

« Tu as l'air épuisé, dit-elle. Tu es sûr que ça va ?

— Je suis fatigué. Je n'ai pratiquement pas dormi de la nuit. Je dois aller à un enterrement tout à l'heure.

— Oh, mon Dieu ! J'espère qu'il ne s'agit pas d'un de tes proches ?

— Non, juste quelqu'un que je connaissais. Une vieille dame.

— Bon, ça va. C'est dans l'ordre des choses. »

De toute évidence, elle était soulagée. « Je t'en parlerai plus tard, dit-il. Je passerai chez toi. »

Elle s'écarta discrètement. Il monta au second, en se demandant si Gina était chez elle et si Violet ne fuyait pas sa présence angoissante. Il n'arrivait pas à se souvenir si c'était un jour où Gina allait à l'université.

Les yeux cernés, Clara avait préparé le petit déjeuner. Puis il avait appelé l'hôtel. Desmond avait répondu, dit qu'il n'avait pas encore réussi à joindre la maison de retraite mais qu'il avait l'intention de réessayer vers neuf heures. Peter avait été reconnaissant de son habituel manque de curiosité. Il n'avait pas eu besoin de prétendre qu'il voulait envoyer des fleurs au cimetière. Il avait dit à Desmond qu'il avait vu les deux frères de Laura. Desmond n'avait pas demandé comment ils avaient réagi. Peter avait voulu savoir comment allait Laura. Desmond avait dit qu'elle était dans son bain et qu'elle avait réussi à dormir un peu. Qu'elle allait bien, vu les circonstances.

Clara avait écouté, nerveuse, et avalé son café à toute vitesse. Peter lui avait demandé si elle ne devait pas téléphoner au bureau. « Je me suis déjà organisée pour ne pas y aller aujourd'hui. Tu avais oublié ? demanda-t-elle.

— C'est vrai, et tu préférerais peut-être que je parte. Je peux t'appeler dès que j'en saurai plus, avait-il proposé.

— Oui, si ça ne t'ennuie pas, avait-elle répondu. Mon ami devait passer me prendre, il sera là à neuf heures. » Elle lui avait souri soudain avec une certaine délicatesse. « Si tu es encore là, il faudra que je lui explique pourquoi. »

Il avait éclaté d'un rire avunculaire qui lui avait paru sonner complètement faux, mais dit : « Merci d'y avoir au moins pensé. »

Il entra chez lui. La plante lui parut avoir encore perdu quelques poignées de feuilles en son absence. Que son lit ne soit pas défait semblait étrange. Il enleva ses vêtements froissés, enfila son peignoir et rappela l'hôtel. Cette fois, Laura répondit, et quand il entendit sa voix, la sienne s'enroua.

« Laura… comment ça va ? Je suis tellement désolé…

— Cher Peter, merci d'avoir erré toute la nuit pour trouver ces deux olibrius. Ils viennent d'appeler, l'un après l'autre. Tu dois être épuisé.

— Ça va. Est-ce que tout est prêt ?

— Prêt ?… Oui. Desmond s'en est occupé. Je ne peux pas te parler, maintenant, Peter. Nous avons des tas de coups de fil à passer – pour annuler le voyage…

— Où a lieu l'enterrement ?

— Il n'y aura pas vraiment d'enterrement. Desmond a acheté une concession il y a des années. Cela n'a pas été facile, tu sais. Les cimetières de Long Island sont tous juifs, ou presque. Mais il en a trouvé un, pour les morts sans religion. » Elle rit, attendit le temps de reprendre sa respiration qu'il réponde, et comme il ne disait rien, elle reprit : « Celui du Mont Laurel, juste après le Queens.

— C'est ce matin ?

— Non, les choses ne se font pas si vite, répondit-elle. Même Desmond ne peut pas réaliser ce genre de miracle. À deux heures. Desmond m'a dit que les gens de la maison de retraite étaient indignés. Ils doivent penser que nous sommes vraiment minables. Ces gens sont toujours assez méchants, n'est-ce pas ? »

Il eut envie de mettre fin immédiatement à cette conversation. « Bon, je te laisse passer tes coups de fil, dit-il.

— Nous ne te remercierons jamais assez, Peter », dit-elle d'un ton très officiel.

Il appela Clara. Comme l'enterrement avait lieu près du Queens, il valait mieux qu'elle le rejoigne devant le garage de Greenwich Village où sa voiture était garée. Vers midi et demi. Il lui conseilla de dormir un peu. Elle répondit d'une voix angoissée qu'elle n'en avait aucune envie.

« Tu as peur ? demanda-t-il. Peur de te retrouver au cimetière avec Laura ?

— Oh, mon Dieu, oui ! dit-elle d'une voix trop forte. J'ai horreur de ça ! Horreur de ressentir ce que je ressens ! Mais bon… j'ai dit que j'irais, alors j'irai. Et si elle pique une crise en me voyant, qu'est-ce que je fais ?

— Pousse-la dans la tombe ! » dit-il.

Elle eut un rire gêné, apeuré.

« Comment y es-tu arrivé ? demanda-t-elle. Comment as-tu réussi à lui parler alors que tu étais venu me voir, que tu m'avais dit… Moi, je n'arrive jamais à lui cacher quoi que ce soit. Quand je lui mens, elle le sait toujours. »

Il ne voulait pas parler de ce qu'il avait ressenti, et mentit à Clara : « Je n'y ai pas pensé, dit-il. Et elle n'est pas ma mère. »

Quand il raccrocha, il s'aperçut que ses mains tremblaient légèrement. Clara et lui étaient devenus complices. Il avait toujours, pour Laura, relâché les liens ténus qui l'unissaient aux autres ; il lui offrait en cadeau ces petites trahisons. Cependant il ne parlait presque jamais d'elle avec personne – comme si elle avait été un secret, un symbole sacré porté autour du cou. Elle avait été pour lui exceptionnelle, unique, d'un naturel qui était l'essence même de l'humanité avant les subtilités de la conciliation. L'odeur de sainteté, ce parfum écœurant de la vie de famille, n'avait jamais flotté autour d'elle. Et voilà qu'il conspirait pour le lui imposer au bord de la tombe de sa mère.

Il s'était réveillé sur le divan de Clara le dos douloureux, et la tête embrumée de résidus de rêves inquiets. Ce qu'il avait dit à Clara à propos du caractère hors la loi de Laura lui revint à l'esprit pendant qu'il buvait son café. Que signifiaient ces mots? Ils lui avaient été arrachés à une heure tardive, quand il n'en pouvait plus. Ils ne définissaient pas totalement sa relation avec Laura. Mais ils avaient eu l'effet d'une bombe. Il connaissait l'aspect éphémère de ces grandes déclarations qui surgissent avec ce qui semble être la vérité d'une chose et s'écroulent, comme une vague se brise, dans le creux de la vie quotidienne et de son cours irréfléchi.

Tandis qu'il prenait son bain, enfilait des vêtements propres, téléphonait au bureau pour dire qu'il ne viendrait pas ce jour-là et demandait au garage qu'on tienne sa voiture prête, il ne cessa pas un instant de penser à sa vie. Il ne supportait pas que ses doigts tremblent. Il trouvait son appartement trop petit. La simplicité de l'ameublement lui semblait prétentieuse. Comment, alors qu'il accusait Violet de prétendre qu'elle tenait de la main de Dieu tout ce qu'elle possédait, sans avoir jamais eu recours à l'impur commerce humain, aurait-il pu ne pas juger sa propre soi-disant simplicité? Il se souvint des vêtements d'Eugenio, suspendus, misérables et loqueteux, au portant de métal. Il contempla, dégoûté, ses costumes bleu marine.

La voix susurrante et débordant de sympathie que prit sa secrétaire voulait faire croire à des années d'indulgence vaine et injustifiée. Lorsqu'elle lui souhaita un prompt rétablissement – il avait, pour quelque raison obscure, prétendu avoir un rhume – il crut, dans un instant de schizophrénie passagère, qu'elle lui avait dit espérer voir son état s'aggraver vite.

Il but de l'eau en grande quantité. Dès qu'il finissait un verre, il se sentait de nouveau assoiffé, et en remplissait un autre.

Il voulut essayer de travailler. Mais le manuscrit qu'il prit sur son bureau lui échappa des mains et ses pages se dispersèrent sur le tapis. Il le maudit et se maudit lui-même, contempla d'un regard fou les murs de son salon comme s'ils étaient ceux d'une prison, et ses yeux s'arrêtèrent sur le dessin qu'avait fait Ed Hansen de lui et Barbara.

Elle avait maintenant deux grands enfants. Elle vivait avec son mari à Chicago. Il rencontrait parfois des gens qu'ils avaient connus ensemble et qui lui donnaient de ses nouvelles. Elle s'était remariée presque immédiatement après leur divorce. Quand il pensait à elle, il la voyait toujours comme la jeune femme qu'il avait épousée. Mais elle avait exactement le même âge que lui, à un mois près. Il avait oublié qui des deux était né en premier. Comment était-elle alors ? Laura l'appelait « cette pauvre Barby ». Avait-elle vraiment été à plaindre ? Pourquoi l'avait-elle épousé ? Elle avait été certaine de vouloir divorcer – tout autant que lui. Et elle avait souffert. Mais elle avait dû sentir que quelque chose de désespéré était serti comme une pierre au cœur de leur mariage. Un quelque chose qui le concernait, lui.

Il versa du whisky dans un verre, s'assit et le but lentement, à petites gorgées, et lentement il sentit le calme revenir. Il resta là un moment, puis il ramassa les pages du manuscrit et les remit dans l'ordre. Il était encore trop tôt pour partir au garage, pourtant il lui fallait sortir de cet appartement. Il pourrait s'arrêter en chemin à la librairie du quartier. Dans l'escalier, il entendit le bruit de l'aspirateur de Violet.

Les employés de la librairie regardaient un ouvrier installer un miroir dans un coin. Le propriétaire, un homme âgé à la barbe en broussaille, son gros ventre serré dans une veste de velours bordeaux, lui dit : « Vous vous rendez compte, Mr. Rice, de ce que je suis obligé de faire ? Il y a tellement de vols que mon stock s'épuise. Dieu seul sait comment tout cela finira. Ils volent plus qu'ils n'achètent. Et maintenant ? Dois-je passer ma vie à surveiller ce miroir ? »

Peter regarda dans le miroir. « Vous voyez ? demanda le libraire. On peut y suivre tout ce qui se passe dans le magasin. » Peter s'aperçut, déformé, minuscule, tout en tête et cheveux gris, ses lunettes renvoyant un éclat de lumière.

« Je viens juste faire un tour », dit-il.

Trois des nouveaux romans exposés sur une table étaient publiés par sa maison d'édition. Il y avait celui de la Japonaise dont il avait parlé la veille. On la voyait en photo sur la quatrième de couverture, vêtue d'un kimono. Elle regardait droit dans l'objectif, droit vers lui. Il n'avait pas fait très attention à cette image, quand il l'avait eue sur son bureau. Là, il la contempla longuement. Tout ce qu'il y avait d'énigmatique chez cette femme avait été gommé par l'appareil. Elle n'était plus qu'une Asiatique comme tant d'autres. Lorsqu'elle était venue le voir pour la première fois, elle portait un tailleur gris et un sac en bandoulière. Acheter son livre était ridicule, de l'argent jeté par les fenêtres, mais il voulait l'offrir à Clara.

Le libraire y jeta un coup d'œil. « Les affaires vont mal partout, n'est-ce pas, Mr. Rice ? Dire qu'il faut que vous achetiez vos propres livres ! »

Peter répondit : « Je voulais voir quel effet ça faisait d'être un simple client. Ce n'est pas la peine de le mettre dans un sac. »

Clara l'attendait devant l'entrée du garage. Elle portait un tailleur marron foncé et un imperméable blanc.

« C'est loin ? demanda-t-elle.

— Pas vraiment, mais la route est souvent embouteillée. »

Un gardien arriva avec la voiture, descendit et lui tendit les clés.

« Combien de temps allons-nous mettre ? demanda-t-elle.

— Ça dépend. On ne peut plus jamais prévoir comment ça va rouler. Tiens, c'est pour toi, ajouta-t-il en lui tendant le livre.

— Merci, dit-elle. C'est la femme dont tu parlais hier soir, non ? » Il hocha la tête. « Les Japonais ont l'air si différents de nous. Plus différents que n'importe qui d'autre. Elle est jolie.

— Ce n'était pas l'avis de nos représentants. Et ils n'ont pas non plus aimé son livre.

— J'ai deux gants gauche, dit-elle. Je les ai sortis du tiroir sans regarder ce que je faisais.

— Aucune importance.

— Je me sentirais mieux si je pouvais les mettre,

dit-elle. Est-ce qu'il faut avoir la tête couverte, pour un enterrement ?

— Je crois que ça n'a plus aucune importance.

— Seigneur ! Si seulement il pouvait s'arrêter de pleuvoir ! »

Tandis qu'ils traversaient le sud de Manhattan, Clara parla des lofts que beaucoup de ses amis avaient installés dans les entrailles d'anciens entrepôts et d'usines désaffectées, puis Peter fit une remarque sur le nombre de chiens de race que promenaient de jeunes couples dans ces rues étroites où les fenêtres encrassées et les murs peints du vert ou du gris ternes habituellement réservés aux prisons semblaient n'avoir jamais été effleurés par un rayon de soleil. Ce n'était pas vraiment une conversation, ils avaient simplement besoin d'un fond sonore. L'appréhension les avait gagnés tous les deux, mais ce n'était pas tout. Maintenant Peter se sentait hésitant, moins sûr de lui dans la lassitude et la lumière du jour, une fois éteintes les lampes de la nuit.

Au bout d'un moment, ils se turent. Après le pont de Williamsburg, ils roulèrent mieux. Il n'y avait pratiquement pas de circulation. En bas de l'échangeur, Clara s'écria : « Oh ! Regarde là-haut ! »

Sur le pont au-dessus d'eux, Peter aperçut un groupe de barbus dont les grands chapeaux noirs plats semblaient tous pencher dans la même direction.

« Ce sont des hassidim, dit-il.

— Quelle drôle d'allure ! s'exclama-t-elle. On dirait qu'ils sortent d'un conte de fées.

— Tu as déjà entendu parler d'eux ? demanda-t-il.

— Non. Je sais juste qu'il s'agit d'une secte juive. Mais j'ai l'impression que leur présence ici est un présage. »

Il lui lança un coup d'œil. Elle paraissait plongée dans ses pensées, plutôt contente. Elle était encore assez jeune pour voir dans la différence une promesse d'avenir la concernant.

« Ça s'est bien passé, ce matin ? demanda-t-il. Avec ton ami ? »

Légèrement sur la défensive, elle répondit : « Il est très conventionnel. Pendant un instant, j'ai eu envie de lui dire que je partais quand même avec lui. Mais ça l'aurait choqué. » Elle s'arrêta, puis ajouta : « Si j'avais passé la journée avec lui, je ne lui aurais pas parlé de la mort d'Alma. C'est étrange, non ? J'aurais gardé ça pour moi, comme Laura hier soir. »

En l'entendant prononcer le nom de sa mère, Peter sentit la peur s'emparer de lui.

« Ta relation avec Laura ne sera plus jamais la même, hein ? » demanda Clara. Elle avait parlé vite et sans emphase, comme d'une chose qui n'avait pas beaucoup de sens pour elle mais pouvait en prendre si elle y réfléchissait.

« Non, plus jamais, répondit-il d'une voix triste.

— Je crois qu'entre Laura et moi les choses devraient aussi changer, pourtant je ne vois pas comment. »

Quand ils arrivèrent devant les grilles en fer forgé du cimetière du Mont Laurel, la pluie tombait en rafales. Au-dessus d'eux, d'épais nuages gris roulaient, bouillonnant dans le ciel. Le vent qui s'était levé plaquait leurs imperméables contre eux, balayait les tombes, agitait les bouquets rigides de fleurs en plastique rouge, bleu et vert vif, acides comme du vinaigre.

Peter laissa la voiture dans un parking circulaire d'où des chemins de gravier menaient aux différentes sections du Mont Laurel, aux pentes à peine perceptibles où de jeunes arbres aux branches noires de pluie semblaient avoir été plantés, comme des fourches, au hasard.

À une centaine de mètres, deux hommes bavardaient à côté d'un monticule de terre fraîchement creusée. Peter et Clara se dirigèrent vers eux. Peter enleva ses lunettes, elles étaient trop mouillées, il n'y voyait plus rien. Clara boutonna son imperméable. Peter s'avança devant elle. «Oui», répondit l'un des deux hommes à sa question. Il fit un geste vers le trou. «C'est pour les Maldonada. Nous les attendons.»

Non loin s'élevait un tombeau de famille dont le lourd portail était ouvert. «Vous pouvez aller vous abriter là-dedans», fit un des fossoyeurs en le leur montrant. Clara hésita. «Il a raison, viens», dit Peter.

L'ouverture était basse, ils se courbèrent, entrèrent. Le sol était en terre battue. Des pelles, des seaux et une grande boîte de bois étaient soigneusement rangés contre le mur. Ils s'assirent sur un étroit rebord de pierre derrière lequel s'élevaient trois étages de cercueils. Les fossoyeurs les rejoignirent, mais restèrent sur le seuil. Ils chuchotaient, sans s'occuper de Peter et Clara.

«Je ne suis jamais entrée dans un de ces trucs, murmura Clara.

— Il n'y pleut pas, répondit Peter.

— Je ne me plaignais pas. On pourrait même dire que c'est accueillant. »

Peter sourit : « Oui, on pourrait, reconnut-il.

— J'ai vraiment peur », dit-elle. Il effleura sa main.

L'un des fossoyeurs se retourna vers eux. « Votre enterrement arrive », annonça-t-il. Les deux hommes sortirent et allèrent se placer un peu plus loin, de l'autre côté du trou. Peter se leva et sortit au moment où Carlos arrivait.

« Peter ! Tu es là ! » s'exclama-t-il. Peter ne répondit pas. Carlos jeta un coup d'œil à l'intérieur et vit Clara, recroquevillée sur la margelle. Il la contempla un instant, puis s'écarta. Desmond arriva, le bras passé autour de Laura, suivi d'Eugenio.

Clara sortit. Les branches des arbres fouettaient l'air sous le vent. Des hommes semblables à des scarabées dans leurs vêtements noirs, un cercueil sur les épaules, remontaient le sentier. Elle alla prendre place au bord de la tombe, près de Peter. Comme avec un haut-le-cœur, Laura écarta son pied de la fausse pelouse qui avait été posée sur la terre trempée à côté du trou. Puis elle leva les yeux et vit Clara et Peter l'un à côté de l'autre. Clara eut envie de hurler.

Mais Laura ne dit rien, et son visage resta vide de toute expression. Elle semblait à peine vivante.

Desmond et Carlos se tenaient à ses côtés. Un mètre plus loin, Eugenio contemplait le sol, les mains serrées, avec sur son chapeau un plastique transparent. Carlos portait son béret. Laura, elle, était tête nue, et ses cheveux mouillés, encore plus sombres que d'habitude, collaient à ses joues et son front.

Le cercueil fut placé sur un chariot de métal. Les employés des pompes funèbres reculèrent, baissèrent la tête.

On n'entendait que le bruit de la pluie sur les graviers et sur la terre. Tout le monde attendait. Desmond chuchota quelque chose à Carlos. « Je n'en sais rien ! » répondit Carlos à voix haute.

Desmond fit un pas en avant, ramassa une poignée de terre et la jeta sur le cercueil. Les employés des pompes funèbres semblèrent bondir en avant tous ensemble. Ils relâchèrent les cordes qui tenaient le cercueil et ce dernier plongea lourdement vers le fond.

Peter, à moitié aveugle sans ses lunettes, leva les yeux vers Laura. Le regard de Laura croisa brièvement le sien, mais s'écarta immédiatement. Comme si elle ne l'avait pas vu.

Dans la boîte presque descendue au fond du trou reposait une vieille femme que Peter connaissait à peine. Ses trois vieux enfants paraissaient se pencher en avant, comme attirés par le cadavre de leur mère, femme d'une autre époque dont il ne saurait jamais rien. Autour de lui, les gris pâturages des morts semblèrent un instant réverbérer les énergies perdues d'existences anonymes, et Peter sentit le poids écrasant de l'effort qu'accomplissait toute vie humaine pour finir sa course.

Non loin de lui, Clara contemplait le sol. Il se demanda à quoi elle pensait, pour quelle raison elle lui avait cédé et était venue là, quel sens elle donnait, si elle en donnait un, à sa présence parmi les autres. Et si elle ne lui donnait aucun sens, qu'elle soit venue ou non ne comptait pas. Était-ce vraiment pour elle qu'il avait tant insisté ?

Les fossoyeurs fixaient maintenant avec insistance les proches de la défunte. Peter regarda de nouveau Laura. Elle semblait avoir rétréci. Elle était mouillée comme un chien. Ne rien avoir mis sur sa tête lui ressemblait bien. Il s'efforça de retrouver l'image de la jeune fille qui, longtemps auparavant, lui avait souri dans le désordre charmant de la maison de Long Island, par un matin de printemps.

Puis, soudain, elle le regarda droit dans les yeux. Bien qu'il vît ses traits à travers un brouillard, il sentit la force vitale de Laura se concentrer dans ce mouvement vers lui et l'arracher à ses réminiscences.

« Ce que tu as fait n'est rien… rien ! » dit-elle.

Desmond l'entoura de son bras, la serra contre lui et l'entraîna vers la limousine qui les attendait dans le parking. Les deux frères partirent derrière eux. Peter se tourna vers Clara. Elle le regardait fixement. Il ne savait pas si elle avait entendu ou non les paroles de Laura, mais elle avait certainement perçu le son de sa voix lancée vers lui comme un requin qui se glisse dans les vagues.

La pluie se calmait. Il eut l'impression de sentir un parfum de lilas. Mais les lilas n'étaient pas encore en fleur, ils ne le seraient que fin avril. Il vit Laura se baisser et monter en voiture, suivie de Desmond, puis de Carlos. Eugenio s'assit devant, à côté du chauffeur.

Les fossoyeurs se dirigeaient vers la tombe, pelle à la main. Il resta encore un instant immobile, conscient du regard interrogateur de Clara. « Attendez ! eut-il envie de crier aux deux fossoyeurs et à

la jeune femme. Attends, Clara, ce n'est pas rien…
c'est quelque chose, je vais te dire quoi ! »

Mais il ne lui vint à l'esprit qu'un fragment de
souvenir, qui, comme un rêve, s'effaçait au fur et à
mesure qu'il essayait de se le remémorer – un autre
matin de printemps, quand il avait douze ans, qu'il
s'était réveillé et avait vu de son lit, fraîchement
tombée, la dernière neige fine de l'année, entendu,
en bas dans la cuisine, les voix de sa mère et de ses
sœurs qui préparaient le petit déjeuner, su que le
chien et le chat étaient sortis car les traces de leurs
pas marquaient la neige, et senti que ce jour-là il
n'avait qu'une envie, être quelqu'un de bien.

DU MÊME AUTEUR

Aux Éditions Joëlle Losfeld

LE DIEU DES CAUCHEMARS, 2004.

PERSONNAGES DÉSESPÉRÉS, 2004 (Folio n° 4657).

LA LÉGENDE D'UNE SERVANTE, 2005 (Folio n° 4594).

PAUVRE GEORGE !, 2006.

CÔTE OUEST, 2007 (Folio n° 4886).

PARURE D'EMPRUNT, 2008 (Folio n° 5038).

LES ENFANTS DE LA VEUVE, 2009 (Folio n° 5220).

Composition Entrelignes
Impression Maury-Imprimeur
45330 Malesherbes
le 20 mars 2011.
Dépôt légal : mars 2011.
Numéro d'imprimeur : 163396.

ISBN 978-2-07-044056-6. / Imprimé en France.

178834